作家榜经典文库®

她是一个弱女子

郁达夫 著

THE
LONELY WRITER

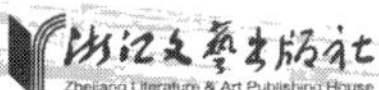

目 录

CONTENTS

蜃楼

一

十二月初旬的一天晴暖的午后，沪杭特别快车误了钟点，直到两点多钟，才到杭州城站。这时候节季虽则已经进了寒冬，但江南一带的天气，还依旧是晴和可爱，所以从车站西边的栅门里走下来的许多旅客中间，有一位仿佛新自北方来的，服饰穿得很浓厚的中年绅士竟惹起了一般人的注意。他的身材瘦而且高，面貌清癯，头上戴着海龙皮帽，半开半扣地披在身上的，是一件獭皮圆领的藏青大氅，随着了许多小商人，闲惰阶级的妇女男子下了车，走下天桥，走出栅门的时候，他的皮帽皮衣，就招引了一群车夫和旅馆的接客者把他团团地围住。他操的是北方口音，右手提着一个黄色大皮箧，皮箧的面上底上，贴着许多张的外国轮船公司和旅馆的招纸，一见就可以知道他是经过海陆几千里路来的。

他立在车站前面的空地上，受了这一群人的包围，几乎一时决不定主意，究竟去投哪一家旅馆好，举起左手来遮住阳光，向四面瞭望了一周，他才叫一位立在他右侧的车夫，拉他上西湖边上去。

正是午后杭州市民上市的时候，街上来往的行人很多很杂，他躺在车上，行过荐桥大街，心里尽在替车夫担忧，怕冲倒了那些和平懒弱的居民。斜西的太阳，晒得利害，天上也没有云翳，车正过青年会附近的一块地方，他觉得太暖了，随把大氅的纽扣解开，承受着自西北湖面上吹来的微风。

经过了浣纱路，要往西走向湖面上去了，车夫就问他究竟想上哪一家旅馆去？他迟疑了一会，便反问车夫，哪一家旅馆最好？车夫告诉他说：

“顶大的旅馆是西湖饭店和新新旅馆。”

“这两家旅馆中间，算哪一家好些？”

“西湖饭店不过是新开咯，两家的价钱，是差不多的。”

“那么就上西湖饭店去罢！”

在饭店门前下了车，他看看门外挂在那里的旅客一览表，知道这饭店里现在居停的客人并不多。他的孤寂的面上，不知不觉竟流露了一种很满足的表情出来。被招待进去，在一间靠西边对湖面开窗的房间里住下之后，茶房就拿了一张旅人单来叫他填写，他拿起那张单子，匆匆看了一遍，提起笔来便顺手把他的姓名籍贯年龄职业等写下了。陈逸群，北京，年三十岁，自上海来，为养病，职业无。茶房拿了出去，走不上几步，他忽而若有所思地皱眉想了一想，就立刻叫他回来，告诉他说：

“我这一回是来西湖养病的，若把名字写出去，怕有朋友来找我，麻烦不过，最好请你别把名字写在一览表上，知道么？”他说话的神气虽则很柔和，但当他说话时候的态度，却很有威严，所以茶房只答应了一声“是”就出去了。

洗了手脸，喝了几口茶，他把西面的窗子打开，随着和风映进来的，是午后阳光里的西湖山水。西北南三面，回环着一带的青山，山上有一点一丛的别墅禅林，很静寂，很明显的缀在那里。山下的树林，木叶还没有脱尽，在浅淡之中，就写出了一片江南的冬景。长堤一道，横界在湖心，堤前的矮树，树里的环桥，都同月下似的隐隐约约薄印在波头荡漾。湖面上有几只散漫的小艇，在那里慢慢地游行。近旁沿着湖塍，紧排着许多大小的游湖船只，大约是因为一年将尽了，游客萧条，几个划船者，拖长了颜面，仿佛都只在太阳光里，作懒噪的闲谈。他独自一个，懒懒地向窗外看了一眼，就回到床前的桌子上来，把他带来的皮箧打开来检点东西了。

皮箧里除平常更换的衣服之外，还有几册洋书，斜夹在帕拉多耳和牙膏牙刷等杂品的中间。他把一件天青的骆驼毛的棉袍拿出来换上，就把脱下来的大氅和黑羔皮的袍子，挂入东边靠墙的着衣镜柜里去，回头来又将房里桌上床上的东西整理了一下，拿了一本红色皮面的洋书，走向西边窗口坐下，正想开始阅读的时候，短促的冬日，已经贴近天竺山后的高峰，湖上的景物，也都带起日暮的浓紫色来了。

二

是上弦新月半规未满的时候，湖滨路上的行人车辆，在这黄昏影里，早已零落得同深宵一样，隔一条路的马路两旁，因为有几家戏园酒馆的原因，电灯光下，倒还呈着些须活气。市民来往的杂唤声，车铃声，间或听得出来的汽车声，混合在一处，仿佛在替杭州市民的无抵抗、不自觉的态度代鸣不平的样子。

陈逸群一个人踏着黄昏的月影，走出旅馆来，在马路上走了一回，觉得肚子有点饥饿了，就走上一条横路里的酒家去吃夜饭。

一入酒店，他就闻着了一种油炸鱼肉和陈酒的香味。自从得病以来，烟酒是应该戒绝的，但他的素来的轻生的癖性，总不能使他安然接受这医生的告诫，所以一经坐定，他就命伙计烫了一斤陈酒。当他一个人在慢慢独酌的中间，他的瘦削的面上，渐渐地带起红色来了。他举起潮润的两只大眼，呆呆向街心空处看了一阵，眉头锁紧，唉的叹了一口气，忽而面上笼罩了一层愤怒的形容。他仿佛是在回忆什么伤心的事迹，提起拳头，向街心擎了一擎，就咚的打向桌子上来。这时候幸亏伙计不在，身旁的几张桌子上，也没有人在吃饭，向四面一看，他倒自家觉得好笑了起来。在这回忆里停留不久，他平时的冷淡的枯寂的表情，又回上他的脸来了。

一个人在异乡的酒店里的独酌，终是无聊之至，他把那一斤陈酒喝完，吃了半碗多饭，就慢慢地步出店来，在马路上绕了几个圈，无情无绪地走上湖滨的堤路；月亮已高挂在正空的头上，湖上只蒙着一层凄冷的银纱。远远的市声，仿佛在嘲弄这天涯的孤客。湖滨的沉寂，湖上的空明，都变了铅铁，重重叠叠压上他的心来。他摇了几摇头，叹了几口气，似乎再也不能忍耐了，就咬紧了上下的嘴唇，放大了脚步，带怒似的奔回到旅馆中去。

这一种孤独的悲怀，本来是写在他的面上，态度上，服饰上的，不过今宵酒后，他的悲感似乎比平时更深了。一进旅馆，叫茶房打开了门窗，他脸也不洗一把，茶也不喝一口，就和衣横倒在床上，吁吁地很急促地在那里吐气。茶房在房里迟疑了一阵，很想和他说话，但见了他这一种情形，也不敢作声，就慢慢地退出门外去了。他的眼睛紧紧地闭着，然而从这两条密缝里偷漏出了几行热泪。他不知躺了多久，忽而把眼睛张开了。桌上两尺高的空处，有一盏红玻璃罩的电灯在那里照他的孤独。西边窗里吹进了一阵寒风，电灯摇了一摇，他也觉得有点冷了，就立起身来，走向西面的窗口去。没有把窗关上之前，他又伸长脖子，向湖面凝望了一回。他的视线扫回窗下的时候，忽而看见了两乘人力车在马路上向北的奔跑，前面车上坐着一位年轻的妇人，后面车上，仿佛坐着一个男子。他的视线，在月光里默送了他们一程，把窗关上，回转身来见了房里的冷灰灰的桌椅，东面墙下的衣橱，和一张白洁的空床，他的客感愈深，他的呼吸也愈急促了。

背了两手，俯伏了头，在房里走来走去的绕了半天，他忽而举起头来，向他的那只黄皮箧默视了几分钟。他的两眼忽而放起光来了，把身体一跳，就很急速地将那皮箧打开，从盖子的夹袋里，取出了几封信来。这几封信的内容大小，都是一样，发信人分明是一个人，而且信封都已污损了；他翻了一封出来展读的，封面上写着“锦州大本营呈陈参谋，名内具”的几个字，字迹纤丽。谁也认得出是女子的手笔。

逸群吾友：

得你出京的信，是在陈家席上。你何以去得这样匆忙？连我这里字条儿也不来一个，你难道在怪我么？和你相交两载，自问待你也没有什么错处，你何以这一次的出京，竟这样的不念旧交，不使人知道呢？

你若知道我那一天在陈家席上的失神的态度，回来后的心里的怨愤不安，天天早晨的盼望你的来信和新闻纸的焦躁，恨不得生出两翼翅膀，飞到关外来和你们共同奋战的热情，那么我想你一定要向郭军长告个短假，假一架飞机回到北京来和我说明白你心中堆积在那里的牢骚了。

胡子们的凶暴，奉军的罪恶，是谁也应该声讨的，你和陈家伯伯的参与反戈的计划，我在事前也已经知道，然而平时那样柔顺的你，对我是那样忠诚的你，何以这一回的出京，竟秘而不宣，不使我预先知道呢？

天天报上，只载着你们的捷讯。今早接陈家伯伯从高粱宿打来的电报，知道两三日内，大本营可移往锦州，陈家的家人送冬衣用具北来，我也托他带这一封信去，教他亲交给你。

天气寒冷，野营露宿，军队里的生活，你如何过得惯？

肉汁味精，及其他用品一包，是好几天前在哈达门里那家你我常去的洋行里买就的，还有新到的两本小说，也是在他们那里买得的。

这几天京津间谣传特甚，北京也大不安，陈家的老家人是附着国际车出去的，不晓得这封信要什么时候才能到你那里？

心里有千万语，想写又写不出。昨天一天饭也没有吃，晚上曾做了许多恶梦。我只希望你们直捣沈阳，快回北京来再定大局。

有人来催了，就此搁笔，只希望你们，只希望你早早战胜了回来。

诒孙　上

他在电灯底下读了一遍，就把信纸拿上嘴上去，闭了两眼深深地吻了半天。又把这几封信狠命的向胸前一压，仿佛是在紧抱着什么东西似的，但他再张开眼睛来看的时候，电灯光里照出来的四面的陈设，仍旧是一间客店的空房。

三

早晨醒来的时候，朝南的廊下，已经晒遍了可爱的日光。他开窗看看湖面，晴空下的山水，却是格外的和平，格外的柔嫩，一瞬间回想起昨天晚上酒后的神情，仿佛是一场恶梦。他呆呆的向窗外看了好久，叫茶房来倒上脸水，梳洗之后，又把平时的那一种冷淡的心境恢复了。喝了几口茶，吃了一点点心，他就托茶房为他雇一只艇子去游湖。等了半天，划船的来了，他问明了路径，说定了游湖的次序，便跟了那半老的船户，走下楼来。

户外的阳光，溟蒙和暖，简直把天气烘得同春天一样。沿湖的马路上，也有些车辆行人，在那里点缀这故都的残腊。堤下的连续的湖船，前后衔接，紧排着在等待游人；许多船户，游散在湖岸的近旁，此地一群，那边一队的在争抢买卖。远处有一位老妇人，且在高声叫搭客，说是要开往岳坟去的。

逸群跟了那中年船户，往南迎阳光走上埠头去，路上就遇了几次的抢买卖的袭击。他坐上船后，往西南摇动开去，将喧嚷的城市，丢在背后，看看四围的山色，看看清淡的天空，看看水边的寂静的人家，觉得自家的身体，已经是离开了现实世界了。几礼拜前的马背上的生活，炮弹的鸣声，敌军的反攻，变装的逃亡，到大连后才看见的自家的死报，在上海骤发的疾病等等，当这样晴快的早晨，又于这样和平的环境之中回忆起来，好像是很远很远，一直是几年前头的事情。他一时把杂念摒除，静听了一忽船的划子击水的清音。回头来向东北一望，灵奇的保俶塔，直插在晴天暖日的中间，第一就映入了他的眼帘。此外又见了一层葛岭的山影和几丛沿岸的洋楼。

大约是因为年关近了，游湖的人不多的原因，他在白云庵门口上了岸，踏着苔封的石砌路进去，一直到了月下老人的祠前，终没有一个管庵的人出来招呼他。向祠的前后看了一遍。他想找出签筒来求一张签的，但找了半天，签诗签筒终于找不出来。向那玻璃架里的柔和的老人像呆看了几分钟，他忽而想起了北京的诒孙和诒孙的男人。

“唉！这一条红线，你总拉不成了罢！”这样的在心里转了一下，他忽觉得四边的静默，可怕得很。那老人像也好像变了脸色，本来是在作微笑的老人，仿佛是摇起头来了。他急忙回转了身子，一边寻向原路走回船来，一边心里也在责备自家：

“诒孙不是已经结了婚了么？”

“诒孙的男人不是我的朋友么？”

“她不是答应我永久做她的朋友的么？”

“不该不该，真正不该！”

下了船，划向三潭印月去的途中，他的沉思的连续，还没有打断。生来是沉默的他，脸上的表情就有点冷然使人畏敬的地方，所以船户屡次想和他讲话，终于空咳了一声就完了事。他一路默坐在船上，不是听风听水，尽量地吸收湖上的烟霞，就在沉思默考，想他两年来和诒孙的关系。总而言之，诒孙还可以算得是一个理想的女子。她的活泼的精神，处处在她的动作上流露出来。对一般男人的体贴和细密，同时又不忘记她自己的主张。对于什么人，她都知道她所应取的最适当最柔美的态度。种种日常的嗜好，起居的服饰，她也知道如何的能够使她的周围的人，都不知不觉的为她所吸引。若硬要寻她的不是，那只有她的太想赢得各异性者的好感这一点。并不是逸群一个人的嫉妒，实在她对于一般男子，未免太泛爱了。善意的解释起来，这也许是她的美德，不过无论如何，由谨严的陈逸群看来，这终是女人的一个极大的危险。他想起了五六个月前头，在北戴河的月下和她两人的散步，那一天晚上的紧紧的握手，但是自北戴河回来以后，他只觉得她对于她自己的男人太情热了。女人竭忠诚于自家的男人，本来是最善的行为，就是他在冷静的时候，也只在祷祝他们夫妇的和好，他自家可以老在他们家庭里做一个常客，可是她当他的面前，对于她男人和其他各人所表示的种种爱热的动作，由抱了偏见的他看来，终于是对他的一种侮辱。这一次的从军的决心，出京前的几天的苦闷，和陆续接到她的信后的一种后悔之情，又在他的心中复活起来。他和昨天晚上在酒店里的时候一样，又捏起拳头来向船沿上狠命的打了一下。

“船户！你怎么不出点气力划一划呀？划了这么半天，怎么三潭印月都还没有到？”

他带怒声的问了，船户倒被他骇了一跳。

“先生！您不要太性急了，前面不就是三潭印月的南堤了么？”

他仰起头来看看，果然前面去船不远，有一道环堤和许多髡柳掩映在水上。太阳也将当午了，三潭印月的亭台里，寂然听不见什么人的声音，他仰天探望了一回，微微的叹了一口气，心里想了一想，“啊，这悠久的长空，这和平的冬日！”不知不觉地又回复了他平时的安逸的心情。船到了堤前的石阶边上，他吩咐船户把空船划到后面去等，就很舒徐地走上石栏桥去，看池里的假山碑石去了。

四

在三潭印月吃了一点点心，又坐船到岳庙前杏花村的时候，太阳早已西斜，他觉得很饥饿了。吃了几碗酒菜，命船户也吃了一个醉饱，他一个人就慢慢的踏出店门，走向西泠桥去。毕竟是残冬的十二月，一路上遇着的，只是几个挑年货的乡下人，平时的那些少年男女，一个也没有见到。踏着自家的影子，打凫山别墅门前过去，他看见一湖湖水斜映着阳光，颜色是青紫的。东南岸的紫阳山城隍山上，有一层金黄的浮彩罩着，近山顶的天空里，淡拖着一抹黄白的行云。湖中心也有几只倦游归去的湖船，然而因湖面之大，船影的渺小，并且船里坐着的游客的不多，这日斜的午后，深深地给了他一个萧条的印象。他走过了苏小的坟亭，在西泠堤上杨柳树的根前站了一忽，湖面的一带青山，在几处山坳深处，作起蓝浓的颜色来了。

进了西泠印社的小门，一路走上去，他只遇见了几个闲惰阶级的游人。在石洞边上走了一回，刚想进宝塔南面的茶亭去的时候，他的冷静的心境，竟好像是晴天里起了霹雳，一霎时就大大的摇动了起来。茶亭里本坐有二三座客人在的，但是南面靠窗坐着的一个着黑缎子旗袍的女人背影，和诒孙的形状简直是一样，双眼盯住了这女人的背形，他在门口出神呆立了一瞬间，忽而觉得二三座座上茶客的眼睛，一齐射上他的脸来了，他颊上起了红潮，想不走进去，觉得更不好意思，要是进去呢，又觉得自己是一个闯入者，生怕搅乱了里面大家的和平，很急速地在脑里盘旋回复地忖度了一下，他终于硬挺了胸腰走进去了。那窗口的女人听了他对茶房命茶的北方口音，把头掉了转来看他，他也不由自主地向她贪视了一眼。漆黑的头发，是一片向后梳上去的。皮色是半透明的乳白色，眼睛极大，瞳神黑得很。脸形长圆瘦削，颧骨不高，鼻梁是很整洁的。总体是像鹅蛋的半面，中间高突，而左右低平。嘴唇苍白，上下唇的曲线的弯度并不十分强。上面的头发，中间的瞳神，和下面的黑色旗袍，把她那张病的乳白色的面影，映衬得格外的深刻，格外的迷人。他虽则觉得不好意思，然而拿起茶碗来喝茶的时候，竟不知不觉地偷看了她好几眼。现在她又把头回转，看窗外的假山去了，看了她的背影，他又想起了诒孙。

坐在她对面的，是一位四十左右的穿洋服的绅士，嘴上有几根疏淡的须影，时常和她在说话，可是她回答他的时候，却总不把头掉过对他的面，茶桌是挨着南窗，她坐在西面，这一位绅士是坐在东面的。

逸群一个人坐在茶亭北面的一张空桌上，去她的座位约有一丈多远，中间隔着两张空桌。他表面上似乎在看茶亭东面窗外的树木青空，然而实际上他的注意力的全部，却只倾注在她的身上。她分明是这一位绅士的配偶，但年龄又似乎差得太多。姨太太么？不是不是，她并没有姨太太的那一种轻佻的习气，父女么，又有些不对。男人对她的举止，却有几分在献媚的样子。逸群一边喝茶，一边总想象不出她的根底来。忽而东边窗下的一座座客大声的笑了起来，逸群倒骇了一跳，注意一看，原来他们在下围棋。那女人也被这笑声所引，回转头来看了一眼。她的男人似乎对她讲了一句滑稽的话，逸群在她的侧面上看出了一个小小的笑窝，但是这是悲寂的微笑，是带病的笑容。

逸群被她迷住了。他竟忘了天涯的岁暮，忘了背后的斜阳，更忘了自己是为人在客，当然想不到门外头在那里候他等他等得不耐烦的舟子了。他几次想走想走；但终究站不起身来，一直等到她和那男子，起来从他的桌子前头经过，使他闻到了一阵海立奥屈洛泊的香气的时候，他的幻梦，方才惊醒。举目向门外他们去的方向看看，他才知道夕阳快要下山了，因为那小小的山岭，只剩下几块高处的残阳，平地上已被房屋宝塔山石等的黑影占领了去。

急忙付过茶钱，走下山来，湖面上早就铺满了冷光，只有几处湖水湖烟，还在那里酝酿暮景。三贤祠的军队，吹出了一段凄冷的喇叭，似在促他归去的样儿，他在门外长堤路上站立住脚，向前后左右探望了一回，却看不见了她和那男子的踪迹，湖面上也没有归船，门前的艇子，除了他那一只以外，只有两艘旧而且小的空船在候着，这当然是那些下围棋的客人们的。他又觉得奇怪起来了，她究竟是往哪一方面去的呢？

迎着东天的半月，慢慢儿的打桨归来，旗营的灯火，已经在星星摇闪了。他从船头上转眼北望，看见了葛岭山下一带的山庄。尖着嘴吹了几声口笛，他心里却发见了一宗秘密："她一定是过西泠桥回向里湖去的，她一定是住在葛岭的附近无疑！"

回到了旅馆，在电灯底下把手面一洗，因为脑里头还萦回着那不知去向的如昙花似的黑衣女影，所以一天游湖的劳顿，还不能使他的心身颓灭下来。命茶房拿了几册详细的西湖图志与游览指南来后，他伏在桌上尽在搜查里湖沿山一带的禅房别墅与寄寓的人家。一面在心里暗想，他却同小孩子似的下了一个好奇赌咒的决心说："你这一个不知去向的黑衣少妇，我总有法子来寻出你的寓居，探清你的根底，你且瞧着吧！"

五

湖心的半月西沉了，湖上的冷光，也加上了一层黝黝的黑影。白天的热度，似乎向北方去诱入了些低压气层来，晴空里忽而飞满了一排怕人的云阵，白云堆的缺处，偶尔射出来的几颗星宿的光芒和几丝残月的灰线，更照出了这寒宵湖面的凄清落寞。一股寒风，自西北徐徐地吹落，飞过湖头，打上孤灯未灭的陈逸群的窗面的时候，他也感到了一点寒冷，拿出表来一看，已经是午夜的时刻了。

为了一个同风也似的捉摸不定的女性，竟这样热心的费去了半宵的心血！逸群从那一堆西湖图志里立起身来回想及此，倒也自家觉得有点好笑。向上伸了一伸懒腰，张嘴打了一个呵欠，一边拿了一支烟卷在寻火柴，一边他嘴里却轻轻地辩解着说：

"啊啊，不作无聊之事，何以遣有涯之生？"点上了烟，离开书桌，重在一张安乐椅上坐下的时候，他觉得今天一天的疲劳袭上身来了。又打了一个呵欠，眼睛里红红地浮漾着了两圈酸泪，呆呆对灯坐着吸去了半支烟卷，正想解衣就寝，走上床去，他忽又觉得鼻孔里绞刺了起来，肩头一缩，竟哈啾哈啾地打出了几个喷嚏。

“啊呀，不对，又遭了凉啦！”

这样一想，他就匆匆和着里边的丝绵短袄，躺到被里去睡觉去了。

本来是神经质的他，又兼以一天的劳瘁，半夜的不眠，上床之后，更不得不在杂乱的回忆和矛盾的恐惧里想一想起那一个黑衣的女影而画些幻象，所以逸群这一宵的睡眠，正像是夏天残夜里的短梦，刚睡着又惊醒刚睡着又惊醒地安定不下来。有时候他勉力地摒去了脑里的一切杂念，想把神经镇压一下而酣甜地睡去，可是已经受过激荡的这些纤细的组织，终于不能听他的命令；他愈是凝神屏气地在努力，弥漫在这深夜大旅馆中的寂静，愈要突入他的听觉中来，终致很远很远挂在游廊壁上的一架挂钟的针步，和窗面上时时拂来的一两阵同叹息似的寒风，就能够把他的静息状态搅乱得零零落落。在长时间的焦躁之后，等神经过了一度极度的紧张，重陷入极度的疲乏状态去后，他才昏沉地合下了眼去；但这时候窗外面的浮云，已带起灰沉沉的白色，环湖上的群山，也吐起炊烟似的云雾来了。

湖上的晨曦，今天却被灰暗的云层吞没了去，一天昙色，遮印得湖波惨淡无光，又加之以四围的山影和西北的尖风，致弄得湖面上寒空黯黯，阴气森森，从早晨起就酿成了一种欲雪未成的天气。逸群一个人曲了背侧卧在旅馆的薄棉被里，被茶房的脚步声惊醒转来，听说已经是快近中午了。开口和茶房谈了这一句话，他第一感觉到的，便是自己的喉咙的嘶哑。等茶房出门去替他去冲茶泡水的中间，他还不肯相信自己是感冒了风寒。为想试一试喉咙，看它究竟有没有哑的原因，他从被里坐起，就独自一个放开喉咙来叫了两声："诒孙！诒孙！"

钻到他自己的耳朵里去的这一个很熟的名字的音色，却仍旧是那一种敲破铁罐似的哑音。

"唉，糟糕，这才中了医生的预言了！"

这样一想，他脑里头就展开了一幅在上海病卧当时的景象。从大连匆促搭上外国邮船的时候，因为自己的身体已经入了安全地带了，所以他的半月以来同弓弦似的紧张着的心状一时弛散了开来。紧张一去，他在过去积压在那里的过度的疲劳便全部苏复转来了，因而一到上海，就出其不意地咯了几次鲜血。咯血的前后，身体更是衰弱得不堪，凡肺病初期患者的那些症候，他都饱尝遍了，睡眠中的盗汗，每天午后一定要发的无可奈何的夜热，腰脚的酸软，食欲的毫无，等等。幸亏在上海有一位认识的医生，替他接连打了几支止血针，并且告诉了他一番如何疗养的心得，吐血方才止住。又静养了几天，因为医生劝他可以不必久住在空气恶浊的上海，他才下了上杭州来静养的决心。

"你这一种病，最可怕而也最易染上的是感冒。因为你的气管和肺尖不好，伤风是很容易上身的。一染了感冒，咳嗽一发，那你的血管就又要破裂了，咯血病马上就又要再发。所以你最要小心的是在这一着。凡睡眠不足、劳神过度、运动太烈等，都是这病的诱因。你上杭州去后，这些地方都应该注意，体热尤其不可使它增高起来。平常能保住三十六至三十七度的体热就顶好，不过你也不要神经过敏，不到三十八度，总还不算发热。有刺激性的物事总应该少吃！”

这些是那位医生告诫他的说话，可是现在果真被这医生说中了，竟在他自己不觉得的中间感冒了风寒。身上似乎有点在发热的样子，但是咳嗽还没有出来，赶快去医吧，今天马上就去大约总还来得及。他想到了这里，却好那茶房也拿了茶水进房来了，他问了他些杭州的医生及医院的情形，茶房就介绍了一个大英医院给他。

洗过了手面，刷过了牙齿，他茶也不喝一口，换上衣服，就一个人从旅馆中踱了出来。阴冷的旅馆门前，这时候连黄包车也没一乘停在那里。他从湖滨走过，举头向湖上看了一眼，觉得这灰沉沉的天色和怪阴惨的湖光，似乎也在那里替他担忧，昨天的那一种明朗的风情，和他自己在昨天感到的那一种轻快的心境，都不知道消失到哪里去了。

六

沿湖滨走了一段，在这岁暮天寒的道上，也不曾遇到几多的行人；直等走上了斜贯东西的那条较广的马路，逸群才叫到了一乘黄包车坐向俗称大英医院的广济医院中去。

医院里已经是将近中午停诊的时候了，幸而来求诊的患者不多，所以逸群一到，就并没有什么麻烦而被领入了一间黑漆漆的内科诊疗室里。穿着白色作业服的那位医士，年纪还是很轻，他看了逸群的这种衣饰神气，似乎也看出了这一位患者的身分，所以寻问病源症候的时候他的态度也很柔和。体热测验之后，逸群将过去的症状和这番的打算来杭州静养，以及在不意之中受了风寒的情形详细说了一遍，医生就教他躺下，很仔细地为他听了一回。前前后后，上上下下约莫听了有十多分钟的样子，医生就显示着一种严肃的神气，跟逸群学着北方口音对他说：

"你这肺还有点儿不行，伤风倒是小事，最好你还是住到我们松木场的肺病院里去吧？那儿空气又好，饮食也比较得有节制，配药诊视也便利一点，你以为怎么样？"

逸群此番，本来就是为养病而来，这医院既然有这样好的设备，那他当然是愿意的，所以听了医生的这番话，他立刻就答应了去进病院。问明了种种手续，请医生写了几张说明书之后，他就寻到会计处去付钱，来回往复了好几次，将一切手续如式办好的时候，午后也已经是很迟，他的身体也觉得疲倦得很了，这一晚就又在湖滨的饭店里留了一宵宿。

一宵之内，西湖的景色完全变过了。在半夜里起了几阵西北风，吹得门窗房屋都有点儿摇动。接着便来了一天霏微的细雨，在不声不响的中间，这冷雨竟化成了小雪。早晨八点钟的光景，逸群披衣起来，就觉得室内的光线明亮得很，虽然有点冷得难耐，但比较起昨天的灰暗来，却舒爽得多了。将西面的玻璃窗推开一望，劈面就来了一阵冷风，吹得他不由自主地打了几个寒痉。向湖上的四周环视了一周，他竟忘掉了自己的病体，在窗前的寒风里呆立住了，这实在是一幅灵奇的中国水墨画景。

南北两高峰的斜面，各洒上了一层薄薄的淡粉，介在其中的湖面被印成了墨色。还有长堤上，小山头，枯树林中，和近处停泊在那里的湖船身上，都变得全白，在反映着低云来去的灰色的天空。湖塍上远远地在行走的几个早起的船家，只像是几点狭长的黑点，默默地在这一块纯白的背景上蠕动。而最足以使人感动的，却是弥散在这白茫茫打成一片的天地之间的那种沉默，这真是一种伟大而又神秘的沉默，非要在这样的时候和这样的地方是永也感觉不到的。

逸群呆立在窗前看了一回。又想起了今天的马上要搬进病院去的事情，嘴角上就微微地露出了一痕自己取笑自己的苦笑。

“这总不是天公送我进病院去的服色吧？”因为他看到了雪，忽而想起了一段小说里说及金圣叹临刑那一日的传说。这一段传说里说，金圣叹当被绑赴刑场去的那一天，雪下得很大；他从狱里出来，看见了满街满巷的白雪，就随口念出了一诗来说：“天公丧父地丁忧，万户千门尽白头，明日太阳来作吊，家家檐下泪珠流。”病院和刑场，虽则意义全然相反，但是在这两所地方的间壁，都有一个冷酷的死在那里候着的一点却是彼此一样的，从这一点上说来逸群觉得他的联想，也算不得什么不合情理。

那位中年的茶房冻红了鼻尖寒缩着腰走进他的房里来的时候，逸群还是呆呆鹄立在窗口，在凝望着窗外的雪景。

“陈先生，早呵，打算今天就进松木场的肺病院去么？”茶房叫着说。

逸群回过身来只对他点了点头，却没有回答他一句话，一面看见了这茶房说话的时候从口里吐出来的白气，和面盆里水蒸气的上升，他自己倒同初次感得似的才觉着了这早晨的寒冷，皮肤上忽而起了一层鸡栗，随手他就把开着的那扇房门关上了。

在房间里梳洗收拾了一下，付过了宿账，又吃了一点点心，等黄包车夫上楼来替他搬取皮箧的时候，时间已经不早了。坐在车上，沿湖滨向北的被拉过去，逸群的两耳，也感到了几阵犀利的北风。雪是早已不下了，可是太阳还没有破云出现，风也并不算大，但在户外走着总觉得有刀也似的尖风刺上身来，这正是江南雪后，阴冻不开的天气，逸群默默坐在车上，眼看着周围的雪中山水，却想起了有一次和诒孙在这样的小雪之中，两人坐汽车上颐和园去的事情。把头摇了几摇，微微的叹了一口气，他的满腔怀忆，只缩成了柳耆卿的半截清词，在他的哑喉咙里轻轻念了出来：

一场寂寞凭谁诉！
算前言，总经负。
早知恁地难拚，悔不当初留住。
其奈风流端正外，更别有，系人心处。
一日不思量，也攒眉千度。

七

松木场在古杭州城的钱塘门外，去湖滨约有二三里地的间隔。远引着苕溪之水的一道城河，绕松木场而西去，驾上扁舟，就可以从此地去西溪，去留下，去余杭等名胜之区。在往昔汽车道未辟之前，这松木场原是一个很繁盛的驿站码头，现在可日渐衰落了。松木场之南，是有无数青山在起伏的一块棋盘高地，正南面的主峰，是顽石冲天的保俶塔山——宝石山，西去是葛岭、栖霞岭、仙姑、灵隐诸山，游龙宛转，群峰西向，直接上北高峰的岭脊，为西湖北面的一道屏障。宝石山后，小岗石壁，更是数不胜数。在这些小山之上，仰承葛岭宝石山的高岗，俯视松木场古荡等处的平地，有许多结构精奇的洋楼小筑，散点在那里，这就是由一位英国宣教师募款来华，经营建造的广济医院的隔离病院。

陈逸群坐在黄包车上，由石塔儿头折向北去，车轮顺着坂道，在直冲下去的中间，一阵寒风，吹进了他的本没有预防着的口腔鼻孔。冷风触动了肺管，他竟曷吓曷吓的咳了起来，喉头一痒，用手卷去一接，在白韧的痰里，果然有几丝血痕混入了。这一阵咳，咳得他眼睛里都出了眼泪。浑茫地向手卷上看了一眼，他闭上眼睛，就把身体靠倒在洋车背上，一边在他的脑里又乱杂地起起波涛来了。

“这一个前兆，真有点可怕。漫天的雪白，痰里的微红，难道我真要葬在这西湖的边上了不成？……唉，人谁能够不死，死的迟早，又有什么相干，我岂是个贪生怕死的小丈夫！……可是，可是，像我这样的死去，造物也未免有点浪费，我到今日非但事业还一点儿也没有做成，就是连生的享乐，生的真正的意味都还没有尝到过。……啊，回想当时从军出发的那一腔热忱，那一种理想，现在到了生死之际量衡起来，却都只等于幻薄的云烟了！……本来也就是这样的，我们要改革社会，改革制度，岂不是也为了‘生’么？岂不是也为了想增进自我及大众的生的福裕么？‘生’之不存，‘革’将焉用？……罢了罢了，啊啊，这些事情还去想它作甚？我还是先求生罢，然后再来求生之享乐……”

许多自相冲突的乱杂的思想，正在脑里统结起来的时候，他的那乘车子，也已经到了松木场肺病院山下的门口了。车夫停住了车，他才睁开眼来，向大门一望，原来是一座两面连接着蜿蜒的女墙的很雅致的门楼。从虚掩在那里的格子门里望去，一层高似一层是一堆高低连亘的矮矮的山岗。在这中间，这儿一座那儿一点的许多红的绿的灰色的建筑物，映着了满山的淡雪和半透明的天空在向他点头俯视。他下车来静立了一会，看了一看这四周的景物，一种和平沉静的空气，已经把他的昏乱的头脑镇抚得清新舒适了。向门房告知了来意，叫车夫背着皮箧在后面跟着，他就和一位领导者慢慢地走上了山去，去向住在这分院内的主治医，探问他所应住的病室之类。这分院内的主治医，也是一位年青的医士，对逸群一看，也表示了相当的敬意。不多一忽，办完了种种手续，他就跟着一位十四五岁的练习护士，走上西面半山中的一间特等病室里去住下了。

这病室是一间中西折合的用红砖造就的洋房，里面包含着的病房数目并不见多，但这时候似乎因为年关逼近的缘故，住在那里的患者竟一个也没有。所以逸群在东面朝南的那间一号室里安顿住下，护士与看护下男退出去后，只觉得前后左右只充满了一层沁人心脾的静寂。一个人躺睡在床上，他觉得仿佛是连玻璃窗外的淡雪在湖里融解的声音都听得出来的样子。因为太静寂了，他张着眼向头上及四面的白壁看看，在无意中却感到了一种莫名其妙的恐怖，觉得仿佛在这些粉白的墙壁背后，默默地埋伏着有些怪物，在那里守视着他的动静的样子。

将近中午的时候，主治医来看了他一次，在他的胸前背后听了一阵，医生就安慰他说：

“这病是并不要紧的，只教能安心静养就对了。今天热度太高，等明后天体热稍退之后，我就可以来替你打针，光止止血是很容易的，不过我们要从根本的治疗上着想，所以你且安息一下，先放宽你的心来。”

主治医来诊视过后不多一忽，先前领他来的那位护士送药来了。这一位眉目清秀的少年护士，对逸群仿佛也抱有十分的好感似的，她料理逸群把药服后，又在床前的一张沙发上坐下了。

“陈先生，你一个人睡在床上，觉得太寂寞么？”她说。

“嗳，寂寞得很。你有空的时间没有？有空请你时常来谈谈，好陪陪我。”

一边说着逸群就把半闭的眼睛张了开来，对少年注视了一下。看到了这少年的红红的双颊，墨样的瞳神，和正在微笑的那一双弯曲的细眼，他似乎把服药后正在嘴里感到的那一种苦味忘记了。这一张可爱的小小的面形，他觉得是很亲很熟的样子，可是究竟是在什么地方看见过的呢，他却想不起来了。看了这少年的无邪的微笑，他也马上受了她的感染，脸上露出了一脸孤寂的笑容来。

“你叫什么名字？”他笑着问她。

“名字叫作志道，可是他们都叫我小李的。”

“你姓李么？”

“是的。”

“那么我也就叫你小李，行不行？”

“可以的，陈先生，你觉得饿了没有？”

“饿倒不饿，可是刚服过药，嘴里是怪难受的，有什么牛奶之类，我倒很想要一杯喝。”

“好，我就去叫看护下男为你去煮好了来。”这少年护士出去之后，房里头又全被沉默占领了去。这一回逸群可不感到恐怖了，因为他在脑里有了一种思索的材料，就是这位少年仿佛是在什么地方看见过的那一个问题。想了半天，然而脸上红了一红，眼睛里放出了一阵害臊的微光，他却把这护士的容貌想出来了，原来中学时代的他的一位好友，是和这小李的面形一样的。

八

小雪之余，接着就是几天冬晴的好天气，日轮绕大地回走了几圈，包围在松木场一带的空气，又被烘得暖和和同小春天一样。逸群在进病院后的第八天上完全退了热，痰里的血丝也已止住；近来假着一支手杖的力，他已经能够走出床来向回廊上及屋外面去散步了。病院生活的单调，也因过惯了而反觉得舒适，一种极沉静的心境，一种从来也没有感到过的寂灭的心境，徐徐地征服了他的焦躁，在帮扶他走向日就痊快的坦道上去，他自已也觉得仿佛已经变成了一位遁世的修道士的样子。

早晨一睁开眼，东窗外及前室的回廊上就有嫩红洁静的阳光在那里候他，铃儿一按，看护他的下男就会进来替他倒水起茶，梳洗之后，慢慢的走上南面的回廊，走来走去走一二遍，脚力乏了，就可以在太阳光里，安乐椅上坐躺下去。前面是葛岭的高丘和宝石山的石垒；初阳台上，这时候已经晒满了暖和的朝日，宝石山后的开凿石块的地方，也已经有早起的工人在那里作工了。澄清的空气里，会有丁丁笃笃的石斧之声传来，脚下面在这病院的山地与葛岭山中间的幽谷里间或有一二个采樵的小孩子过去，此外就是寂静的长空，寂静的日脚，他坐在椅上，连自己的呼吸都可以听得清清楚楚。不多一忽，欢乐轻松的小李的脚步声便会从后面进出的通用门里响近前来，替他量过热度，换过药水，谈一阵闲天，就是吃早餐的时刻了。早餐过后，在回廊上走一二遍，他可以动也不动地在那张安乐椅上坐躺到中午。吃完午饭，量过热度，服过药，便上床去试两三小时的午睡；午睡醒来，日脚总已西斜，前前后后的山色又变了样子，他若有兴，也可以扶杖走出病室，向病院界内的山道上去试一回小步；若觉得无力，便仍在那张安乐椅上坐下，慢慢的守着那铜盘似的红日的西沉。晚饭之后，在回廊上灰暗的空气里坐着，看看东面松木场镇上的人家的灯火，数数苍空里摇闪着的明星，也很可以过一二个钟头的极闲适极快活的时间，不到八点钟就上床去睡了。

这就是逸群每日在病院里过着的周而复始的生活。因为外面的生活方式这样的单调刻板化了，所以他的对外界的应付观察的注意全部，就转向了内。在日暖风和的午后，在澄明清寂的午前，沉埋在回廊上的安乐椅里他看山景看得倦了，总要寻根究底的解剖起自家过去的生活意思来。

“自己的一生，实在是一出毫无意义的悲剧，而这悲剧的酿成，实在也只可以说是时代造出来的恶戏。自己终竟是一个畸形时代的畸形儿，再加上以这恶劣环境的腐蚀，那些更加不可收拾了。第一不对的，是既作了中国人，而偏又去受了些不彻底的欧洲世纪末的教育。将新酒盛入了旧皮囊，结果就是新旧两者的同归于尽。世纪末的思想家说：——你先要发见你自己，自己发见了以后，就应该忠实地守住着这自我，彻底地主张下去，扩充下去。环境若要来阻挠你，你就应该直冲上前，同他拼一个你死我活，Allor Nothing！不能妥洽，不能含糊，这才是人的生活。——可是到了这中国的社会里，你这唯一的自我发见者，就不得不到处碰壁了。你若真有勇气，真有比拿破仑更坚忍的毅力，那么英雄或者真能造得成时势也说不定，可是对受过三千年传统礼教的系缚，遵守着尧舜禹汤文武周公孔子一脉相传的狡诈的中庸哲学的中国人，怕要十个或二十个的拿破仑打成在一起才可以说话。我总算发见了一个自以为的自我了，我也总算将这自我主张扩充过了，我并且也可以算冲上前去，与障碍物拼过死活了，但是所得到的结果是什么？……大约就是在这太阳光里的这半日的静坐吧？……啊啊，空，空，空，人生万事，终究是一个空！”

想来想去，想到了最后的结论，他觉得还是这一个虚无最可靠些。尤其是前天的早晨，正当坐在这回廊上享太阳的时候，他看见东面的三等病室里有两三个人抬出了一个用棉被遮盖好的人体来，走向了山下的一间柴棚似的小屋；午饭前小李来替他量过热度诊过脉搏后，在无意中对他说：

“又是一个患者 dead 了，他昨天晚上还吃两碗饭哩！”

这一句在小李是一点儿也不关紧要，于谈笑之间说出来的戏言，倒更证实了他每次所下的那个断案。

“唉，空，空，空，人生万事终究是一个空！”

这一天午后，他坐在回廊上，也同每次一样的正想到了这一个结论的时候，忽而听见小李在后边门外喊着说：

“梅先生来了！”

接着她就匆匆跑进了逸群的病室，很急速地把他的房间收拾得整整洁洁。原来这梅先生就是广济医院的主宰者，自己住在城里，当天气晴快的午后，他每坐着汽车跑到这分院里来看他的患者的。

不多一会，一位须发全白的老人，果然走到逸群的病室里来了。他老先生也是一位机会与时代偶尔产下来的幸运儿，以传教行医，消磨了半生的岁月，现在是已经在这半开化的浙江省境内，建造起了他的理想的王国，很安稳快乐地在过度他的暮年余日了。一走进房，他就笑着问逸群说：

“陈先生，身体可好？今天觉得怎么样？”逸群感谢了一番他垂问的盛意，就立起身来走入了起坐室里请他去坐。他在书桌上看见了几册逸群于暇时在翻读的红羊皮面的洋书，就同发见了奇迹似的向逸群问说：

“陈先生，你到过外国的么？”

“嗳，在奥克司福特住了五年，后来就在欧洲南部旅行了两年的光景。”

听了逸群的这一个学历，他就立刻将那种应付蛮地的小孩子似的态度改过，把他的那个直挺挺有五尺多高的身体向沙发上坐了下去。寻问了一回逸群的身世和回国后任事的履历，又谈了些疾病疗养上的极普通的闲天，他就很满足似的立起身来告辞了。临行的时候，握住了逸群的手，他又很谦虚地招请他说：

“前面葛岭山上，我也有几间房屋起在那里，几时有空的时候，我要来请你过去吃茶去。像这一个样子下去，那不消多少时候，你的身体就完全可以复原的，让我们预备着你退院的时候的祝贺大会吧！”

说着他又回顾了一眼立在廊下恭候着他的那位主治医生，三人就合起来大笑了一阵。

逸群自从受了这一回院主的过访以后，他的履历就传遍了这一区山上的隔离病院，上上下下的人大家都晓得这陈先生是一位北洋道台的公子，他是到过外国，当过大学堂的教师，做过官的。于是在这山上的几处隔离病室里住着的练习护士们，拿了英文读本文法书来问字求教的人，也渐渐地多了起来；听他们谈谈，逸群对这病院里的情形内幕也一天一天地熟悉起来了。

九

关于这病院的内幕消息里面，有一件最挑动逸群的兴味的，是山顶最高处的那间妇女肺病疗养处清气院的创立事件。这清气院地方最高，眺望得也最广，虽然是面南的，但在东西的回廊上及二层楼的窗里远看出去，看得见杭州半城的迷离的烟火，松木场的全部的人家，和横躺在松木场与古荡之间的几千亩旷野；秦亭山的横空一线，由那里望过去，更近在指顾之间，山头圣帝庙的白墙头当承受着朝阳熏染的时候，看起来真像是一架西洋的古画。这风景如此之美的清气院，却完全是由一位杭州的女慈善家出资捐造的，听他们说，她为造这一间清气院，至少总也花去了万把两的银子。

有一天午后，天气仍旧是那么的晴快，逸群午睡醒来，很想走上山顶，到这一间清气院的附近去看看北面旷野里的风景，正好小李也因送药到他那里来了，他们两人就慢慢地走出了病室，走上了那条曲折斜通山顶的小道。

太阳已经西斜到和地面成一只锐角的光景，松木场的人家瓦上，有几处已经有炊烟在钻起来了。两人在一处空亭里立了一会，看了些在后面山下野道上走路的乡民和远处横躺着的许多洁净的干田，就走入了一条侧路，走向了清气院的门前。一到了清气院的门口，小李就很急速的抽出了她那只被逸群捏住的手，三脚两步的跨上了这女病室的台阶，走入了有许多青年妇女围立在那里的那间楼下的大厅。逸群在半路上立定了脚，朝这一群妇女围立着的中心处一看，也不知不觉的呆住了。靠近桌子立在这些妇女们的中间，手里拿着了许多衣料罐头食物之类，在分送给大家的那一位女主人公，原来就是那一天他在西泠印社里看见过的那个不知去向的黑衣少妇。她对黑的颜

色，似乎是特别喜欢的样子，今天穿的仍旧是一件黑色天鹅绒的长褂。

小李从人丛中挤了进去，向她恭恭敬敬的行了一个鞠躬礼，向一位中老的看护妇长也打了一个招呼，似乎很轻很轻的说了几句什么话，就把目光掉转，回头来向外面立在夕阳影里的逸群看了一眼。那位黑衣少妇，也和小李一道的把目光注向了外面，同时围立在那里的许多妇女也都掉转了头，看向了逸群的身上，他倒一霎时不由自主的害起羞来了，一转瞬间竟把他那张苍白的脸涨得通红。正在进退维谷，想举起脚步来走开的时候，那位少妇却拉了小李的手走出到了大厅外的回廊上面，和他微笑着点了点头说：

“是陈先生么？我已经听见梅先生说起过了，等一会我就来看你，那间病室里我从前也住过的。”

不知所措的逸群只觉得听到了一段异常柔和异常谐合的音乐，头脑昏得利害，耳根烧得火热，她说的究竟是几句什么话，和自己对她究竟回答了几句什么等，全都记不起了。伏倒了头从小道上一个人慢慢走回病室来的中间，在他的眼前摇映着的只是一双冷光四射同漆皮似的黑晶晶发亮的眼睛，与从这眼睛里放出来的一痕同水也似的微波。他一个人像这样的昏乱地走了不久，后面小李又跑着追上来了。小李的面色，也因兴奋之故涨得红红。一面拉住了逸群的手走着，一面他就同急流似的说出了一大堆话来。

“她就是那位大慈善家康太太呀！每年冬天过年的时候，她总要来施舍一次的，不但对男女老幼的贫苦患者，就是对我们也都有得分到的。她家里很有钱，在上海杭州开着十几家银行哩。我不是同你说过了么？清气院就是由她一个人出资捐造的，她自家也曾患过肺病来着，住的就是你现在住的那一间房，所以她对肺痨病者是特别的有同情，特别的肯帮助的。每年她在我们这里捐助的药钱和分送的东西，合算起来怕也得要几千块钱一年哩。在葛岭山上她还有一间很好的庄子在那里，陈先生，几时我同你去玩去，从这里的后门走出，过栖霞岭走上去是很近的。她说她还要上你这边来看你哩。我们快回去把房间收拾收拾，叫下男去烧好茶来等着吧。陈先生，我们快走，快走，快走回去！”

被她这么一催，逸群倒也自然而然的放快了脚步。回到了病室，把散乱的东西收拾了一下，叫下男预备好了一点茶水，他就在沙发上坐下，在那里细细地咀嚼起那天和她初次见面时候的事迹来了。小李看了逸群的沉默的样子，看了他那种呆呆地似在沉思的神气，却觉得有点奇怪起来，所以也把自己的兴奋状态压了下去，镇静地问他说：

“陈先生，你又在那里想什么了？她怕就要来了呢！”

逸群听了这小孩的一种似在责备他的口气，倒不觉微微地笑破了脸。对小李看了一眼，他就有点羞缩似的问她说：

“小李，你晓得这一位康太太的男人，是干什么的？”

“说起康承裕这三个字，杭州还有哪一个不知道他是一位银行老板呢！”

“你看见他过的么？”

“怎么会不看见过啊。”

“他多大年纪了？”

“那我可不晓得。”

“有胡须么？”

“嘴上是有几根的，可是并不多。”

“是穿洋服的么？”

“有时候也穿，尤其是当他从上海回来的时候。”

“噢，那么我倒也看见过他了。”

“嗳，你怎么会看见他呢？”

“我是在西湖上遇见他的。”

两人坐在沙发上这样的谈了半天，那位康太太却终究没有到来。小李倒等得心急起来了，就立起了脚跳了出去，说是打算上麻风院及主治医室等处去探问她的究竟是走上了什么地方去的。

十

松木场广济分院的房屋，统共有一二十栋。山下进门是一座小小的门房，上山北进，朝东南是一所麻风院兼礼拜堂的大楼。沿小路向西，是主治医师与护士们的寄宿所。再向西，是一间灰色的洋房，系安置猩红热、虎列剌等患者的隔离病室。直北是厨房，及看护下男等寄宿之所。再向西南，是一所普通的肺病男子居住的三等病房。向西偏北的半山腰里，有一间红砖面南的小筑，就是当时陈逸群在那里养病的特等病室。再西是一所建筑得很精致很宽敞的别庄式的住屋，系梅院长来松木场时所用的休息之处。另外还有几间小筑，杂介在这些房屋的中间。西面直上，当山顶最高的一层，就是那间为女肺病患者所建的清气院了。全山的地面约有二百余亩，外面环以一道矮矮的女墙，宛然是一区与外界隔绝的小共和国。

逸群一个人在那间山腰病室的起坐室里守候着康夫人的来谒，时间已经挨得很久了，小李走出去后，他更觉得时间过去的悠长，正候得有些不耐烦起来的时候，小李的那双轻脚却又从后面门里跳跑了进来。还没有跑到逸群的那间病室门口，她右手擎着了一只银壳手表，就高声叫着说：

“陈先生，你瞧你瞧，这是康太太给我的！”笑红了脸，急喘着气，走到了逸群的身边，她的左手又拿出了一张名片来。名片上面印着康叶秋心的一行小号宋字，在名片的背后，用自来水笔纤细地写着说：

“今天因为还要上麻风院去分送东西，怕时间太晚，不能来拜访了。明天下午三时，请你和小李同来舍间喝茶，我们可以来细谈谈病中的感想。”

小李把名片交给逸群看后，脸上满堆着欢笑，还在一心玩弄那只手表。等逸群问她康太太另外还有什么话没有的时候，她才举起头来对逸群说：

“康太太请你明天去喝茶，教我陪了你同去，她已经向主治医生为我请好假了。她说今天因为还要上麻风院去，怕是来不成的。”

“康太太的家里，你喜欢去么？”

“为什么不喜欢呢？那儿景致又好，吃的东西又多，还有留声机器听。”

“那么明天你就非去不可，我可是有点怕，怕走多了路。”

“怕走多了路？从后门出去是很近的，并且路也好走，并不是山路。康太太明天在候着你的，你不去可不行哪。”

“好，到了明天再说吧。”

这时候太阳已经在清气院的西边隐没了下去，天上四周只充满了一圈日暮的红霞，晚风凉冷，吹上了逸群的兴奋得微红的两颊，病室里的景象也灰颓萧索起来了。听逸群止住了口，小李骤然举起头来向四边一看，也觉着了时候的不早，重订了一遍明天一定同去的口约，她就又拔起双脚，轻轻快快的跳了出去。

被剩落在孤独与暮色里的逸群，一个人在病室里为沉默所包围住的逸群，静听着小李的脚步声幽幽地幽幽地远了下去，消逝了下去，最初的一瞬间他忽而感到了一种内心的冲动，想马上赶出去和小李一道的上麻风院去探视一回，可是天色晚了，即使老了脸皮走到了麻风院里，她也未必会还在那里的。况且还有明朝的约会，明朝岂不是可以舒舒服服的上她那里去接近着她和她去谈谈笑笑了么？但是但是，到明朝的午后为止，中间还间着一个钟漏绵绵的长夜，还间着一个时间悠久的清晨，这二十几个钟头将如何的度过去呢？啊啊，那一双深沉无底的眼睛，那一对盈盈似水的瞳神！你这一个踏破铁鞋也无觅处的黑衣女影，今天却会这样偶然的闯到这枯干清秘得同僧院似的病院里来，真想不到，真想不到。一个人在黑沉沉的沙发上坐着，像这样的想想这里，想想那里，一直的想了下去，他正同热病患者似的在开着了眼睛做梦。门外面无声无臭地逼近前来的夜色，天空里一层一层渐渐地浅淡下去的空明，和四围山野里一点一滴地在幽息下去的群动，他都忘记了，直到朝东南的两面玻璃窗里有灼烁的星光和远远的灯火投映进来的时候，他才感到了自己身边的现实世界而在黑暗里睁开了两眼。像在好梦醒后还有点流连不舍似的，他在黑暗里清醒转来以后，还是兀兀地坐着不动，不想去开亮电灯来照散他的幻梦。在这柔和甘美与周围的静悄悄的夜阴很相称的回忆里沉浸得不久，后面的门呀的一响，回廊上却有几声笨重的脚步声到了。

“陈先生，陈先生，你怎么电灯都还没有点上？”

与这几句话同时走进他的病室里来的，是送晚饭来的看护下男。在这松木场的广济分院的别天地里又是一天单调和平的日子过去了。

十一

十二月二十四日的晓阴，在松木场的山坳里破亮了。空阔的东天，和海湾相接之处，孕怀着一团赭色。微风不起，充塞在天地之间的那层乳样的烟岚，迟迟地，迟迟地，沉淀了下去。大气一澄清，黝苍的天际，便透露出了晴冬特有的它那种晨装毕后的娇羞的脸色，深蓝无底的黛眉青，胭脂浴后的红薇晕，更还有几缕，微明细散，薄得同蝉翼似的粉条云。

觅恨寻愁，在一尺来厚的钢丝软垫上辗转了半夜的陈逸群，这时候也从期待和焦躁的乱梦里醒过来了。一睁开眼，他就感到了一种晴天侵早所给与我们的快感。举头向粉刷得洁白的四壁望了一周，又从床头玻璃窗的窗帷缝里，看取了一线室外的快晴的烟景，他的还没有十分恢复平时清醒状态的脑里，也就记起了昨夜来的记忆——在不意之中忽而遇到的那一位黑衣的神女，她含着微笑走出到回廊上来招呼他的风情，同音乐似的柔和谐整的她的声气，他自己的那种窘急羞臊得同小学生似的心状，在暮色苍然的病室里鹄候她来访的几刻钟中间的焦急，听说她不来了以后的那一种失望和衷心感到的淡淡的哀愁，随后又是半夜的不眠和从失眠的境里产生出来的种种离奇的幻想，——这许许多多昨夜来的记忆，很快很快的同电影场面似的又在他的刚醒过来的脑里重新排演了一回。因为这前后的情节，实在来得太变幻奇突，而他自己的感情起伏，也实在来得波浪太大了，所以回想起来，他几乎疑信自己还在那里做梦，这一切的一切，都还不免是梦里的悲欢。然而伸出手向枕头边上一摸，一张凉阴阴的长方小片，却触着了他的手指，拿将起来一看，正面还是黑黑的康叶秋心的四个宋字，反面仍旧是几行纤丽的约他于今天午后去茶叙的传言。

“还好还好，这一次的这一位黑衣神女，倒还不是梦里的昙花！”

这样的在脑里一转，他的精神也就抖擞起来了，四肢伸了一伸，又纵身往上一跳，他那瘦长的病后的躯体，便从鸭绒被里起立到了病室的当中。按铃叫了一声看护下男，换上衣服，匆匆梳洗了一下，他拿起立在屋角的那枝白藤手杖，便很轻快地从病室走上了回廊，从回廊走出到了晴光四溢的天空的底下。

这时候太阳已经升高了；薄薄的晨霜，早已化成了万千的水滴，把山中的泥路，湿润得酥软可人。带点辛辣味的尖寒空气，刺激着他的露出在衣外的面部手部，皮肤上起了一种恰到好处的紧缩感觉；溲溜溜一股阴凉的清气，直从他的额头脑顶，贯穿了他的全身。他从低处的山道渐渐地走上山去，朝阳所照射着的地域因而也渐在他的周围扩大了开来，而他的心神全部，也觉得一步一步慢慢地在镇静下去。到了一处耸立在一个小峰之上的茅亭里立定，放眼向山后北面的旷野瞭望了几分钟，他的在一夜之中为爱欲情愁所搅乱得那么不安的心灵思虑，竟也自然而然地化入了本来无物的菩提妙境，他的欲念，他的小我，都被这清新纯洁的田园朝景吞没下去了。

面对着了这大自然的无私的怀抱，肩背上满披着了行程刚开始的健全的阳光，呼吸了几口深呼吸后，他的恢复了平时的冷静的头脑，却使他取得了一种对自己的纯客观的批评的态度。

以自己的经历来论，风花雪月，离合悲欢，也着实经过了不少了，即以对女性的经验来讲吧，远的姑且不论，单讲近的，回国之后在北京游散着的几年之中，除诒孙之外，新的旧的，已婚的未婚的，美的智的，高贵的温柔的女性，也不知曾经接触过了几多，可是自己却从没有颠倒昏乱，完全忘却过自己，何以这一回的与这一个漠不相关的女性，偶尔在歧路上的匆匆的一遇，便会发生出这许多幻想来的呢？难道是自己的病的结果么？然而据主治医生之所说，则不久之后，就可以完全恢复健康，安然出院去了。难道是这康叶秋心的财富在诱惑着自己么？可是自己父祖的遗产还未荡尽，虽然称不得巨富，但也尽可以养活自己的一生而有余；并且自己所有的教养，决不会使自己的心性堕落到这一个地步的。那么大约是她的美丽吧，大约是她的肉体的美在挑拨引诱着自己吧？然而这康夫人之美，却又并不是这一类玩弄男子，挑引肉感的妖妇式的美，况且对于这一层自己是曾经受过试验，觉得很有把握的。

对自己的心理的批评分析，到了这里，他却漫然地想起了从欧洲回国的途中的一段浪漫史来。不自觉地再举目向远近四周的田园清景望了一望，他的对于这一段 Episode 的回忆，尤其是觉得生动而活现了，因为那时候的背景，是热烈浓艳的地中海里的炎夏三伏夜，而眼前的景致，却是和平清静的故国的晴冬。

十二

正当那只法国定期船将到苏彝士河口 Port Said 的前夜，在回国的途上的陈逸群和许多其他的乘客，却在船上逢迎了法国革命纪念的那一天七月四日。自从马赛出发以来，就招呼认识的那位同船的美国少女，对逸群的态度表情，简直是旁若无人，宛然像从小就习熟的样子。有时候倒弄得饱受着英国的保守的绅士式的教育的陈逸群，反不得不故意寻出口实来避掉她的大胆的袭击。

她的父母本来是德国北部的犹太系的移民，五六十年前跟了他们的祖父移住到蜜士西毕河上流去开垦的时候，那一块北美的沃地，还是森林密聚，人烟稀少的，冷僻到不可思议的地方。而现在却不同了，水陆的交通，文明的利器，都市的美观，农村的建设，无一处不在夸示着它的殷富了。因而贝葛曼（Bergman）的一家，也就成了米西根地方的豪富。然而巨富之家，族种不繁，似乎是天公裁断定的制度，是以由贝葛曼两代的辛苦经营而积下来的几千万财产，只有这一个今年才二十一岁的如花少女冶妮（Jennie）来继承相续。雄心勃勃的她的父亲爱杜华（Eduard）贝葛曼自己，近年来也感到了老之将至了，将所有的事业都交给了可托的管理人后，他自己就带了妻儿，走上了世界漫游的旅途。他们三人的这一回的和陈逸群的同船，原是因为已经看厌了欧洲各大都会的颓废文明的结果，想上埃及内部，非洲蛮地去寻点新奇，冒点小险的。

冶妮贝葛曼，今年二十一岁了。不长不短的她的肥艳的身上，处处都密生着由野外运动与自由教育而得来的结实的肌肉。长圆形的面部，红白相间到恰好的地步，而使她的处女美尤其发挥到极致的，却是那一双瞳神蓝得像海洋似的大眼，与两条线纹弯曲得很的红润的樱唇。本来就把全身的曲线透露得无微不至的欧罗巴的女装，更因为是炎夏半裸的单衣的缘故，她穿在身上的服饰，简直可以把她的肉色都映照得出来。而更是风情别样，不得不教人恼杀的，是在她那顶银丝夏帽下偷逃出来的几圈条顿民族所特有的，金发的丝儿，因为当她举起手来整发的时候，在嫩红的腋下与肉乳的峰旁，时时可以看得出来的，也就是与此同样的几缕浅软的金毛。

大约是因为从小就生长在富庶的环境里的结果吧，到了这一个年龄，按理也应该是稍知稼穑，博通世故的时候了，可是她却还同在大学学窗下的女青年一样，除了寻欢作乐，学媚趋时而外，仿佛是社会的礼义，世间的生活，和她都绝不相干的样子。

在微风邀醉的餐室外面的回廊阴处，举起两手枕抱了头，深深地斜躺上安乐的摇椅，朦胧地远视着地中海里的白日青天，大约映写到她的脑里来的风物人群，总还是那些由好莱坞特的明星等所模制出来的东方众香之国，和又年青又勇敢，又多情又美貌的印度皇子，或老大帝国的最富华最伟大的贝勒与亲王。所以也曾饱受过欧洲近代的教育，面貌也并不十分丑陋，行动举止却又非常娴雅的陈逸群的出现，大约是正适合了她的妖幻的梦境，满足了她的浪漫的嗜好。故而自从马赛出发以来，短短的几日地中海里的行程，竟成了她的演习幻梦里的操练的疆场，而生来就有点胆怯，体格也不十分强健的陈逸群，倒变作了文王囿内，在被追逐的小兔麋鹿了。

太阳在船尾西北的地中海里沉没了下去，深蓝的海面和浅碧的天空，同时都烘染上了一层银红的彩色。从东南面吹上船来的微风阵阵，暗暗地都带着些海水的辛咸，和热带地方特有的那一种莫名其妙的浓香酽味，船上的七月四日，又这样的慢慢地晚了。

这一天，冶妮从点心时候起，就拖住了逸群不肯放他走开，直到两人在船栏边看完了落日，她的曝露在外面的臂上胸上微有点感到了凉意，船上头庆祝法国革命纪念的夜宴将就开始的时候，她和他坚约定了今晚的跳舞，眼角唇边满含着了招引他来吮吸的微笑，低徊踌躇，又紧握了一回长时不放的手，才匆匆地分头别去，各回到了自己的舱室里去梳洗更衣，预备赴宴。

在灯光灿烂，肉色衣香交混着的聚餐室里，冶妮当然是坐在逸群的上手，于欢呼健啖之余，他们俩也不晓得干尽了几多杯的葡萄香槟。冷红茶，米果，冰激凌过后，就是小息的时间了。休息二十分钟之后，跳舞的音乐马上就要开始的。

当小息的中间，逸群也因为多喝了几杯酒的原因，被冶妮的眼角一挑，竟不由自主，大着胆跟她走出了众人还在狂欢大笑的聚餐兼跳舞的厅室，到了清凉洁白的一处离餐室稍远的前甲板的回廊角里。

是旧历的初八九的晚上的样子，半弓将满的新月，正悬挂在船楼西南面的黝苍的天际。轮机仍在继续着前行，不断的海风摇拂在他们的微红的脸上，穿巴黎最新式的、上半身差不多是全裸的夜会服的冶妮，走在他的前面，肩上背上满受了月光的斜照，由他的醉眼看去，她的整个的身体，竟变作了凡尔赛皇宫园里的白石的人儿。他慢慢地走着看着，到后来终于立住了脚，不再前进了。在他的心里真恨不得把这一个在前面蠕动，正满含着烂熟的青春的肉体，生生地吞下肚去。冶妮似乎也自觉到了她在月光下的自己的裸体的魔力了，回头来向他微微地一笑，又很妖媚地点了点头。这一刹那贯流在逸群的血脉里的冷静的血液都被她煽热了，同醉汉似的踉跄向前冲了几步，当他还没有立定的时候，一个柔软得同无骨动物似的微温的肉体就倒进了他的怀里。冶妮向后一靠，她的肥突的后部便紧贴上了他的腹下，一阵浓亵得难耐的奥色贡特制的百和香味红蒙地喷进了他的鼻孔，麻醉了他的神志。注目向自己的鼻下一看，他只看见了一张密闭着眼睛，嘴唇抽动，向后倒粘在他颊下的冶妮的脸。

“冶——妮——……我的可爱——的冶——妮——……”

紧抱住了她的腰部，这样很细很细地拖长叫了一声，他就觉得两条微带着酒气的，同火也似的热烈的嘴唇往上一耸竟吸上他的嘴边来了。

在月光底下，在海浪高头，保住了这样的一个姿势，吸着吻着，他们俩不晓得蹰立了多少时候，忽而朦胧地幽远地Orchestra的乐音就波渡过来了。冶妮突然狠命地钩舌吸了他一口，旋转了身子，捏住了他的右手，张大了眼盯视住他的两眼，就开始移动了起来，逸群也便顺势对抱住了她的腰围和她半走半跳地走回到了跳舞的厅里。

这一晚的酣歌醉舞，一直闹到了午前两三点钟的样子。贝葛曼老夫妇早已回到了自己的舱室里去睡了，而冶妮当跳到了舞兴阑珊的夜半，又引诱着逸群出来，重到了月落星繁，人影全空的那一角回栏的曲处。她献尽了万种的媚态，一定要逸群于明朝也和她们一道，同在Port Said上陆，也和她们同上埃及内部去旅行。她一定要逸群答应她永远地和她在一处作她的伴侣。但这时候，逸群的酒意，也已经有七八分醒了，当他靠贴住冶妮的呼吸起伏得很急的胸腰，在听取她娓娓地劝诱他降伏的细语的中间，终于想起了千创百孔，还终不能和欧美列强处于对等地位的祖国；他又想起了亨利詹姆斯也曾经描写过的那一种最喜玩弄男子，而行为性格却完全不能捉摸的美国的妇人型。

第二天船到了埠头，他虽则也曾送她们上了岸，和她们一起在岸上的大旅馆里吃了一次丰盛的大晚餐，两人之间可终没有突破那最后的一道防线。晚餐之后，她和他同来到了埠头月下，重送她上船去的时候，虽则也各感到了一重隐隐的伤感，虽则也曾交换了几次热烈的拥抱与深吻，但到后来却也终只坚约了后会，高尚纯洁地在岸边各分了手。

原载一九三一年三月至五月《青年界》第一卷第一号至第三号

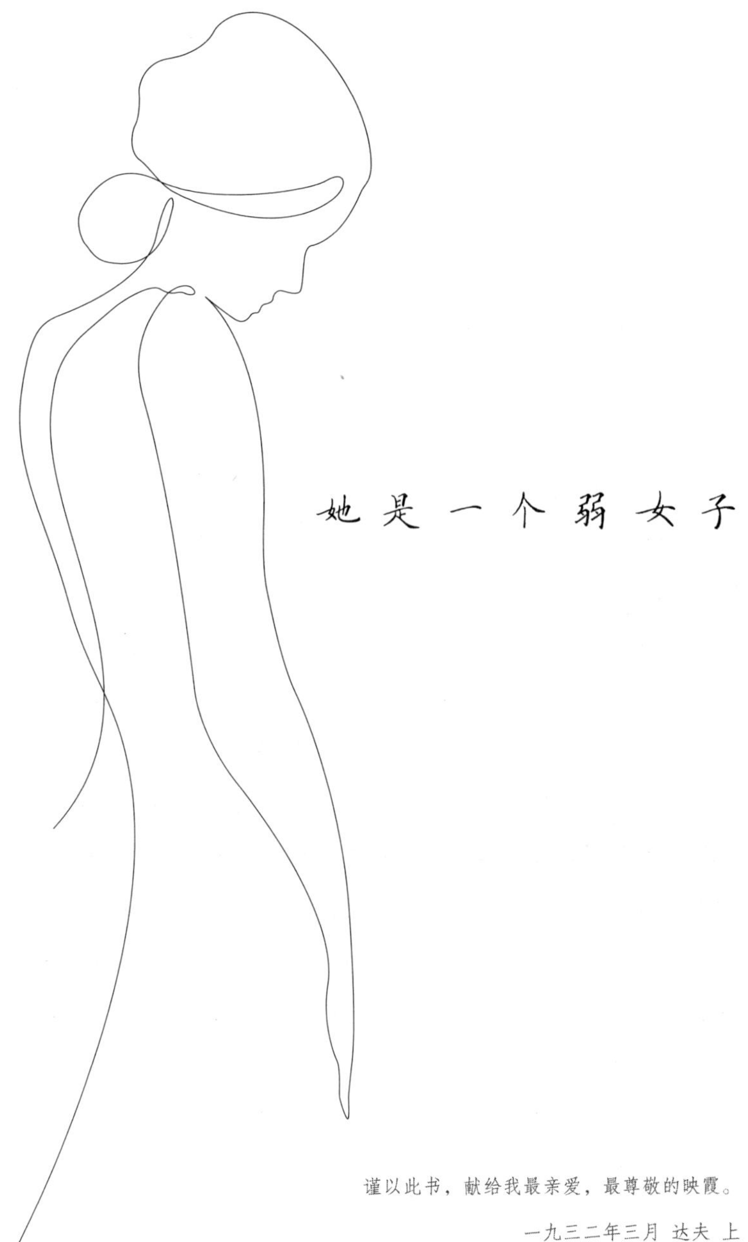

她是一个弱女子

谨以此书，献给我最亲爱，最尊敬的映霞。

一九三二年三月 达夫 上

一

她的名字叫郑秀岳。上课之前点名的时候，一叫到这三个字，全班女同学的眼光，总要不约而同的会聚到她那张蛋圆粉腻的脸上去停留一刻；有几个坐在她下面的同学，每会因这注视而忘记了回答一声“到！”男教员中间的年轻的，每叫到这名字，也会不能自已地将眼睛从点名簿上偷偷举起，向她那双红润的嘴唇，黑漆的眼睛，和高整的鼻梁，试一个急速贪恋的鹰掠。虽然身上穿的，大家都是一样的校服，但那套腰把紧紧的蓝布衫儿，折皱一定的短黑裙子，和她这张粉脸，这双肉手，这两条圆而且长的白袜腿脚，似乎特别的相称，特别的合式。

全班同学的年龄，本来就上下不到几岁的，可是操起体操来，她所站的地位总在一排之中第五六个人的样子。在她右手的几个，也有瘦而且长，比她高半个头的；也有肿胖魁伟，像大寺院门前的金刚下世的；站在她左手以下的人，形状更是畸畸怪怪，变态百出了，有几个又短又老的同学，看起来简直是像欧洲神话里化身出来的妖怪婆婆。

暑假后第二学期开始的时候，郑秀岳的座位变过了。入学考试列在第七名的她，在暑假大考里居然考到了第一。

这一年的夏天特别的热，到了开学后的阳历九月，残暑还在蒸人。开校后第二个礼拜六的下午，郑秀岳换了衣服，夹了一包书籍之类的小包站立在校门口的树阴下探望，似乎想在许多来往喧嚷着的同学、车子、行人的杂乱堆里，找出她家里来接她回去的包车来。

许多同学都嘻嘻哈哈的回去了，门前搁在那里等候的车辆也少下去了，而她家里的那乘新漆的钢弓包车依旧还没有来。头上面猛烈的阳光在穿过了树阴施威，周围前后对几个有些认得的同学少不得又要招呼谈几句话，家里的车子寻着等着可终于见不到踪影，郑秀岳当失望之后，脸上的汗珠自然地也增加了起来，纱衫的腋下竟淋淋地湿透了两个圈儿。略把眉头皱了一皱，她正想回身再走进校门去和门房谈话的时候，从门里头却忽而叫出了一声清脆的唤声来：

“郑秀岳，你何以还没有走？”

举起头来，向门里的黑阴中一望，郑秀岳马上就看出了一张清丽长方，瘦削可爱的和她在讲堂上是同座的冯世芬的脸。

“我们家里的车子还没有来啦。”

“让我送你回去，我们一道坐好啦。你们的家住在哪里的？”

“梅花碑后头，你们的呢？”

“那顶好得咧，我们住在太平坊巷里头。”

郑秀岳踌躇迟疑了一会，可终被冯世芬的好意的劝招说服了。

本来她俩，就是在同班中最被注意的两个。入学试验是冯世芬考的第一，这次暑假考后，她却落了一名，考到了第二。两人的平均分数，相去只有一点三五的差异，所以由郑秀岳猜来，想冯世芬心里总未免有点不平的意气含蓄在那里。因此她俩在这学期之初，虽则课堂上的坐席，膳厅里的食桌，宿舍的床位，自修室的位置都在一道，但相处十余日间，郑秀岳对她终不敢有十分过于亲密的表示。而冯世芬哩，本来就是一个理性发达，天性良善的非交际家。对于郑秀岳，她虽则并没有什么敌意怀着，可也不想急急的和她缔结深交。但这一次的同车回去，却把她两人中间的本来也就没有什么的这一层隔膜穿破了。

当她们两人正挽了手同坐上车去的中间，门房间里，却还有一位二年级的金刚，长得又高又大的李文卿立在那里偷看她们。她的脸上，满洒着一层红黑色的雀斑，面部之大，可以比得过平常的长得很魁梧的中年男子。她做校服的时候，裁缝店总要她出加倍的钱，因为尺寸太大，材料手工，都要加得多。说起话来，她那副又洪又亮的沙喉咙，就似乎是徐千岁在唱《二进宫》。但她家里却很有钱，狮子鼻上架在那里的她那副金边眼镜，便是同班中有些破落小资产阶级的女孩儿的艳羡的目标。初进学校的时候，她的两手，各戴着三四个又粗又大的金戒指在那里的，后来被舍监说了，她才咕哝着“那有什么，不戴就不戴好啦”的泄气话从手上除了下来。她很用功，但所看的书，都是些《二度梅》《十美图》之类的旧式小说。最新的也不过看到了鸳鸯蝴蝶式的什么什么姻缘。她有一件长处，就是在用钱的毫无吝惜，与对同学的广泛的结交。

她立在门房间里，呆呆的看郑秀岳和冯世芬坐上了车，看她们的车子在太阳光里离开了河沿，才同男子似的自言自语地咂了一咂舌说：

“啐，这一对小东西倒好玩儿！”

她脸上同猛犬似的露出了一脸狞笑，老门房看了她这一副神气，也觉得好笑了起来，就嘲弄似的对她说笑话说：

“李文卿，你为啥勿同她们来往来往？”

李文卿听了，在雀斑中间居然也涨起了一阵红潮，就同壮汉似的呵呵哈哈的放声大笑了几声，随后拔起脚跟，便雄赳赳地大踏步走回到校里面的宿舍中去了。

二

梅花碑西首的谢家巷里，建立有一排朝南三开间，前后都有一方园地的新式住屋。这中间的第四家黑墙门上，钉着一块泉唐郑的铜牌，便是郑秀岳的老父郑去非的隐居之处。

郑去非的年纪已将近五十了，自前妻生了一个儿子，不久就因产后伤风死去之后，一直独身不娶，过了将近十年。可是出世之后，辗转变迁，他的差使却不曾脱过，最初在福建做了两任知县，卸任回来，闲居不上半载，他的一位好友，忽在革命前两年，就了江苏的显职，于是他也马上被邀了入幕。在幕中住了一年，他又因老友的荐挽，居然得着了一个扬州知府的肥缺。本来是优柔不断的好好先生的他，为几个幕中同事所包围，居然也破了十年来的独身之戒，在接任之前，就娶了一位扬州的少女，为他的掌印夫人。结婚之后，不满十个月，郑秀岳就生下来了。当她还不满周岁的时候，她的异母共父，在上海学校里念书的那位哥哥，忽在暑假考试之前染了霍乱，不到几日竟病殁了在上海的一家病院之中。

郑去非于痛子之余，中年心里也就起了一种消极的念头。民国成立，扬州撤任之后，他不想再去折腰媚上了，所以便带了他的娇妻幼女，搬回到了杭州的旧籍泉唐。本来也是科举出身的他，墨守着祖上的宗风，从不敢稍有点违异，因之罢仕归来，一点俸余的积贮，也仅够得他父女三人的平平的生活。

政潮起伏，军阀横行，中国在内乱外患不断之中时间一年年的过去，郑秀岳居然长成得秀媚可人，已经在杭州的这有名的女学校里，考列在一级之首了。

冯世芬的车子，送她到了门口，郑秀岳拉住了冯世芬的手，一定要她走下车来，一同进去吃点点心。

郑家的母亲，见了自己的女儿和女儿的同学来家，自然是欢喜得非常，但开头的第一句，郑秀岳的母亲，却告诉她女儿说：“车夫今天染了痧气，午饭后就回了家。最初我们打电话打不通，等到打通的时候，门房说你们已经坐了冯家的包车，一道出校了。”

冯世芬伶伶俐俐地和郑家伯父伯母应对了一番，就被郑秀岳邀请到了东厢房的她的卧室。两人在卧房里说说笑笑，吃吃点心，不知不觉，竟梦也似的过了两三个钟头。直到长长的午后，日脚也已经斜西的时候，冯世芬坚约了郑秀岳于下礼拜六，也必须到她家里去玩一次，才匆匆地登车别去。

太平坊巷里的冯氏，原也是杭州的世家。但是几代下来，又经了一次辛亥的革命，冯家在任现职的显官，已经没有了。尤其是冯世芬的那一房里，除了冯世芬当大，另外还有两个弟弟之外，财产既是不多，而她的父亲又当两年前的壮岁，客死了在汉阳的任所。所以冯世芬和母亲的生活的清苦，也正和郑秀岳她们差仿不多。尤其是杭州人的那一种外强中干，虚张门面的封建遗泽，到处是鞭挞杭州固有的旧家，而使他们做了新兴资产阶级的被征服者被压迫者还不敢反抗。

冯世芬到了家里，受了她母亲的微微几声何以回来得这样迟的责备之后，就告诉母亲说：

“今天我到一位同学郑秀岳家里去耍子了两个钟头，所以回来迟了一点，我觉得她们家里，要比我们这里响亮得多。”

“芬呀，人总是不知足的。万事都还该安分守己才好。假使你爸爸不死的话，那我们又何必搬回到这间老屋里来住哩？在汉阳江上那间洋房里住住，岂不比哪一家都要响亮？万般皆由命，还有什么话语说哩！”

在这样说话的中间，她的那双泪盈盈的大眼，早就转视到了起坐室正中悬挂在那里的那幅遗像的高头。冯世芬听了她母亲的这一番沉痛之言，也早把今天午后从新交游处得来的一腔喜悦，压抑了下去。两人沉默了一会，她才开始说：

“娘娘，你不要误会，我并不在羡慕人家，这一点骨气，大约你总也晓得我的。不过你老这样三不是地便要想起爸爸来这毛病，却有点不大对，过去的事情还去说它作什么！难道我们姊弟三人，就一辈子不会长大成人了么？”

“唉，你们总要有点志气，不堕家声才好啊？”

这一段深沉的对话，忽被外间厅上的两个小孩的脚步跑声打断了。他们还没有走进厅旁侧门之先，叫唤声却先传进了屋里：

“娘娘，今天车子作啥不来接我们？”

“娘娘，今天车子作啥不来接我们？”

跟着这唤声跑进来的，却是两个看起来年纪也差仿不多，面貌也几乎是一样的十二三岁的顽皮孩子。他们的相貌都是清秀长方，像他们的姊姊。而鼻腰深处，张大着的那一双大眼，一望就可以知道这三人，都便是那位深沉端丽的中年寡妇所生下来的姊弟行。

两孩子把书包放上桌子之后，就同时跑上了他们姊姊的身边，一个人拉着了一只手，昂起头笑着对她说：

“大姊姊，今天有没有东西买来？”

"前礼拜六那么的奶油饼干有没有带来？"

被两个什么也不晓得的天使似的幼儿，这么一闹，刚才高在起坐室里的一片愁云，也渐渐地开散了。冯夫人带着苦笑，伸手向袋里摸出了几个铜元，就半嗔半喜地骂着两个小孩说：

"你们不要闹了。诺，拿了铜板去买点心去。"

三

秋渐渐的深了，郑秀岳和冯世芬的交谊，也同园里的果实坂里的干草一样，追随着时季而到了成熟的黄金时代。上课，吃饭，自修的时候，两人当然不必说是在一道的。就是睡眠散步的时候，她们也一刻儿都舍不得分开。宿舍里的床位，两人本来是中间隔着一条走路，面对面对着的。可是她们还以为这一条走路，便是银河，深怨着每夜舍监来查宿舍过后，不容易马上就跨渡过来。所以郑秀岳就想了一个法子，和一位睡在她床背后和她的床背贴背的同学，讲通了关节，教冯世芬和这位同学对换了床位。于是白天挂起帐子，俨然是两张背贴背的床铺，可是晚上帐门一塞紧，她们俩就把床背后的帐子撩起，很自由地可以爬来爬去。

每礼拜六的晚上，则不是郑秀岳到冯家，便是冯世芬到郑家去过夜。又因为郑秀岳的一刻都抛离不得冯世芬之故，有几次她们俩简直到了礼拜六也不愿意回去。

人虽然是很温柔，但情却是很热烈的郑秀岳，只教有五分钟不在冯世芬的边上，就觉得自己是一个被全世界所遗弃的人，心里头会感到一种说不出的空洞之感，简直苦得要哭出来的样子。但两人在一道的时候，不问是在课堂上或在床上，不问有人看见没有看见，她们也只不过是互相看看，互相捏捏手，或互相摸摸而已，别的行为，却是想也不会想到的。

同学中间的一种秘密消息，虽则传到她们耳朵里来的也很多很多，譬如李文卿的如何的最爱和人同铺，如何的临睡时一定要把上下衣裤脱得精光，更有一包如何如何的莫名其妙的东西带在身边之类的消息，她们听到的原也很多，但是她们却始终没有懂得这些事情究竟是什么意义。

将近考年假考的有一天晴寒的早晨，郑秀岳因为前几天和冯世芬同用了几天功，温了些课，身体觉得疲倦得很。起床钟打过之后，冯世芬屡次催她起来起来，她却只睡着斜向着了冯世芬动也不动一动。忽儿一阵腰酸，一阵腹痛，她觉得要上厕所去了，就恳求冯世芬再在床上等她一歇，等她解了臭回来之后，再一同下去洗面上课。过了很长很长的一段时间，她却脸色变得灰白，眼睛放着急迫的光，满面惊惶地跑回到床上来了。到了去床还有十步距离的地方，她就尖了喉咙急叫着说：

“冯世芬！冯世芬！不好了！不好了！”

跑到了床边，她就又急急的说：

“冯世芬，我解了臭之后，用毛纸揩揩，竟揩出了满纸的血，不少的血！”

冯世芬起初倒也被她骇了一跳，以为出了什么大事情了，但等听到了最后的一句，就哈哈哈哈的笑了起来。因为冯世芬比郑秀岳大两岁，而郑秀岳则这时候还刚满十四，她来报名投考的时候，却是瞒了年纪才及格的。

郑秀岳成了一个完全的女子了，这一年年假考考毕之后，刚回到家里还没有住上十日的样子，她又有了第二次的经验。

她的容貌也越长得丰满起来了，本来就粉腻洁白的皮肤上，新发生了一种光泽，看起来就像是用绒布擦熟的白玉。从前做的几件束胸小背心，一件都用不着了，胸部腰围，竟大了将近一寸的尺寸。从来是不大用心在装修服饰上的她，这一回年假回来，竟向她的老父敲做了不少的衣裳，买了不少的化妆杂品。

天气晴暖的日子，和冯世芬上湖边去闲步，或湖里去划船的时候，现在她所注意的，只是些同时在游湖的富家子女的衣装样式和材料等事情。本来对家庭毫无不满的她，现在却在心里深深地感觉起清贫的难耐来了。

究竟是冯世芬比她大两岁年纪，渐渐地看到了她的这一种变化，每遇着机会，便会给以很诚恳很彻底的教诫。譬如有一次她们俩正在三潭印月吃茶的时候，忽而从前面埠头的一只大船上，走下来了一群大约是军阀的家室之类的人。其中有一位类似荡妇的年轻太太，穿的是一件仿佛由真金线织成的很鲜艳的袍子。袍子前后各绣着两朵白色的大牡丹，日光底下远看起来，简直是一堆光耀眩人的花。紧跟在她后面的一位年纪也很轻的马弁臂上，还搭着一件长毛乌绒面子乌云豹皮里子的斗篷在那里。郑秀岳于目送了她们一程之后，就不能自已地微叹着说：

“一样的是做人，要做得她那样才算是不枉过了一生。”

冯世芬接着就讲了两个钟头的话给她听。说，做人要自己做的，浊富不如清贫，军阀、资本家、土豪劣绅的钱都是背了天良剥削来的，衣饰服装的美不算是伟大的美，我们必须要造成人格的美和品性的美来才算伟大，清贫不算倒霉，积着许多造孽钱来夸示人家的人，才是最无耻的东西，虚荣心是顶无聊的一种心理，女子的堕落阶级的第一段便是这虚荣心，有了虚荣心就会生嫉妒心了。这两种坏心思是由女子的看轻自己、不谋独立、专想依赖他人而生的卑劣心理，有了这种心思，一个人就永没有满足快乐的日子了，钱财是人所造的，人而不驾驭钱财反被钱财所驾驭，那还算得是人么？

冯世芬说到了后来，几乎兴奋得要出眼泪，因为她自己心里也十分明白，她实在也是受着资本家土豪的深刻压迫的一个穷苦女孩儿。

四

郑秀岳冯世芬升入了两年级之后，座位仍没有分开，这一回却是冯世芬的第一，郑秀岳的第二。

春期开课后还不满一个月的时候，杭州的女子中等学校要联合起来开一个演说竞赛会。在联合大会未开之前，各学校都在预选代表，练习演说。郑秀岳她们学校里的代表举出了两个来，一个是三年级的李文卿，一个是二年级的冯世芬。但是联合大会里出席的代表是只限定一校一个的。所以在联合大会未开以前的一天礼拜六的晚上，她们代表俩先在本校里试了一次演说的比赛。题目是《富与美》，评判员是校里的两位国文教员。这中间的一位，姓李名得中，是前清的秀才，湖北人，担任的是讲解古文诗词之类的功课，年纪已有四十多了。李先生虽则年纪很大，但头脑却很会变通，可以说是旧时代中的新人物。所以他的讲古文并不拘泥于一格，像放大的缠足姑娘走路般的白话文，他是也去选读，而他自己也会写写的。其他的一位，姓张名康，是专教白话文新文学的先生，年纪还不十分大，他自己每在对学生说只有廿几岁，可是客观地观察他起来，大约比廿几岁总还要老练一点。张先生是北方人，天才焕发，以才子自居。在北京混了几年，并不曾经过学堂，而写起文章来，却总娓娓动人。他的一位在北京大学毕业而在当教员的宗兄有一年在北京死了，于是他就顶替了他的宗兄，开始教起书来。

那一晚的演说《富与美》，系由李文卿作正而冯世芬作反的讲法的。李文卿用了她那一副沙喉咙和与男子一样的姿势动作在讲台上讲了一个钟头。内容的大意，不过是说："世界上最好的事情是富，富的反对面穷，便是最大的罪恶。人富了，就可以买到许多东西，吃也吃得好，穿也穿得好，还可以以金钱去买许多许多别的不能以金钱换算的事物。那些什么名誉、人格、自尊、清节等等，都是空的，不过是穷人用来聊以自娱的名目。还有天才、学问等等也是空的，不过是穷措大在那里吓人的傲语。会括地皮积巨富的人，才是实际的天才，会乱钻乱剥，从无论什么里头都去弄出钱来等事情，才是实际的学问。什么叫孝悌忠信礼义廉耻，要顾到这些的时候，那你早就饿杀了。有了钱就可以美，无论怎么样的美人都买得到。只教有钱，那身上家里，就都可以装饰得很美丽。所以无钱就是不能够有美，就是不美。"

这是李文卿的演说的内容大意，冯世芬的反对演说，大抵是她时常对郑秀岳说的那些主义。她说要免除贫，必先打倒富。财产是强盗的劫物，资本要为公才有意义。对于美，她主张人格美劳动美自然美悲壮美等，无论如何总要比肉体美装饰美技巧美更加伟大。

演说的内容，虽是冯世芬的来得合理，但是李文卿的沙喉咙和男子似的姿势动作，却博得了大众的欢迎。尤其是她从许多旧小说里读来的一串一串的成语，如“闭月羞花之貌，沉鱼落雁之容”之类的口吻，插满在她的那篇演说词里，所以更博得了一般修辞狂的同学和李得中先生的赞赏。但等两人的演说完后，由评判员来取决判断的当儿，那两位评判员中间，却惹起了一场极大的争论。

李得中先生先站起来说李文卿的姿势喉音极好，到联合大会里去出席，一定能够夺得锦标，所以本校的代表应决定是李文卿。他对“锦标”两个字，说得尤其起劲，翻翻覆覆地竟说了三次。而张康先生的意见却正和李先生的相反，他说冯世芬的思想不错。后来你一言我一语的说了许多时候，形势倒成了他们两人的辩论大会了。

到了最后，张先生甚至说李先生姓李，李文卿也姓李，所以你在帮她。对此李先生也不示弱，就说张先生是乱党，所以才赞成冯世芬那些犯上作乱的意见。张先生气起来了，就索性说，昨天李文卿送你的那十听使馆牌，大约就是你赞成她的意见的主要原因吧。李先生听了也涨红了脸回答他说，你每日每日写给冯世芬的信，是不是就是你赞成冯世芬的由来。

两人先本是和平地说的，后来喉音各放大了，最后并且敲台拍桌，几乎要在讲台上打起来的样子。

台下在听讲的全校学生，都看得怕起来了，紧张得连咳嗽都不敢咳一声。后来当他们两位先生的热烈的争论偶尔停止片时的中间，大家都只听见了那张悬挂在讲堂厅上的汽油灯的此此的响声。这一种暴风雨前的片时沉默，更在台下的二百来人中间造成了一种恐怖心理，正当大家的恐怖，达到极点的时候，冯世芬却不忙不迫的从座位里站立了起来说：

“李先生，张先生，我因为自己的身体不好，不能作长时间的辩论，所以去出席大会当代表的光荣，我自己情愿放弃。我并且也赞成李先生的意见，要李文卿同学一定去夺得锦标，来增我们母校之光。同学们若赞成我的提议的，请一致起立，先向李代表，李先生，张先生表示敬意。”

冯世芬的声量虽则不洪，但清脆透彻的这短短的几句发言，竟引起了全体同学的无限的同情。平时和李文卿要好，或曾经受过李文卿的金钱及赠物的大部分的同学，当然是可以不必说，即毫无成见的少数中立的同学也立时应声站立了起来。其中只两三个和李文卿同班的同学，却是满面呈现着怒容，仍兀然的留在原位里不肯起立。这可并不是因为她们不赞成冯世芬之提议，而在表示反对。她们不过在怨李文卿的弃旧恋新，最近终把她们一个个都丢开了而在另寻新恋，因此所以想借这机会来报报她们的私仇。

五

到底是年长者的李得中先生的眼光不错，李文卿在女子中等学校联合演说竞赛会里，果然得了最优胜的金质奖章。于是李文卿就一跃而成了全校的英雄。从前大家只以滑稽的态度或防卫的态度对她的，现在有几个顽固的同学，也将这种轻视她的心情减少了。而尤其使大家觉得她这个人的可爱的，是她对于这次胜利之后的那种小孩儿似的得意快活的神情。

一块双角子那么大的金奖章，她又花了许多钱拿到金子店里去镶了一个边，装了些东西上去，于是从早晨到晚上她便把它挂在校服的胸前，远看起来，仿佛是露出在外面的一只奶奶头。头几天把这块金牌挂上的时候，她连在上课的时候，也尽在伏倒了头看她自己的胸部。同学中间的狡滑一点的人，识破了她的这脾气，老在利用着她，因为你若想她花几个钱来请请客，那你只教跑上她身边去，拉住着她，要她把这块金牌给你看个仔细，她就会笑开了那张鳖鱼大嘴，挺直身子，张大胸部，很得意地让你去看。你假装仔细看后，再加上以几句赞美的话，那你要她请吃什么她就把什么都买给你了。后来有一个人，每天要这样的去看她的金牌好几次，她也觉得有点奇怪了，就很认真地说：

“怎么啦，你会这样看不厌的？”

这看的人见了她那一种又得意又认真的态度表情，便不觉哈哈哈哈的大笑了起来。捧腹大笑了一阵之后，才把这要看的原因说出来给她听。她听了也有点发气了，从这事情以后她请客就少请了许多。

与这请客是出于同样的动机的，就是她对于冯世芬的特别的好意。她想她自己的这一次的成功，虽完全系出于李得中先生的帮忙，但冯世芬的放弃代表资格，也是她这次胜利的直接原因。所以她于演说竞赛完后的当日，就去亨得利买了一只金壳镶钻石的瑞士手表，于晚饭之后，在操场上寻着了冯世芬和郑秀岳，诚诚恳恳地拿了出来，一定要给冯世芬留着做个纪念。冯世芬先惊奇了一下，尽立住了脚张大了眼，莫名其妙地对她看了半晌。靠在冯世芬的左手，同小鸟似的躲缩在冯世芬的腋下的郑秀岳也骇倒了，心里在跳，脸上涨出了两圈红霤。因为虽在同一学校住了一年多，但因不同班之故，她们和李文卿还绝对不曾开过口交过谈。况且关于李文卿又有那一种风说，凡是和她同睡过几天的人，总没有一个人不为同学所轻视的。而李文卿又是个没有常性的人，持了她的金钱的富裕和身体的强大，今天到东，明天到西，尽在校内校外，结交男女好友。所以她们这一回受了她突如其来的这种袭击，就有半晌不能够开口说话，郑秀岳并且还全身发起抖来了。

冯世芬于惊定之后，才急促的对李文卿说：

“李文卿，我和你本来就没有交情。并且那代表资格，是我自己情愿放弃的，与你无关，这种无为的赠答，我断不能收受。”

斩钉截铁的说出了这几句话，冯世芬便拖了郑秀岳，又向前走了。李文卿也追了上去，一边跟，一边她仍在懊恼似的大声的说：

“冯世芬，我是一点恶意也没有的，请你收着吧，我是一点恶意也没有的。”

这样的被跟了半天，冯世芬却头也不回一回，话也不答一句。并且那时候太阳早已下山，薄暮的天色，也沉沉晚了。冯世芬在操场里走了半圈，就和郑秀岳一道走回到了自修室里，而跟在后面的李文卿，也不知于什么时候走掉了。

郑秀岳她们在电灯底下刚把明天的功课预备了一半的时候，一个西斋的老斋夫，忽而走进了她们的自修室里，手里捏了一封信和一只黑皮小方盒，说是三年级的李文卿教送来的。

冯世芬因为几刻钟前在操场上所感到的余愤未除，所以一刻也不迟疑地对老斋夫说：

“你全部带回去好了，只说我不在自修室里，寻我不着就对。”

老斋夫惊异地对冯世芬的严不可犯的脸色看了一下，然后又迟疑胆怯地说：

“李文卿说：一定要我放在这里的。”

这时候郑秀岳心里，早在觉得冯世芬的行为太过分了，所以就温和地在旁劝冯世芬说：

“冯世芬，且让他放在这里，看它一看如何？若要还她，明天教女佣人送回去，也还不迟呀。”

冯世芬却不以为然，一定要斋夫马上带了回去，但郑秀岳好奇心重，从斋夫手里早把那黑皮小方盒接了过来，在光着眼打开来细看。老斋夫把信向桌上一搁，马上就想走了，冯世芬又叫他回来说：

“等一等，你把它带了回去！”

郑秀岳看了那只精致的手表，却爱惜得不忍释手，所以眼看着盒子里的手表，一边又对冯世芬说：

“索性把她那封信，也打开来看它一看，明天写封回信教佣人和手表一道送回，岂不好吗？”

老斋夫在旁边听了，点了点头，笑着说：

“这才不错，这才可以叫我去回报李文卿。”

郑秀岳把表盒搁下，伸手就去拿那封信看，冯世芬到此，也没有什么主意了，就只能教老斋夫先去，并且说，明朝当差这儿的佣人，再把信和表一道送上。

六

世芬同学大姊妆次

桃红柳绿，鸟语花香，芳草缤纷，落英满地，一日不见，如三秋矣，一秋不见，如三百年也，际此春光明媚之时，恭维吾姊起居迪吉，为欣为颂。敬启者，兹因吾在演说大会中夺得锦标，殊为侥幸，然饮水思源，不可谓非吾姊之所赐。是以买得铜壶，为姊计漏，万望勿却笑纳，留作纪念。吾之此出，诚无恶意，不过欲与吾姊结不解之缘，订百年之好，并非即欲双宿双飞，效鱼水之欢也。肃此问候，聊表寸衷。

妹李文卿　鞠躬

郑秀岳读了这一封信后，虽则还不十分懂得什么叫作鱼水之欢，但心里却佩服得了不得，从头到尾，竟细读了两遍，因为她平日接到的信，都是几句白话，读起来总觉得不大顺口。就是有几次有几位先生私私塞在她手里的信条，也没有像这一封信样的富于辞藻。她自己虽则还没有写过一封信给任何人，但她们的学校里的同学和先生们，在杭州是以擅于写信出名的。同学好友中的私信往来，当然是可以不必说，就是年纪已经过了四十，光秃着头，戴着黑边大眼镜，肥胖矮小的李得中先生，时常也还在那里私私写信给他所爱的学生们。还有瘦弱长身，脸色很黄，头发极长，在课堂上，居然严冷可畏，下了课堂，在房间里接待学生的时候，又每长吁短叹，老在诉说身世的悲凉，家庭的不幸的张康先生，当然也是常在写信的。可是他们的信，和这封李文卿的信拿来一比，觉得这文言的信读起来要有趣得多。

她读完信后，心里尽这样在想着，所以居然伏倒了头，一动也不动的静默了许多时。在旁边坐着的冯世芬，静候了她一歇，看她连一点儿动静都没有了，就用手向她肩头上去拍了一下，问她说：

“你在这里呆想什么？”

郑秀岳倒脸上红了一红，一边将写得流利豁达大约是换过好几张信纸才写成的那张粉红布纹笺递给了冯世芬，一边却笑着说：

“冯世芬，你看，她这封信写得真好！”

冯世芬举起手来，把她的捏着信笺的手一推，又朝转了头，看向书本上去，说：

“这些东西，去看它作什么！”

“但是你看一看，写得真好哩。我信虽则接到得很多，可是同这封信那么写得好的，却还从没有看见过。”

冯世芬听了她这句话之后，倒也像惊了一头似的把头朝了转来问她说：

“喔，你接到的信，都在拆看的么？”

她又红了一红脸，轻轻回答说：

“不看它们又有什么办法呢？”

冯世芬朝她看了一眼，微微地笑着，回身就把书桌下面的小抽斗一抽，杂乱地抓出了一大堆信来丢向了她的桌上。

“你要看，我这里还有许多在这儿。”

这一回倒是郑秀岳吃起惊来了。她平时总以为只有她，全校中只有她一个人，是在接着这些奇怪的信的，所以有几次很想对冯世芬说出来，但终于没有勇气。而冯世芬哩，平常同她谈的，都是些课本的事情，和社会上的情势，关于这些私行污事，却半点也不曾提及过。故而她和冯世芬虽则情逾骨肉地要好了半年多，但晓得冯世芬的也在接收这些秘密信件，这倒还是第一次。惊定之后，她伸手向桌上乱堆在那里的红绿小信件拨了几拨，才发见了这些信件，都还是原封不动地封固在那里，发信者有些是教员，有些是同学，还有些是她所不知道的人，不过其中的一大部分，却是曾经也写信给她自己过的。

“冯世芬，这些信你既不拆看，为什么不去烧掉？”

“烧掉它们作什么，重要的信，我才去烧哩。”

“重要的信，你倒反去烧？什么是重要的信？是不是文章写得很好的信？”

“倒也不一定，我对于文章是一向不大注意的。你说李文卿的这封信写得很好，让我看，她究竟做了一篇怎么的大文章。”

郑秀岳这一回就又把刚才的那张粉红笺重新递给了她，一边却静静地在注意着她的读信时候的脸色。冯世芬读了一行，就笑起来了，读完了信，更乐得什么似的笑说：

“啊啊，她这文章，实在是写得太好了。”

“冯世芬，这文章难道还不好么？那么要怎么样的文章才算好？”

冯世芬举目向电灯凝视了一下，明明似在思索什么的样子，她的脸上的表情，从严肃的而改到了决意的。把头一摇，她就伸手到了她的夹袄里层的内衣袋里摸索了一回，取出了一个对折好的狭长白信封后，她就递给郑秀岳说：

“这才是我所说的重要的信！”

郑秀岳接来打开一看，信封上写的是几行外国字。两个邮票，也是一红一绿的外国邮票。信封下面角上头才有用钢笔写的几个中国字，“中国杭州太平坊巷冯宅冯世芬收。”

七

世芬小同志：

别来三载，通信也通了不少了，这一封信，大约是我在欧洲发的最后一封，因为三天之后，我将绕道西伯利亚，重返中国。

你的去年年底发出的信，是在瑞士收到的。你的思想，果然进步了，真不负我二年来通信启发之劳，等我返杭州后，当更为你介绍几个朋友，好把你造成一个能担负改造社会的重任的人才。中国的目前最大压迫，是在各国帝国主义的侵略，封建余孽、军阀集团、洋商买办，都是帝国主义者的忠实代理人，他们再和内地的土豪、劣绅一勾结，那民众自然没有翻身的日子了。可是民众已在觉悟，大革命的开始，为期当不在远。广州已在开始进行工作，我回杭州小住数日，亦将南下，去参加建设革命基础。

不过中国的军阀实在根蒂深强，打倒一个，怕又要新生两个。现在党内正在对此事设法防止，因为革命军阀实在比旧式军阀还可怕万倍。

我此行同伴友人很多，在墨斯哥将停留一月，最迟总于阳历五月底可抵上海。请你好好的用功，好好的保养身体，预备我来和你再见时，可以在你脸上看到两圈鲜红的苹果似的皮层。

你的小舅舅陈应环　二月末日在柏林

郑秀岳读完了这一封信，也呆起来了。虽则信中的意义，她不能完全懂得，但一种力量，在逼上她的柔和犹惑的心来。她视而不见地对电灯在呆视着，但她的脑里仿佛是朦胧地看出了一个巨人，放了比李文卿更洪亮更有力的声音在对她说话：“你们要自觉，你们要革命，你们要去吃苦牺牲！”因为这些都是平时冯世芬和她常说的言语，而冯世芬的这些见解，当然是从这一封信的主人公那里得来的。

旁边的冯世芬把这信交出之后，又静静儿的去看书去了，等她看完了一节，重新掉过头来向郑秀岳回望时，只看见她将信放在桌上，而人还在对了电灯发呆。

“郑秀岳，你说怎么样？”

郑秀岳被她一喊，才同梦里醒来似的眨了几眨眼睛，很严肃地又对冯世芬看了一歇说：

“冯世芬，你真好，有这么一个小舅舅常在和你通信。他是你娘娘的亲兄弟么？多大的年纪？”

“是我娘娘的堂小兄弟，今年二十六岁了。”

“他从前是在什么地方读书的？”

“在上海的同济。”

“是学文学的么？”

“学的是工科。”

“他同你通信通了这么长久，你为什么不同我说？”

“半年来我岂不是常在同你说的么？”

“好啦，你却从没有说过。”

“我同你说的话，都是他教我的呀，我不过没有把信给你看，没有把他的姓名籍贯告诉你知道，不过这些却是一点儿关系也没有的私事，要说他作什么。重要的，有意义的话，我差不多都同你说了。”

在这样对谈的中间，就寝时候已经到了。钟声一响，自修室里就又杂乱了起来。冯世芬把信件分别收起，将那封她小舅舅的信仍复藏入了内衣的袋里。其他的许多信件和那张粉红信笺及小方盒一个，一并被塞入了那个书桌下面的抽斗里面。郑秀岳于整好桌上的书本之后，便问她说：

“那手表呢？”

“已经塞在小抽斗里了。”

“那可不对，人家要来偷的呢！”

“偷去了也好，横竖明朝要送去还她的。我真不愿意手触着这些土豪的赐物。”

“你老这样的看它不起，买买恐怕要十多块钱哩！”

“那么，你为我带去藏在那里吧，等明朝再送去还她。”

这一天晚上，冯世芬虽则早已睡着了，但睡在边上的郑秀岳，却终于睡不安稳。她想想冯世芬的舅舅，想想那替冯世芬收藏在床头的手表和李文卿，觉得都可以羡慕。一个是那样纯粹高洁的人格者，连和他通通信的冯世芬，都被他感化到这么个程度。一个是那样的有钱，连十几块钱的手表，都会漫然地送给他人。她想来想去，想到了后来，愈加睡不着了，就索性从被里伸出了一只手来，轻轻地打开了表盒，拿起了那只手表。拿了手表之后，她捏弄了一回，又将手缩回被里，在黑暗中摸索着，把这小表系上了左手的手臂。

“啊啊，假使这表是送给我的话，那我要如何的感谢她呀！”

她心里在想，想到了她假如有了这一个表时，将如何的快活。譬如上西湖去坐船的时候，可以如何的和船家讲钟头说价钱，还有在上课的时候看看下课钟就快打了，又可以得到几多的安慰！心里头被这些假想的愉快一掀动，她的神经也就弛缓了下去，眼睛也就自然而然地合拢来了。

八

早晨醒来的时候，冯世芬忽而在朦胧未醒的郑秀岳手上发见了那一只手表。这一天又是阴闷微雨的一天养花天气，冯世芬觉得悲凉极了，对郑秀岳又不知说了多少的教诫她的话。说到最后，冯世芬哭了，郑秀岳也出了眼泪，所以一起来后，郑秀岳就自告奋勇，说她可以把这表去送回原主，以表明她的心迹。

但是见了李文卿，说了几句冯世芬教她应该说的话后，李文卿却痴痴地瞟了她一眼，她脸红了，就俯下了头，不再说话。李文卿马上伸手来拉住了她的手，轻轻地说：

“冯世芬若果真不识抬举，那我也不必一定要送她这只手表。但是向来我有一个脾气，就是送出了的东西，决不愿意重拿回来，既然如此，那就请你将这表收下，作为我送你的纪念品。可是不可使冯世芬知道，因为她是一定要来干涉这事情的。”

郑秀岳俯伏了头，涨红了脸，听了李文卿的这一番话，心里又喜又惊，正不知道如何回答她的好。李文卿看了她这一种样子，倒觉得好笑起来了，就一边把摆在桌上的那黑皮小方盒，向她的袋里一塞，一边紧捏了一把她的那只肥手，又俯下头去，在她耳边轻轻地说：

“快上课了，你马上去吧！以后的事情，我们可以写信。”

她说了又用力把她向门外一推，郑秀岳几乎跌倒在门外的石砌阶沿之上。

郑秀岳于踉跄立定脚跟之后，心里还是犹疑不决。想从此把这只表受了回去，可又觉得对不起冯世芬的那一种高洁的心情；想把手表毅然还她呢，又觉得实在是抛弃不得。正当左右为难，去留未决的这当儿，时间却把这事情来解决了，上课的钟，已从前面大厅外当当当地响了过来。郑秀岳还立在阶沿上踌躇的时候，李文卿却早拿了课本，从她身边走过，走出圆洞门外，到课堂上去上课去了。当大踏步走近她身边的时候，她还在她耳边说了一句“以后我们通信吧！”

郑秀岳见李文卿已去，不得已就只好急跑回到自修室里，但冯世芬的人和她的课本都已经不在了。她急忙把手表从盒子里拿了出来，藏入了贴身的短衫袋内，把空盒子塞入了抽斗底里，再把课本一拿，便三脚两步地赶上了课堂。向座位里坐定，先生在点名的中间，冯世芬就轻轻地向她说：

“那表呢？”

她迟疑了一会，也轻轻地回答说：

“已经还了她了。”

从此之后，李文卿就日日有秘密的信来给郑秀岳，郑秀岳于读了她的那些桃红柳绿的文雅信后，心里也有点动起来了，但因为冯世芬时刻在旁，所以回信却一次也没有写过。

这一次的演说大会，虽则为郑秀岳和李文卿造成了一个订交的机会，但是同时在校里，也造成了两个不共戴天的仇敌，就是李得中先生和张康先生。

李得中先生老在课堂上骂张康先生，说他是在借了新文学的名义而行公妻主义，说他是个色鬼，说他是在装作颓废派的才子而在博女人的同情，说他的文凭是假的，因为真正在北大毕业者是他的一位宗兄，最后还说他在北方家乡蓄着有几个老婆，儿女已经有一大群了。

张康先生也在课堂上且辩明且骂李得中先生说：

“我是真正在北大毕业的，我年纪还只有二十几岁，哪里会有几个老婆呢？儿女是只有一男一女的两个，何尝有一大群？那李得中先生才奇怪哩，某月某日的深夜我在某旅馆里看见他和李文卿走进了第三十六号房间。他做的白话文，实在是不通，我想白话文都写不通的人，又哪儿会懂文言文呢？他的所以从来不写一句文言文，不做一句文言诗者，实在是因为他自己知道了自己的短处在那里藏拙的缘故。我的先生某某，是当代的第一个文人，非但中国人都崇拜他，就是外国人也都在崇拜他，我往年常到他家里去玩的时候，看看他书架上堆在那里的，尽是些线装的旧书，而他却是专门做白话文的人。现在我们看看李得中这老朽怎么样？在他书架上除了几部《东莱博议》《古文

观止》《古唐诗合解》《古文笔法百篇》《写信必读》《金瓶梅》之外，还有什么？”

像这样的你攻击我，我攻击你的在日日攻击之中，时间却已经不理会他们的仇怨和攻击，早就向前跑了。

有一天五月将尽的闷热的礼拜二的午后，冯世芬忽而于退课之后向郑秀岳说：“我今天要回家去，打算于明天坐了早车到上海去接我那舅舅。前礼拜回家去的时候，从北京打来的电报已经到了，说是他准可于明天下午到上海的北站。”

郑秀岳听到了这一个消息，心里头又悲酸又惊异难过的状态，真不知道要如何说出来才对。她一想到从明天起的个人的独宿独步，独往独来，真觉得是以后再也不能做人的样子。虽则冯世芬在安慰她说过三五天就回来的，虽则她自己也知道天下无不散的筵席，但是这目下一时的孤独，将如何度过去呢？她把冯世芬再留一刻再留一刻地足足留了两个多钟头，到了校里将吃晚饭的时候，才揩着眼泪，送她出了校门。但当冯世芬将坐上家里来接、已经等了两个多钟头的包车的时候，她仍复赶了上去，一把拖住了呜咽着说：

“冯世芬，冯——世——芬——，你，你，你可不可以不去的？”

九

郑秀岳所最恐惧的孤独的时间终于开始了，第一天在课堂上，在自修室，在操场膳室，好像是在做梦的样子。一个不提防，她就要向边上“冯世芬！”的一声叫喊出来。但注意一看，看到了冯世芬的那个空席，心里就马上会起绞榨，头上也像有什么东西罩压住似的会昏转过去。当然在年假期内的她，接连几天不见到冯世芬的日子也有，可是那时候她周围有父母，有家庭，有一个新的环境包围在那里，虽则因为冯世芬不在旁边，有时也不免要感到一点寂寞，但决不是孤苦零丁，同现在那么的寂寞刺骨的。况且冯世芬的住宅，又近在咫尺，她若要见她，一坐上车，不消十分钟，马上就可以见到。不过现在是不同了，在这同一的环境之下，在这同一的轨道之中，忽而像剪刀似的失去了半片，忽而不见了半年来片刻不离的冯世芬，叫她如何能够过得惯呢？所以礼拜三的晚上，她在床上整整的哭了半夜方才睡去。

礼拜四的日间，她的孤居独处，已经有点自觉意识了，所以白天上的一日课，还不见得有什么比头一天更难受之处。到了晚上，却又有一件事情发生了，便是李文卿的知道了冯世芬的不在，硬要搬过来和她睡在一道。

吃过晚饭，她在自修室刚坐下的时候，李文卿就教那老斋夫送了许多罐头食物及其他的食品之类的东西过来，另外的一张粉红笺上，于许多桃红柳绿的句子之外，又是一段什么鱼水之欢，同衾之爱的文章。信笺的末尾，大约是防郑秀岳看不懂她的来意之故，又附了一行白话文和一首她自己所注明的“情”诗在那里。

秀岳吾爱！

今晚上吾一定要来和吾爱睡觉。

附情诗一首

桃红柳绿好春天，吾与卿卿一枕眠，

吾欲将身化绵被，天天盖在你胸前。

诗句的旁边，并且又用红墨水连圈了两排密圈在那里，看起来实在也很鲜艳。

郑秀岳接到了这许多东西和这一封信，心里又动乱起来了，叫老斋夫暂时等在那里，她拿出了几张习字纸来，想写一封回信过去回复了她。可是这一种秘密的信，她从来还没有写过，生怕文章写得不好，要被李文卿笑，一张一张地写坏了两张之后，她想索性不写信了，“由它去吧，看她怎么样”。可是若不写信去复绝她的话，那她一定要以为是默认了她的提议，今晚上又难免要闹出事来的。不过若毅然决然地去复绝她呢，则现在还藏在箱子底下，不敢拿出来用的那只手表，又将如何的处置？一阵心乱，她就顾不得什么了，提起了笔，就写了“你来吧！”的三个字在纸上。把纸折好，站起来想交给候在门外的斋夫带去的时候，她又突然间注意到了冯世芬的那个空座。

“不行的，不行的，太对不起冯世芬了。”

脑里这样的一转，她便同新得了勇气的斗士一样，重回到了座里。把手里捏着的那一张纸，团成了一个纸团，她就急速地大着胆写了下面那样的一条回信。

文卿同学姊：

来函读悉，我和你宿舍不同，断不能让你过来同宿！万一出了事情，我只有告知舍监的一法，那时候倒反大家都要弄得没趣。食物一包，原璧奉还，等冯世芬来校后，我将和她一道来谢你的好意。匆此奉复。

妹郑秀岳　敬上

那老斋夫似乎是和李文卿特别的要好，一包食品，他一定不肯再带回去，说是李文卿要骂他的，推让了好久，郑秀岳也没有办法，只得由他去了。

因为有了这一场事情，郑秀岳一直到就寝的时候为止，心里头还平静不下来。等她在薄绵被里睡好，熄灯钟打过之后，她忽听见后面冯世芬床里，出了一种窸窣的响声。她本想大声叫喊起来的，但怕左右前后的同学将传为笑柄，所以只空咳了两声，以表明她的还没有睡着。停了一忽，这窸窣的响声，愈来愈近了，在被外头并且感到了一个物体，同时一种很奇怪的简直闻了要窒死人的烂葱气味，从黑暗中传到了她的鼻端。她是再也忍不住了，便只好轻轻地问说：

“哪一个？”

紧贴近在她的枕头旁边，便来了一声沙喉咙的回答说：

“是我！”

她急起来了，便接连地责骂了起来说：

“你作什么，你来作什么？我要叫起来了，我同你去看舍监去！”

突然间一只很粗的大手盖到了她的嘴上，一边那沙喉咙就轻轻地说：

“你不要叫，反正叫起来的时候，你也没有面子的。到了这时候，我回也回不去了，你让我在被外头睡一晚吧！”

听了这一段话，郑秀岳也不响了。那沙喉咙便又继续说：

“我冷得很，冯世芬的被藏在什么地方的，我在她床上摸遍了，却终于摸不着。”

郑秀岳还是不响，约莫总过了五分钟的样子，沙喉咙忽然又转了哀告似的声气说：

“我的衣裤是全都脱下了的，这是从小的习惯，请你告诉我吧，冯世芬的被是藏在什么地方的，我冷得很。”

又过了一两分钟，郑秀岳才简洁地说了一句“在脚后头”。本来脚后头的这一条被，是她自己的，因为昨天想冯世芬想得心切，她一个人怎么也睡不着，所以半夜起来，把自己的被折叠好了，睡入了冯世芬的被里。但到了此刻，她也不能把这些细节拘守着了，并且她若要起来换一条被的话，那李文卿也未见得会不动手动脚，那一个赤条条的身体，如何能够去和它接触呢？

李文卿摸索了半天，才把郑秀岳的薄被拿来铺在里床，睡了进去。闻得要头晕的那阵烂葱怪味，却忽而减轻了许多。停了一回，这怪气味又重起来了，同时那只大手又摸进了她的被里，在解她的小衫的纽扣。她又急起来了，用尽了力量，以两手紧紧捉住了那只大手，就又叫着说：

“你作什么？你作什么？我要叫起来了。”

“好好，你不要叫，我不作什么。我请你拿一只手到被外头来，让我来捏捏？”

郑秀岳没有法子，就以一只本来在捉住着那只大手的手随它伸出了被外。李文卿捉住了这只肥嫩娇小的手，突然间把它拖进了自己的被内。一拖进被，她就把这只手牢牢捏住当作了机器，向她自己的身上乱摸了一阵。郑秀岳的指头却触摸着了一层同沙皮似的皮肤，两只很松很宽向下倒垂的奶奶，腋下的几根短毛，在这短毛里凝结在那里的一块粘液。渐摸渐深，等到李文卿要拖她的这只手上腹部下去的时候，她却拼死命的挣扎了起来，马上想抽回她的这只手臂上已经被李文卿捏得有点酸痛了的右手。她虽用力挣扎了一阵，但终于挣扎不脱，李文卿到此也知道了她的意思了，就停住了不再往下摸，一边便以另外的一只空着的手拿了一个凉阴阴的戒指，套上了郑秀岳的那只手的中指。戒指套上之后，李文卿的手放松了，郑秀岳就把自己的手缩了回去，但当她的这只手拿过被头的时候，她的鼻里又闻着了一阵更猛烈更难闻的异臭。

郑秀岳的手缩回了被里，重将被头塞好的时候，李文卿便轻轻的朝她说：

“乖宝，那只戒指，是我老早就想送给你的，你也切莫要把冯世芬晓得。”

十

早晨天一亮，大约总只有五点多钟的光景，郑秀岳就从床上爬了起来。向里床一看，李文卿的脸朝了天，狮子鼻一掀一张，同男人似的呼吸出很大的鼾声，还在那里熟睡。

把帐子放了一放下，鞋袜穿了一穿好，她就匆匆忙忙的走下了楼，去洗脸去。因为这时候还在打起床钟之先，在挑脸水的斋夫倒奇怪起来了，问了一声“你怎么这样的早？”便急忙去挑热水去了。郑秀岳先倒了一杯冷水，拿了牙刷想刷牙齿，但低头一看，在右手的中指上忽看见了一个背上有一块方形的印戒。拿起手来一看，又是一阵触鼻的烂葱气味，而印戒上的篆文，却是“百年好合”的四个小字。她先用冷水洗了一洗手，把戒指也除下来用冷水淋了一淋，就擦干了藏入了内衣的袋里。

这一天的功课，她简直一句也没有听到，在课堂上，在自修室，她的心里头只有几个思想，在那里混战。

——冯世芬何不早点回来?

——这戒指真可爱，但被冯世芬知道了不晓得又将如何的被她教诫!

——李文卿人虽则很粗，但实在真肯花钱!

——今晚上她倘若是再来，将怎么办呢?

这许多思想杂乱不断地扰乱了她一天，到了傍晚，将吃晚饭的时候，她却终于上舍监那里去告了一天假，雇了一乘车子回家去了。

在家里住了两天，到了礼拜天的午后，她于上学校之先，先到了太平坊巷里去问冯世芬究竟回来了没有？她娘回报她说：

“已经回来了。可是今天和她舅舅一道上西湖去玩去了，等她回来的时候，就叫她上谢家巷去可好？”

郑秀岳听到了这消息，心里就宽慰了一半。但一想到从前冯世芬去游西湖，总少不了她，她去游西湖，也决少不得冯世芬的，现在她可竟丢下了自己和她舅舅一道去玩了。在回来的路上，她愈想愈恨，愈觉得冯世芬的可恶。“我索性还是同李文卿去要好吧，冯世芬真可恶，真可恶！我总有一天要报她的仇！”一路上自怨自恼，恨到了几乎要出眼泪。等她将走到自家的门口的时候，她心里已经有绝大的决心决下了，“我马上就回校去，冯世芬这种人我还去等她作什么，我宁愿被人家笑骂，我宁愿去和李文卿要好的。”

可是等她一走进门，她的娘就从客厅上迎了出来叫着说：

“秀！冯世芬在你房里等得好久了，你一出去她就来的。”

一口气跑到了东厢房里，看见了冯世芬的那一张清丽的笑脸，她一扑就扑到了冯世芬的怀里。两手紧紧抱住了冯世芬的身体，她什么也不顾地便很悲切很伤心地哭了出来。起初是幽幽地，后来竟断断续续地放大了声音。

冯世芬两手抚着了她的头，也一句话都不说，由她在那里哭泣，等她哭了有十分钟的样子，胸中的郁愤大约总有点哭出了的时候，冯世芬才抱了她起来，扶她到床上去坐好，更拿出手帕来把脸上的眼泪揩了揩干净。这时候郑秀岳倒在泪眼之下微笑起来了，冯世芬才慢慢地问她说：

“怎么了？有谁欺侮你了么？”听到了这一句话，她的刚才止住的眼泪，又接连不断地落了下来，把头一冲，重复又倒到了冯世芬的怀里。冯世芬又等了一忽，等她的泣声低了一点的时候，便又轻轻地慰抚她说：

“不要再哭了，有什么事情请说出来。有谁欺侮了你不成？”

听了这几句柔和的慰抚话后，她才把头举了起来。将一双泪盈盈的眼睛注视着冯世芬的脸部，她只摇了几摇头，表示她并没有什么，并没有谁欺侮她的意思。但一边在她的心里，却起了绝大的后悔，后悔着刚才的那一种想头的卑劣。“冯世芬究竟是冯世芬，李文卿哪里能比得上她万分之一呢？不该不该，真不应该，我马上就回到校里把她的那个表那个戒指送还她去，我何以会下流到了这步田地？”

一个钟头之后，她两人就又同平时一样地双双回到了校里。一场小别，倒反增进了她们两人的情爱。这一天晚上，冯世芬仍照常在她的里床睡下，但刚睡好的时候，冯世芬却把鼻子吸了几吸，同郑秀岳说：

“怎么啦，我们的床上怎么会有这一种狐腋的臭味？”

郑秀岳听她不懂，便问她什么叫作狐腋，等冯世芬把这种病的症状气息说明之后，她倒笑了起来，突然间把自己的头挨了过去，在冯世芬的脸上深深地深深地吻了半天。她和冯世芬两人交好了将近一年，同床隔被地睡了这些个日子，这举动总算是第一次的最淫污的行为，而她们两人心里却谁也不感到一点什么别的激刺，只觉得这不过是一种不能以言语形容的最亲爱的表示而已。

十一

又到了快考暑假考的时候了。学校里的情形虽则没有什么大的变动，但冯世芬的近来的样子，却有点变异起来了。

自从上海回来之后，她对郑秀岳的亲爱之情，虽仍旧没有变过，上课读书的日程，虽仍旧在那里照行，但有时候竟会痴痴呆呆地，目视着空中呆坐到半个钟头以上。有时候她居然也有故意避掉了郑秀岳，一个人到操场上去散步，或一个人到空寂无人的讲堂上去坐在那里的。自然对于大考功课的预备，近来也竟忽略了。有好几晚，她并且老早就到了寝室，在黑暗中摸上了床，一声不响地去睡在被里。更有一天晴暖的午后，她草草吃完午饭，就说有点头痛，去向舍监那里告了假，回家去了半天，但到晚上回来的时候，郑秀岳看见她的两眼肿得红红的，似乎是哭过了一阵的样子。

正当这一天冯世芬不在的午后三点钟的时候，门房走进了校内，四处在找李文卿，说她父亲在会客室里等着要会她。李文卿自从在演说大会得了胜利以后，本来就是全校闻名的一位英雄，而且身体又高又大，无论在操场或在自修室里总可以一寻就见的，而这一天午后竟累门房在校内各处寻了半天终于没有见到。门房寻李文卿虽则没有寻到，但因为他见人就问的关系上，这李文卿的爸爸来校的消息，却早已传遍了全校。有几个曾经和李文卿睡过要好的同学，又在夸示人地详细说述他——李文卿的爸爸——的历史和李文卿的家庭关系。说他——李文卿的爸爸——本来是在徐州乡下一个开宿店兼营农业的人。忽而一天寄居在他店里的一位木客暴卒了，他为这客人衣棺收殓之后，更为他起了一座很好的坟庄。后来他就一年一年的买起田来，居然富倾了敌国。他乡下的破落户，于田地产业被他买占了去以后，总觉得气他不过，便造他的谣言，说他的财产是从谋财害命得来的东西。他有一个姊姊，从小就被卖在杭州乡下的一家农家充使婢的，后来这家的主妇死了，他姊姊就升作了主妇，现在也已经有五十开外的年纪了。他老人家发了财后，便不时来杭州看他的姊姊。他看看杭州地方，宜于安居，又因本地方人对他的仇恨太深，所以于十年前就卖去了他在徐州所有的产业，迁徙到杭州他姊姊的乡下来住下。他的夫人，早就死了，以后就一直没有娶过，儿女只有李文卿一个，因此她虽则到了这么大的年纪，暑假年假回家去，总还是和她爸爸同睡在一铺。杭州的乡下人，对这一件事情，早也动了公愤了，可是因为他的姊姊为人实在不错，又兼以乡下人所抱的全是各人自扫门前雪的宗旨，所以大家都不过在背后骂骂他是猪狗畜生，而公开的却还没有下过共同的驱逐令。

这些历史，这些消息，也很快的传遍了全校，所以会客室的门口和玻璃窗前头，竟来一班去一班地哄聚拢了许许多多的好奇的学生。长长胖胖，身体很强壮，嘴边有两条鼠须的这位李文卿的父亲的面貌，同李文卿简直是一色也无两样。不过他脸上的一脸横肉，比李文卿更红黑一点，而两只老鼠眼似的肉里小眼，因为没有眼镜戴在那里的缘故，看起来更觉得荒淫一点而已。

李文卿的父亲在会客室里被人家看了半天，门房才带了李文卿出来会她的父亲。这时候老门房的脸上满漾着了一脸好笑的笑容，而李文卿的急得灰黑的脸上却罩满了一脸不可抑遏的怒气。有几个淘气的同学看见老门房从会客室里出来，就拉住了他，问他有什么好笑。门房就以一手掩住了嘴，又痴的笑了一声。等同学再挤近前去问他的时候，他才轻轻地说："我在厕所里才找到了李文卿。她这几天水果吃得多了，在下痢疾，我看了她那副眉头簇紧的样子，实在真真好笑不过。"

一边在会客室里面，大家却只听见李文卿放大了喉咙在骂她的父亲说：

"我叫你不要上学校里来，不要上学校里来，怎么今天忽而又来了哩？在旅馆里不好打电话来的么？你且看看外面的那些同学看，大约你是故意来倒倒我的霉的吧？我今天旅馆里是不去了，由你一个人去。"

大声的说完了这几句话，她一转身就跑出了会客室，又跑上了上厕所去的那一条路。

到了晚上，郑秀岳和冯世芬睡下之后，郑秀岳将白天的这一段事情详详细细的重述给冯世芬听了，冯世芬也一点儿笑容都没有，只摇了摇头，叹了口气说：

"唉！这些人家的无聊的事情，去管它作什么？"

十二

暑假到了，许多同学又各归各的分散了。郑秀岳回到了家里，似乎在路上中了一点暑气，竟吐泻了一夜，睡了三日，这中间冯世芬绝没有来过。到了第五天的下午，父母亲准她出门去了，她换了一身衣服，梳理了一下头，想等太阳斜一点的时候，就上太平坊巷去看看冯世芬，去问问她为什么这么长久不来的。可是，长长的午后，等等，等等，太阳总不容易下去，而她父亲坐了出去的那一乘包车也总不回来，听得五点钟敲后，她却不耐烦起来了，立起身来，就向大门外走。她刚走到了大门口边，斗头却来了一个邮差，信封上的遒劲秀逸的字迹，她一看就晓得是冯世芬写来给她的信。“难道她也病了么？为什么人不来而来信？”她一边猜测着，一边就站立了下来在拆信。

最亲爱的秀岳：

这封信到你手里的时候，大约我总已不在杭州，不同你在呼吸一块地方的空气了。我也哪里忍心别你？因此我不敢来和你面别。秀岳，这短短的一年，这和你在一道的短短的一年，回想起来，实在是有点依依难舍！

秀岳，我的自五月以来的胸中的苦闷，你可知道？人虽则是有理智，但是也有感情的。我现在已经犯下了一宗决不为宗法社会所容的罪了，尤其是在封建思想最深，眼光最狭小的杭州。但是社会是前进的，恋爱是神圣的，我们有我们的主张，我们也要争我们的权利。

我与舅舅，明朝一早就要出发，去自己开拓我们的路去。

在旧社会不倒，中国固有的思想未解放之前，我们是决不再回杭州来了。

秀岳，在将和自幼生长着的血地永别之前的这几个钟头，你可猜得出我心里绞割的情形？

母亲是安闲地睡在房里，弟弟们是无邪地在那里打鼾。

我今天晚上晚饭吃不下的时候，母亲还问我“可要粥吃？”

我在书房里整理书籍，到了十点多钟未睡，母亲还叫我“好睡了，书籍明朝不好整理的么？”啊啊，这一个明朝，她又哪里晓得明朝我将漂泊至于何处呢？

秀岳，我的去所，我的行止，请你切不要去打听。你若将来能不忘你旧日的好友，请你常来看看我的年老的娘，常来看看我的年幼的弟弟！

啊啊，恨只恨我“母老，家贫，弟幼”。

写到了此地，我眼睛模糊了，我搁下了笔，私私地偷进了我娘的房。她的脸上的表情，实在是崇高得很！她的饱受过忧患的洗礼的脸色，实在是比圣母的还要圣洁。啊啊，只有这一刻了，只有这一刻了，我的最爱最敬重的母亲！那两个小弟弟哩，似乎还在做踢球的好梦，他们在笑，他们在微微地笑。

秀岳，我别无所念，我就只丢不了，只丢不了这三个人，这三个世界上再好也没有的人！

我，我去之后，千万，千万，请你要常来看看他们，和他们出去玩玩。

秀岳，亲爱的秀岳，从此永别了，以后你千万要来的哩！

另外还有一包书，本来是舅舅带来给我念的，我包好了摆在这里，用以转赠给你，因为我们去的地方，这一种册籍是很多的。

秀岳，深望你读了之后，能够马上觉悟，深望你要堕落的时候，能够想想到我！

人生苦短，而工作苦多，永别了，秀岳，等杭州的苏维埃政府成立之后，再来和你相见。这也许是在五年之后，这也许要费十年的工，但是，但是，我的老母，她，她怕是今生不能及身见到的了。

秀岳，秀岳，我们各自珍重，各自珍重吧！

冯世芬含泪之书　七月十九日午前三时

郑秀岳读了这一封信后，就在大门口她立在那儿的地方“啊”的一声哭了出来。她娘和佣人等赶出来的时候，她已经哭倒在地上，坐在那里背靠上了墙壁。等女佣人等把她抬到了床上，她的头发也已经散了。悲悲切切的哭了一阵，又拿信近她的泪眼边去看看，她的热泪，更加涌如骤雨。又痛哭了半天，她才决然地立了起来，把头发拴了一拴，带着不能成声的泪音，哄哄地对坐在她床面的娘说：

“恩娘！我要去，我，我要去看看，看看冯世芬的母亲！”

十三

郑秀岳勉强支持着她已经哭损了的身体，和红肿的眼睛，坐了车到太平坊巷冯世芬的家里的时候，太阳光已经只隐现在几处高墙头上了。

一走进大厅的旁门，大约是心理关系罢，她只感到了一阵阴戚戚的阴气。冯家的起坐室里，一点儿响动也没有，静寂得同在坟墓中间一样。她低声叫了一声“陈妈！”那头发已有点灰白的冯家老佣人才轻轻地从起坐室后走了出来。她问她：

“太太呢？小少爷们呢？”

陈妈也蹙紧了愁眉，将嘴向冯母卧房的方向指了一指，然后又走近前来，附耳低声的说：

“大小姐到上海去的事情，你晓得了没有？太太今天睡了一天，饭也没有吃过，两位小少爷在那里陪她。你快进去，大小姐，你去劝劝我们太太。”

郑秀岳横过了起坐室，踏进了旁间后厢房的门，就颤声叫了一声“伯母”！

冯世芬的娘和衣朝里床睡在那里，两个小孩，一个已经手靠了床前的那张方桌假睡着了，只有一个大一点的，脸上露呈着满脸的被惊愕所压倒的表情，光着大眼，两脚挂落，默坐在他弟弟的旁边一张靠背椅上。

郑秀岳进了一间已经有点阴黑起来的房，更看了这一种周围的情形，叫了一声伯母之后，早已不能说第二句话了。便只能静走上了两孩子之旁，以一只手抚上了那大孩子的头。她听见床里漏出了几声啜泣吸鼻涕的声音，又看见那老体抽动了几动，似在那里和悲哀搏斗，想竭力装出一种镇静的态度来的样子。等了一歇歇，冯世芬的娘旋转了身，斜坐了起来。郑秀岳在黝黑不明的晚天光线之中，只见她的那张老脸，于泪迹斑斓之外，还在勉强装作比哭更觉难堪的苦笑。

郑秀岳看她起来了，就急忙走了过去，也在床沿上一道坐下，可是急切间总想不出一句适当的话来安慰着这一位已经受苦受得不少了的寡母。

倒是冯夫人先开了口，头一句就问：

“芬的事情，你可晓得？”

在话声里可以听得出来，这一句话真费了她千钧的力气。

“是的，我就是为这事情而来的，她……她昨晚上写给了我一封信。”

反而是郑秀岳先作了一种混浊的断续的泪声。

“对这事情，我也不想多说，但是她既然要走，何不好好的走，何不预先同我说一说明白。应环的人品，我也晓得的，芬的性格，我也很知道，不过……不过……这……这事情偏出在杭州的……杭州的我们家里，教我……教我如何的去见人呢？”

冯母到了这里，似乎是忍不住了，才又啜吸了一下鼻涕。郑秀岳脸上的两条冷泪，也在慢慢地流下来，可是最不容易过的头道难关现在已经过去了，到此她倒觉得重新获得了一腔谈话的勇气。

“伯母，世芬的人，是决不会做错事情的，我想他们这一回的出去，也决不会发生什么危险。不过一时被剩落在杭州的我们，要感到一点寂寞，倒是真的。”

“这倒我也相信，芬从小就是一个心高气硬的孩子，就是应环，也并不是轻佻浮薄的人。不过，不过亲戚朋友知道了的时候，教我如何做人呢？”

“伯母，已成的事情，也是没法子的。说到旁人的冷眼，那也顾虑不得许多。昨天世芬的信上也在说，他们是决不再回到杭州来了，本来杭州这一个地方，实在也真太闭塞不过。”

“我倒也情愿他们不再来见我的面，因为我是从小就晓得他们的，无论如何，总可以原谅他们，可是杭州人的专喜欢中伤人的一般的嘴，却真是有点可怕。”

说到了这里，那只手假睡在桌上的孩子，醒转来了。用小手擦了一擦眼睛，他却向郑秀岳问说：

“我们的大姊姊呢？”

郑秀岳当紧张之余，得了这突如其来的一个挡驾的帮手，心上也宽松了不少。回过头来，对这小天使微笑了一眼，她就对他说：

“大姊姊到上海去读书去了，等不了几天，我也要去的，你想不想去？”

他张大了两只大眼，呆视着她，只对她把头点了几下。坐在他边上的哥哥，这时候也忽而向他母亲说话了：

“娘娘！那一包书呢？”

冯母到这时候，方才想起来似的接着说：

“不错，不错，芬还有一包书留在这里给你。珍儿，你上那边书房里去拿了过来。”

大一点的孩子一珍跑出去把书拿了来后，郑秀岳就把她刚才接到的那封信的内容详细说了一说。她劝冯母，总须想得开些，以后世芬不在，她当常常过来陪伴伯母。若有什么事情，用得着她做的，伯母尽可吩咐，她当尽她的能力，来代替世芬。两位小弟弟的将来的读书升学，她若在杭州，她的同学及先生也很多很多，托托人家，也并不是一件难事。说了一阵，天已经完全的黑下来了。冯母留她在那里吃晚饭，她说家里怕要着急，就告辞走了出来。

回到了家里，上东厢房的房里去把冯世芬留赠给她的那包书打开一看，里面却是些她从没有听见过的《共产主义 ABC》《革命妇女》《洛查卢森堡书简集》之类的封面印得很有刺激性的书籍。她正想翻开那本《革命妇女》来看的时候，佣人却进来请她吃晚饭了。

十四

这一个暑假里，因为好朋友冯世芬走了，郑秀岳在家里得多读了一点书。冯世芬送给她的那一包书，对她虽则口味不大合，她虽还不能全部了解，但中国人的为什么要这样的受苦，我们受苦者应该怎样去解放自己，以及天下的大势如何，社会的情形如何等，却朦胧地也有了一点认识。

此外则经过了一个暑假的蒸催，她的身体也完全发育到了极致。身材也长高了，言语举止，思想嗜好，已经全部变成了一个烂熟的少女的身心了。

到了暑假将毕，学校也将就开学的一两星期之前，冯世芬的出走的消息，似乎已经传了开去，她竟并不期待着的接到了好几封信。有的是同学中的好事者来探听消息的，有的是来吊慰她的失去好友的，更有的是借题发挥，不过欲因这事情而来发表她们的意见的。可是在这许多封信的中间，有两封出乎她的意想之外，批评眼光完全和她平时所想她们的不同的信，最惹起了她的注意。

一封是李文卿从乡下寄来的。她对于冯世芬的这一次的恋爱，竟赞叹得五体投地。虽则又是桃红柳绿的一大篇，但她的大意是说，恋爱就是性交，性交就是恋爱，所以恋爱应该不择对象，不分畛域的。世间所非难的什么血族通奸，什么长幼聚麀之类，都是不通之谈，既然要恋爱了，则不管对方的是猫是狗，是父是子，一道玩玩，又有什么不可以呢？末后便又是一套一日三秋，一秋三百年，和何日再可以来和卿同衾共被，合成串吕之类的四六骈文。

其他的一封是她们的教员张康先生从西湖上一个寺里寄来的信。他的信写得很哀伤，他说冯世芬走了，他犹如失去了一颗领路的明星。他说他虽则对冯世芬并没有什么异想，但半年来他一日一封写给她的信，却是他平生所写过的最得意的文章。

他又说这一种血族通奸，实在是最不道德的事情。末了他说他的这一颗寂寞的心，今后是无处寄托了，他很希望她有空的时候，能够上里湖他寄寓在那里的那个寺里去玩。

郑秀岳向来是接到了信概不答复的，但现在一则因假中无事，写写信也是一种消遣，二则因这两个人，虽则批评的观点不同，但对冯世芬都抱有好意，却是一样。还有一层意识下的莫名其妙的渴念，失去了冯世芬后的一种异常的孤凄，当然也是一个主要的动机，所以对于这两封信，她竟破例地各作了一个长长的答复。回信去后，李文卿则过了两日，马上又来信了，信里头又附了许多白话不像白话，文言不像文言的情诗。张康先生则多过了一日，也来了信。此后总很规则地李文卿二日一封，张康先生三日一封，都有信来。

到了学校开学的前一日，李文卿突然差旅馆里的佣人，送了一匹白纺绸来给郑秀岳，中午并且还要邀她上西湖边上钱塘秀色酒家去吃午饭。郑秀岳因为这一个暑假期中，冯世芬不在杭州，好久不出去玩了，得了这一个机会，自然也很想出去走走。所以将近中午的时候，就告知了父母，坐了家里的车，一直到了湖滨钱塘秀色酒家的楼上。

到了那里，李文卿还没有来，坐等了二十分钟的样子，她在楼上的栏边才看见了两乘车子跑到了门口息下。坐在前头车里的是怒容满面的李文卿，后面的一乘，当然是她的爸爸。

李文卿上楼来看见了她，一开口就大声骂她的父亲说：

“我叫他不要来不要来，他偏要跟了同来，我气起来想索性不出来吃饭了，但因为怕你在这里等一个空，所以才勉强出来的。”

吃过中饭之后，她们本来是想去落湖的，但因为李文卿的爸爸也要同去，所以李文卿又气了起来，直接就走回了旅馆。郑秀岳的归路，是要走过他们的旅馆的，故而三人到了旅馆门口，郑秀岳就跟他们进去坐了一坐。他们所开的是一间头等单房间，虽则地方不大，只有一张铜床，但开窗一望，西湖的山色就在面前，风景是真好不过，郑秀岳坐坐谈谈，在那里竟过了个把钟头。李文卿的父亲，当这中间，早就鼾声大作，张着嘴，流着口沫，在床上睡着了。

开学之后，因为天气还热，同学来的不多，所以开课又展延了一个星期。李文卿于开学的当日就搬进了宿舍，郑秀岳则迟了两日才搬进去。在未开课之先，学校里的管束，本来是不十分严的，所以李文卿则说父亲又来了，须请假外宿，而郑秀岳则说还要回家去住几日，两人就于午饭毕后，带了一只手提皮箧，一道走了出来。

她们先上西湖去玩了半日，又上钱塘秀色酒家去吃了晚饭，两人就一同去到了那郑秀岳也曾去过的旅馆里开了一个房间。这旅馆的账房茶房，对李文卿是很熟的样子，她一进门，就李太太李太太的招呼得特别起劲。

这一天的天气，也真闷热，晚上像要下阵头雨的样子，所以李文卿一进了房，就把她的那件白香云纱大衫脱下了。大约是因为她身体太肥胖的缘故，生来似乎是格外的怕热，她在大衫底下，非但不穿一件汗衫，连小背心都没有得穿在那里的。所以大衫一脱，她的上半身就成了一个黑油光光的裸体了。她在电灯底下，走来走去，两只奶头紫黑色的下垂皮奶，向左向右的摇动得很厉害。倒是郑秀岳看得有点难为情起来了，就含着微笑对她说：

"你为什么这样怕热，小衫不好拿一件出来穿穿的？"

"穿它做什么？横竖是要睡了。"

"你这样赤了膊走来走去的走，倒不怕茶房看见？"

"这里的茶房是被我们做下规矩的，不喊他们他们不敢进来。"

"那么玻璃窗上的影子呢？"

"影子么，把电灯灭黑了就对。"

拍的一响，她就伸手把电灯灭黑了。但这一晚似乎是有十一二的上弦月色的晚上，电灯灭黑，窗外头还看得出朦胧的西湖夜景来。

郑秀岳尽坐在窗边，在看窗外的夜景，而李文卿却早把一条短短的纱裤也脱了下来，上床去躺上了。

"还不来睡么？坐在那里干什么？"

李文卿很不耐烦地催了她好几次，郑秀岳才把身上的一条黑裙子脱下，和衣睡上了床去。李文卿也要她脱得精光，和她自己一样，但郑秀岳怎样也不肯依她。两人争执了半天，郑秀岳终于让步到了上身赤膊，裤带解去的程度，但下面的一条裤子，她怎么也不肯脱去。

这一天晚上，蒸闷得实在异常，李文卿于争执了一场之后，似乎有些疲倦了，早就呼呼地张着嘴熟睡了过去，而郑秀岳则翻来覆去，有好半日合不上眼。

到了后半夜在睡梦里，她忽而在腿中间感着了一种异样的刺痛，朦胧地正想用手去摸，而两只手却已被李文卿捏住了。当睡下的时候李文卿本睡在里床，她却向外床打侧睡在那里的。不知什么时候，李文卿早已经爬到了她的外面，和她对面的形成了一个合掌的形状了。

她因为下部的刺痛实在有些熬忍不住了，双手既被捏住，没有办法，就只好将身体往后一缩，而李文卿的厚重的上半只方肩，却乘了这势头向她的肩头拼命的推了一下，结果她底下的痛楚更加了一层，而自己的身体倒成了一个仰卧的姿势，全身合在她上面的李文卿却轻轻地断续地乖肉小宝的叫了起来。

十五

学校开课以后，日常的生活，就又恢复了常态。生性温柔，满身都是热情，没有一刻少得来一个依附之人的郑秀岳，于冯世芬去后，总算得着了一个李文卿补足了她的缺憾。从前同学们中间广在流传的那些关于李文卿的风说，一件一件她都晓得了无微不至，尤其是那一包长长的莫名其妙的东西，现在是差不多每晚都寄藏在她的枕下了。

她的对李文卿的热爱，比对冯世芬的更来得激烈，因为冯世芬不过给了她些学问上的帮助和精神上的启发，而李文卿却于金钱物质上的赠与之外，又领她入了一个肉体的现实的乐园。

但是见异思迁的李文卿，和她要好了两个多月，似乎另外又有了新的友人。到了秋高气爽的十月底边，她竟不再上郑秀岳这儿来过夜了；那一包据她说是当她入学的那一年由她父亲到上海去花了好几十块钱买来的东西，当然也被她收了回去。

郑秀岳于悲啼哀泣之余，心里头就只在打算将如何的去争夺她回来，或万一再争夺不到的时候，将如何的给她一个报复。

最初当然是一封写得很悲愤的绝交书，这一封信去后，李文卿果然又来和她睡了一个礼拜。但一礼拜之后，李文卿又不来了。她就费了种种苦心，去侦查出了李文卿的新的友人。

李文卿的新友人叫史丽娟，年纪比李文卿还要大两三岁，是今年新进来的一年级生。史丽娟的幼小的历史，大家都不大明白，所晓得者，只是她从济良所里被一位上海的小军阀领出来以后的情形。这小军阀于领她出济良所后，就在上海为她租了一间亭子间住着，但是后来因为被他的另外的几位夫人知道了，吵闹不过，所以只说和她断绝了关系，就秘密送她进了一个上海的女校。在这女校里住满了三年，那军阀暗地里也时常和她往来，可是在最后将毕业的那一年，这秘密突然因那位女校长上军阀公馆里去捐款之故，而破露出来了。于是费了许多周折，她才来杭州改进了这个女校。

她面部虽则扁平，但脸形却是长方。皮色虽也很白，但是一种病的灰白色。身材高矮适中，瘦到恰好的程度。口嘴之大，在无论哪一个女校里，都找不出一个可以和她比拟的人来。一双眼角有点斜挂落的眼睛，灵活得非常，当她水汪汪地用眼梢斜视你一瞥的时候，无论什么人也要被她迷倒，而她哩，也最爱使用这一种是她的特长的眼色。

郑秀岳于侦查出了这史丽娟便是李文卿的新的朋友之后，就天天只在设法如何的给她一个报复。

有一天寒风凄冷，似将下秋雨的傍晚，晚饭过后在操场上散步的人极少极少。而在这极少数的人中间，郑秀岳却突然遇着了李文卿和史丽娟两个的在那里携手同行。自从李文卿和她生疏以来，将近一个月了，但她的看见李文卿和史丽娟的同在一道，这却还是第一次。

当她远远地看见了她两个人的时候，她们还没有觉察得她的也在操场，尽在俯着了头，且谈且往前走。所以她眼睛里放出了火花，在一枝树叶已将黄落的大树背后躲过，跟在她们后面走了一段，她们还是在高谈阔论。等她们走到了操场的转弯角上，又回身转回来时，郑秀岳却将身体一扑，辟面的冲了过去，先拉住史丽娟的胸襟，向她脸上用指爪挖了几把，然后就回转身来，又拖住了正在预备逃走的李文卿大闹了一场。她在和李文卿大闹的中间，一面已见惯了这些醋波场面的史丽娟，却早忍了一点痛，急忙逃回到自修室里去了。

且哭且骂且哀求，她和李文卿两个，在空洞黑暗，寒风凛冽的操场上纠缠到了就寝的时候，方才回去。这一晚总算是她的胜利，李文卿又到她那里去住宿了一夜。

但是她的报复政策终于是失败了，自从这一晚以后，李文卿和史丽娟的关系，反而加速度地又增进了数步。

她的计策尽了，精力也不继了，自怨自艾，到了失望消沉到极点的时候，才忽然又想起了冯世芬对她所讲的话来：

"肉体的美是不可靠的，要人格的美才能永久，才是伟大！"

她于无可奈何之中，就重新决定了改变方向，想以后将她的全部精神贯注到解放人类、改造社会的事业上去。

可是这些空洞的理想，终于不是实际有血有肉的东西。第一她的肉体就不许她从此就走上了这条狭而且长的栈道；第二她的感情，她的后悔，她的怨愤，也终不肯从此就放过了那个本来就为全校所轻视，而她自己卒因为意志薄弱之故，终于闯入了她的陷阱的李文卿。

因这种种的关系，因这复杂的心情，她于那最后的报复计划失败之后，就又试行了一个最下最下的报复下策。她有一晚竟和那一个在校中被大家所认为的李文卿的情人李得中先生上旅馆去宿了一宵。

李得中先生究竟太老了，而他家里的师母，又是一个全校闻名的夜叉精。所以无论如何，这李得中先生终究是不能填满她的那一种热情奔放，一刻也少不得一个寄托之人的欲望的。

到了年假考也将近前来，而李文卿也马上就快毕业离开学校的时候，她于百计俱穷之后，不得已就只能投归了那个本来是冯世芬的崇拜者的张康先生，总算在他的身上暂时寻出了一个依托的地方。

十六

郑秀岳升入三年级的一年，李文卿已经毕业离校了。冯世芬既失了踪，李文卿又离了校，在这一年中她辗转地只想寻一个可以寄托身心，可以把她的全部热情投入去燃烧的熔炉而终不可得。

经过了过去半年来的情波爱浪的打击，她的心虽已成了一个百孔千疮，鲜红滴沥的蜂窝，但是经验却教了她如何的观察人心，如何的支配异性。她的热情不敢外露了，她的意志，也有几分确立了。所以对于张康先生，在学校放假期中，她虽则也时和他去住住旅馆，游游山水，但在感情上，在行动上，她却得到了绝对的支配权。在无论哪一点，她总处处在表示着，这爱是她所施与的，你对方的爱她并不在要来，就是完全没有也可以，所以你该认明她仍旧是她自身的主人。

正当她在这一次的恋爱争斗之中，确实把握着了这胜利的驾驭权的时候，暑假过后，不知从何处传来了一个消息，说李文卿于学校毕业之后，在西湖上和本来是她住的那西斋的老斋夫的一个小儿子同住在那里。这老斋夫的儿子，从前是在金沙港的蚕桑学校里当小使的，年纪还不满十八岁，相貌长得嫩白像一个女人，郑秀岳也曾于礼拜日他来访他老父的时候看见过几次。她听到了这一个消息，心里却又起了一种异样的感触，因为将她自己目下的恋爱来比比李文卿的这恋爱，则显见得她要比李文卿差得多，所以在异性的恋爱上，她又觉得大大的失败了。

自从她得到了这李文卿的恋爱消息以后，她对张康先生的态度，又变了一变。本来她就只打算在他的身上寻出一个暂时的避难之所的，现在却觉得连这仍旧是不安全不满足的避难之所也是不必要了。

她和张先生的这若即若离的关系，正将隔断，而她的学校生活也将完毕的这一年冬天，中国政治上起了一个绝大的变化，真是古来所未有过的变化。

旧式军阀之互相火并，这时候已经到了最后的一个阶段了。奉天胡子匪军占领南京不久，就被孙传芳的贩卖鸦片，虏掠奸淫，杀人放火，无恶不作的闽海匪军驱逐走了。

孙传芳占据东南五省不上几月，广州革命政府的北伐军队，受了第三国际的领导和工农大众的扶持，着着进逼。已攻下了武汉，攻下了福建，迫近江浙的境界来了。革命军到处，百姓箪食壶浆，欢迎唯恐不及。于是旧军阀的残部，在放弃地盘之先，就不得不露他们的最后毒牙，来向无辜的农工百姓，试一次致命的噬咬，来一次绝命的杀人放火，虏掠奸淫。可怜杭州的许多女校，这时候同时都受了这些孙传芳部下匪军的包围，数千女生也同时都成了被征服地的人身供物。其中未成年的不幸的少女，因被轮奸而毙命者，不知多少。幸而郑秀岳所遇到的，是一个匪军的下级军官，所以过了一夜，第二天就得从后门逃出，逃回了家。

这前后，杭州城里的资产阶级，早已逃避得十室九空。郑秀岳于逃回家后，马上就和她的父母在成千成万的难民之中，夺路赶到了杭州城站。但他们所乘的这次火车已经是自杭开沪的最后一班火车，自此以后，沪杭路上的客车，就一时中断了。

郑秀岳父女三人，仓皇逃到了上海，先在旅馆里住了几天，后来就在沪西租定了一家姓戴的上流人家的楼下统厢房，作了久住之计。

这人家的住宅，是一间两楼两底的弄堂房子，房东是银行里的一位行员，房客于郑秀岳他们一家之外，前楼上还有一位独身的在一家书馆里当编辑的人住在那里。

听那家房东用在那里的一位绍兴的半老女佣人之所说，则这位吴先生，真是上海滩上少有的一位规矩人，年纪已经有二十五岁了，但绝没有一位女朋友和他往来，晚上，也没有一天在外面过过夜。在这前楼住了两年了，而过年过节，房东太太邀他下楼来吃饭的时候，还是怕羞怕耻的，同一位乡下姑娘一样。

还有他的房租，也从没有迟纳过一天，对底下人如他自己和房东的黄包车夫之类的赏与，总按时按节，给得很丰厚的。

郑秀岳听了这多言的半老妇的这许多关于前楼的住客的赞词，心里早已经起了一种好奇的心思了，只想看看这一位正人君子，究竟是怎么样的一个人才。可是早晨她起来的时候，他总已经出去到书馆里去办事了，晚上他回来的时候，总一进门就走上楼去的，所以自从那一天礼拜天的下午，他们搬进去后，虽和他同一个屋顶之下住了六七天，她可终于没有见他一面的机会。

直到了第二个礼拜天的下午，——那一天的天气，晴暖得同小春天一样，——吃过饭后，郑秀岳听见前楼上的一排朝南的玻璃窗开了，有一位男子的操宁波口音的声音，在和那半老女佣人的金妈说话，叫她把竹竿搁在那里，衣服由他自己来晒。停了一会，她从她的住室的厢房窗里，才在前楼窗外看见了一张清秀温和的脸来。皮肤很白，鼻子也高得很，眼睛比寻常的人似乎要大一点，脸形是长方的。郑秀岳看见了他伏出了半身在窗外天井里晒骆驼绒袍子，哔叽夹衫之类的面形之后，心里倒忽然惊了一头，觉得这相貌是很熟很熟。又过细寻思了一下，她就微微地笑起来了，原来他的面形五官，是和冯世芬的有许多共同之点的。

十七

一九二七——中华民国十六——年的年头和一九二六年的年尾，沪杭一带充满了风声鹤唳的白色恐怖的空气。在党的铁律指导下的国民革命军，各地都受了工农老百姓的暗助，已经越过了仙霞岭，一步一步的逼近杭州来了。

阳历元旦以后，国民革命军第二十九路军，真如破竹般地直到了杭州，浙江已经成了一个遍地红旗的区域了。这时候淞沪的一隅，还在旧军阀孙传芳的残部的手中，但是一夕数惊，旧军阀早已经感到了他们的末日的将至了。

处身于这一种政治大变革的危急之中，托庇在外国帝国主义旗帜下的一般上海的大小资产阶级，和洋商买办之类，还悠悠地在送灶谢年，预备过他们的旧历的除夕和旧历的元旦。

醉生梦死，服务于上海的一家大金融资本家的银行里的郑秀岳他们的房东，到了旧历的除夕夜半，也在客厅上摆下了一桌盛大的筵席，在招请他的房客全体去吃年夜饭，这一天系一九二七年二月一日，天气阴晴，是晚来欲雪的样子。

郑秀岳他们的一家，在炉火熔熔，电光灼灼的席面上坐定的时候，楼上的那一位吴先生，还不肯下来。等面团身胖，嗓音洪亮的那一位房东向楼上大喊了几声之后，他才慢慢地走落了楼。房东替他和郑去非及郑秀岳介绍的时候，他只低下了头，涨红了脸，说了几句什么也听不出来的低声的话。这房东本来是和他同乡，身体魁伟，面色红艳，说一句话，总容易惹人家哄笑。在他介绍的时候说：

“这一位吴先生，是我们的同乡，在我们这里住了两年了，叫吴一粟，系在某某书馆编《妇女杂志》的。郑小姊，你倒很可以和他做做朋友，因为他的脾气像是一位小姊。你看他的脸涨得多么红？我们内人有几次去调戏他的时候，他简直会哭出来。”

房东太太却佯嗔假怒地骂起她的男人来了：

“你不要胡说，今朝是大年夜头，噢！你看吴先生已经把你弄得难为情极了。”

一场笑语，说得大家都呵呵大笑了起来。

郑秀岳在吃饭的时候，冷静地看了他好几眼，而他却只低下了头，一句话也不说，尽在吃饭。酒，他是不喝的。郑去非和房主人的戴次山还正在浅斟低酌的中间，他却早已把碗筷搁下，吃完了饭，默坐在那里了。

这一天晚上，郑去非于喝了几杯酒后，居然兴致大发，自家说了一阵过去的经历以后，便和房东戴次山谈论起时局来。末后注意到了吴一粟的沉默无言，低头危坐在那里，他就又把话牵了回来，详细地问及了吴一粟的身世。

但他问三句，吴一粟顶多只答一句，倒还是房主人的戴次山代他回答得多些。

他和戴次山虽是宁波的大同乡，然而本来也是不认识的。戴次山于两年前同这回一样，于登报招寻同住者的时候，因为他的资格身分很合，所以才应许他搬进来同住。他的父母早故了，财产是没有的，到宁波的四中毕业为止，一切学费之类，都由他的一位叔父也系在某书馆里当编辑的吴卓人负责的。现在吴卓人上山东去做女师校长去了，所以他只剩了一个人，在上海。那《妇女杂志》，本来是由吴卓人主编的。但他于中学毕业之后，因为无力再进大学，便由吴卓人的尽力，进了这某书馆而充作校对，过了二年，升了一级，就算升作了小编辑而去帮助他的叔父，从事于编辑《妇女杂志》。而两年前他叔父去做校长去了，所以这《妇女杂志》现在名义上虽则仍说是吴卓人主编，但实际上则只有他在那里主持。

这便是郑去非向他盘问，而大半系由戴次山替他代答的吴一粟的身世。

郑秀岳听到了吴卓人这名字，心里倒动了一动。因为这名字，是她和冯世芬要好的时候，常在杂志上看熟的名字。《妇女杂志》，在她们学校里订阅的人也是很多。听到了这些，她心里倒后悔起来了，因为自从冯世芬走后，这一年多中间，她只在为情事而颠倒，书也少读了，杂志也不看了，所以对于中国文化界和妇女界的事情，她简直什么也不知道了。当她父亲在和吴一粟说话的中间，她静静儿的注视着他那腼腆不敢抬头的脸，心里倒也下了一个向上的决心。

“我以后就多读一点书吧！多识一点时务吧！有这样的同居者近在咫尺，这一个机会倒不可错过，或者也许比进大学还强得多哩。”

当她正是混混然心里在那么想着的时候，她父亲和戴次山的谈话，却忽而转向了她的身上。

“小女过了年也十七岁了，虽说已在女学校毕了业，但真还是一个什么也不知的小孩子。以后的升学问题之类，正要戴先生和吴先生指教才对哩。”

听到了这一句话，吴一粟才举了举头，很快很快地向她看了一眼。今晚上郑秀岳已经注意了他这么的半晚了，但他的看她，这却还是第一次。

这一顿年夜饭，直到了午前一点多钟方才散席。散席后吴一粟马上上楼去了，而郑秀岳的父母，和戴次山的夫妇却又于饭后打了四圈牌。在打牌闲话的中间，郑秀岳本来是坐在她母亲的边上看打牌的，但因为房东主人，于不经意中说起了替她做媒的话，她倒也觉得有些害起羞来了，便走回了厢房前面的她的那间卧房。

十八

二月十九，国民革命军已沿了沪杭铁路向东推进，到了临平。以后长驱直入，马上就有将淞沪一带的残余军阀肃清的可能。上海的劳苦群众，于是团结起来了，虽则在军阀孙传芳的大刀队下死了不少的斗士和男女学生，然而杀不尽的中国无产阶级，终于在千重万重的压迫之下，结合了起来。口号是要求英美帝国主义驻兵退出上海，打倒军阀，收回租界，打倒一切帝国主义，凡这种种目的条件若不做到，则总罢工也一日不停止。工人们下了坚固的决心，想以自己的血来洗清中国数十年来的积污。

军阀们恐慌起来了，帝国主义者们也恐慌起来了，于是杀人也越杀越多，华租各界的戒严也越戒得紧。手忙脚乱，屁滚尿流，军阀和帝国主义的丑态，这时候真尽量地暴露了出来。洋场十里，霎时间变作了一个被恐怖所压倒的死灭的都会。

上海的劳苦群众既忍受了这重大的牺牲，罢了工在静候着民众自己的革命军队的到来，但军队中的已在渐露狐尾的新军阀们，却偏是迟迟其行，等等还是不到，等等还是不来。悲壮的第一次总罢工，于是终被工贼所破坏，死在军阀及帝国主义者的刀下的许多无名义士，就只能饮恨于黄泉，在地下悲声痛哭，变作了不平的厉鬼。

但是革命的洪潮，是无论如何总不肯倒流的，又过了一个月的光景，三月二十一日，革命的士兵的一小部分终于打到了龙华，上海的工农群众，七十万人，就又来了一次惊天动地的大罢工总暴动。

闸北，南市，吴淞一带的工农，或拿起镰刀斧头，或用了手枪刺刀，于二十日晚间，各拼着命，分头向孙传芳的残余军队冲去。

放火的放火，肉搏的肉搏，苦战到了二十二日的晚间，革命的民众，终于胜利了，闽海匪军真正地被杀得片甲不留。

这一天的傍晚，沪西大华纱厂里的一队女工，五十余人，手上各缠着红布，也乘夜阴冲到了曹家渡附近的警察分驻所中。

其中的一个，长方的脸，大黑的眼，生得清秀灵活，不像是幼年女工出身的样子。但到了警察所前，向门口的岗警一把抱住，首先缴这军阀部下的警察的械的，却是这看起来真像是弱不胜衣的她。拿了枪杆，大家一齐闯入了警察的住室，向玻璃窗，桌椅门壁，乱刺乱打了一阵，她可终于被刺刀刺伤了右肩，倒地睡下了。

这样的混战了二三十分钟，女工中间死了一个，伤了十二个，几个警察，终因众寡不敌，分头逃了开去。等男工的纠察队到来，将死伤的女同志等各抬回到了各人的寓所，安置停妥之后，那右肩被刺刀刺伤，因流血过多而昏晕了过去的女工，才在她住的一间亭子间的床上睁开了她的两只大眼。

坐在她的脚后，在灰暗的电灯底下守视着她的一位幼年男工，看见她的头动了一动，马上就站了起来，走到了她的头边。

“啊，世芬阿姊，你醒了么？好好，我马上就倒点开水给你喝。”

她头摇了一摇，表示她并不要水喝。然后喉头又格格地响了一阵，脸上微现出了一点苦痛的表情。努力把嘴张了一张，她终于微微地开始说话了：

“阿六！我们有没有得到胜利？”

“大胜，大胜，闸北的兵队，都被我们打倒，现在从曹家渡起，一直到吴淞近边，都在我们总工会的义勇军和纠察队的手里了。”

这时候在她的苦痛的脸上，却露出了一脸眉头皱紧的微笑。这样地苦笑着，把头点了几点，她才转眼看到了她的肩上。

一件青布棉袄，已经被血水浸湿了半件，被解开了右边，还垫在她的手下，右肩肩锁骨边，直连到腋下，全被一大块棉花，用纱布扎裹在那里，纱布上及在纱布外看得出的棉花上，黑的血迹也印透了不少，流血似乎还没有全部止住的样子。一条灰黑的棉被，盖在她的伤处及胸部以下，仍旧还穿着棉袄的左手，是搁在被上的。

她向自己的身上看了一遍之后，脸上又露出了一种诉苦的表情。幼年工阿六这时候又问了她一声说：

“你要不要水喝？”

她忍着痛点了点头，阿六就把那张白木台子上的热水壶打开，倒了一杯开水递到了她的嘴边。

她将身体动了一动，似乎想坐起来的样子，但啊唷的叫了一声，马上就又躺下了。阿六即刻以一只左手按上了她的左肩，急急地说：

“你不要动，你不要动，就在我手里喝好了，你不要动。”

她一口一口的把开水喝了半杯，亨亨地吐了一口气，就摇着头说：

“不要喝了。”

阿六离开了她的床边，在重把茶杯放回白木桌子上去的中间，她移头看向了对面和她的床对着的那张板铺之上。

只在这张空铺上看出了一条红花布的褥子和许多散乱着的衣服的时候，她却急起来了。

“阿六！阿金呢？”

“嗯，嗯，阿金么？阿金么？她……她……”

“她怎么样了？”

“她，她在那里……”

“在什么地方？”

“在，工厂里。”

“在厂里干什么？”

“在厂里，睡在那里。”

“为什么不回来睡？”

"她，她也……"

"伤了么？"

"嗯，嗯……"

这时候阿六的脸上却突然地滚下了两颗大泪来。

"阿六，阿六，她，她死了么？"

阿六呜咽着，点了点头，同时以他的那只污黑肿裂的右手擦上了眼睛。

冯世芬咬紧了一口牙齿，张着眼对头上的石灰壁注视了一忽，随即把眼睛闭了拢去。她的两眼角上也向耳根流下了两条冷冰冰的眼泪水来，这时候窗外面的天色，已经有些白起来了。

十九

当冯世芬右肩受了伤，呻吟在亭子间里养病的中间，一样的在上海沪西，相去也没有几里路的间隔，但两人彼此都不曾知道的郑秀岳，却得到了一个和吴一粟接近的机会。

革命军攻入上海，闸北南市，各发生了战事以后，神经麻木的租界上的住民，也有点心里不安起来了，于是乎新闻纸就骤加了销路。

本来郑秀岳他们订的是一份《新闻报》，房东戴次山订的是《申报》，前楼吴一粟订的却是替党宣传的《民国日报》。郑去非闲居无事，每天就只好多看几种报来慰遣他的不安的心里。所以他于自己订的一份报外，更不得不向房东及吴一粟去借阅其他的两种。起初这每日借报还报的使命，是托房东用在那里的金妈去的，因为郑秀岳他们自己并没有佣人，饭是吃的包饭。房东主人虽则因为没有小孩，家事简单，但是金妈的一双手，却要做三姓人家的事情，所以忙碌的上半天，和要烧夜饭的傍晚，当然有来不转身的时节，结果，这每日借报还报的差使，就非由郑秀岳去办不可了。

郑秀岳起初，也不过于傍晚吴一粟回来的时候上楼去还还而已，决不进到他的住室里去的。但后来到了礼拜天，则早晨去借报的事情也有了，所以渐渐由门口而走到了他的房里。吴一粟本来是一个最细心、最顾忌人家的不便的人，知道了郑去非的这看报嗜好之后，平时他要上书馆去，总每日自己把报带下楼来，先交给金妈转交的。但礼拜日他并不上书馆去，若再同平时一样，把报特地送下楼来，则怕人家未免要笑他的过于殷勤。因为不是礼拜日，他要锁门出去，随身把报带下楼来，却是一件极便极平常的事情。可是每逢礼拜日，他是整天的在家的。若再同样的把报特地送下楼来，则无论如何总觉得有点可笑。

所以后来到了礼拜天，郑秀岳也常常到他的房里去向他借报去了。一个礼拜，两个礼拜的过去，她居然也于去还报的时候和他立着攀谈几句了，最后就进到了在他的写字台旁坐下来谈一会的程度。

吴一粟的那间朝南的前楼，光线异常的亮。房里头的陈设虽则十分简单，但晴冬的早晨，房里晒满太阳的时候，看起来却也觉得非常舒适。一张洋木黄漆的床，摆在进房门的右手的墙边，上面铺得整整齐齐，总老有一条洁白印花的被单盖在那里的。西面靠墙，是一排麻栗书橱，共有三个，玻璃门里，尽排列着些洋装金字的红绿的洋书。东面墙边，靠墙摆着一张长方的红木半桌，边上排着两张藤心的大椅。靠窗横摆的是一张大号的写字台，写字台的两面，各摆有藤皮的靠背椅子一张。东面墙上挂着两张西洋名画复制版的镜框，西面却是一堂短屏，写的是一首《春江花月夜》。

当郑秀岳和冯世芬要好的时候，她是尊重学问，尊重人格，尊重各种知识的。但是自从和李文卿认识以后，她又觉得李文卿的见解不错，世界上最好最珍贵的就是金钱。现在换了环境，逃难到了上海，无端和这一位吴一粟相遇之后，她的心想又有点变动了，觉得冯世芬所说的话终究是不错的。所以她于借报还报之余，又问他借了两卷过去一年间的《妇女杂志》去看。

在这《妇女杂志》的《论说栏》《感想栏》《创作栏》里，名家的著作原也很多，但她首先翻开来看的，却是吴一粟自己做的或译的东西。

吴一粟的文笔很流利，论说，研究，则做得谨慎周到，像他的为人。从许多他所译著的东西的内容看来，他却是一个女性崇拜的理想主义者。他讴歌恋爱，主张以理想的爱和精神的爱来减轻肉欲。他崇拜母性，但以人格感化，和儿童教育为母性的重要天职。至于爱的道德，结婚问题，及女子职业问题等，则以抄译西洋作者的东西较多，大致还系爱伦凯、白倍儿、萧百纳等的传述者，介绍到了美国林西的伴侣结婚的时候，他却加上了一句按语说："此种主张，必须在女子教育发达到了极点的社会中，才能实行。若女子教育，只在一个半开化的阶段，而男子的道德堕落，社会的风纪不振的时候，则此种主张反容易为后者所恶用。"由此类推，他的对于红色的恋，对于苏俄的结婚的主张，也不难猜度了，故而在那两卷过去一年的《妇女杂志》之中，关于苏俄的女性及妇女生活的介绍，却只有短短的一两篇。

郑秀岳读了，最感到趣味的，是他的一篇歌颂情死的文章。他以情死为爱的极致，他说殉情的圣人比殉教的还要崇高伟大。于举了中外古今的许多例证之后，他结末就造了一句金言说："热情奔放的青年男女哟，我们于恋爱之先，不可不先有一颗敢于情死之心，我们于恋爱之后，尤不可不常存着一种无论何时都可以情死之念。"

郑秀岳被他的文章感动了，读到了一篇他吊希腊的海洛和来安玳的文字的时候，自然而然地竟涌出来了两行清泪。当她读这一篇文字的那天晚上，似乎是旧历十三四夜的样子，读完之后，她竟兴奋得睡不着觉。将书本收起，电灯灭黑以后，她仍复痴痴呆呆地回到了窗口她那张桌子的旁边静坐了下去。皎洁的月光从窗里射了进来。她探头向天上一看，又看见了一角明蓝无底的夜色天。前楼上他的那张书桌上的电灯，也还红红地点着在那里。她仿佛看见了一湾春水绿波的海来斯滂脱的大海，她自己仿佛是成了那个多情多恨的爱弗洛提脱的女司祭，而楼上在书桌上大约是还在写稿子的那个清丽的吴郎，仿佛就是和她隔着一重海峡的来安玳。

二十

新军阀的羊皮下的狼身，终于全部显露出来了。革命告了一个段落之后，革命军阀就不要民众，不要革命的工农兵了。

一九二七年四月十一日的夜半，革命军阀竟派了大军，在闸北南市等处，包围住了总工会的纠察队营部屠杀起来。赤手空拳的上海劳工大众，以用了那样重大的牺牲去向孙传芳残部手里夺来的破旧的枪械，抵抗了一昼夜，结果当然是枪械的全部被夺，和纠察队的全部灭亡。

那时候冯世芬的右肩的伤处，还没有完全收口。但一听到了这军部派人来包围纠察队总部的消息，她就连晚冒雨赤足，从沪西走到了闸北。但是纠察队总部的外围，革命军阀的军队，前后左右竟包围了三匝。她走走这条路也不通，走走那条路也不通，终于在暗夜雨里徘徊绕走了三四个钟头。天亮之后，却有一条虬江路北的路通了，但走了一段，又被兵士阻止了去路。

到了第二天早晨，南北市纠察队的军械全部被缴去了，纠察队员也全部被杀戮了，冯世芬赶到了闸北商务印书馆的东方图书馆外，仍旧还不能够进去。含着眼泪，鼓着勇气，谈判争论了半天，她才得了一个守门的兵士的许可，走进了尸身积垒的那间临时充作总工会纠察队本部的东方图书馆内。找来找去的又找了许多时候，在图书馆楼下大厅的角落里，她终于寻出了一个鲜血淋漓的陈应环的尸体。因为他是跟广州军出发北伐，在革命军到沪之先的三个月前，从武汉被派来上海参加组织总罢工大暴动的，而她自己却一向就留在上海，没有去到广州。

中国的革命运动，从此又转了方向了。南京新军阀政府成立以后，第一件重要工作，就是向各帝国主义的投降和对苏俄的绝交。冯世芬也因被政府的走狗压迫不过，从沪西的大华纱厂，转到了沪东的新开起来的一家厂家。

正当这个中国政治回复了昔日的旧观，军阀党棍、贪官污吏、土豪劣绅联结了帝国主义者和买办地主来压迫中国民众的大把戏新开幕的时候，郑秀岳和吴一粟的恋爱也成熟了。

一向是迟疑不决的郑秀岳，这一回却很勇敢地对吴一粟表白了她的倾倒之情。她的一刻也离不得爱，一刻也少不得一个依托之人的心，于半年多的久渴之后，又重新燃烧了起来，比从前更猛烈地，更强烈地放起火花来了。

那一天是在阳历五月初头的一天很晴爽的礼拜天。吃过午饭，郑秀岳的父母本想和她上先施去购买物品的，但她却饰辞谢绝了。送她父母出门之后，她就又向窗边坐下，翻开那两卷已经看过了好几次的《妇女杂志》来看。偶尔一回两回，从书本上举起眼看看天井外的碧落，半弯同海也似的晴空，又像在招引她出去，上空旷的地方去翱翔。对书枯坐了半个多钟头，她又把眼睛举起，在遥望晴空的时候，于前楼上本来是开在那里的窗门口，她忽而看出了一个也是在依栏呆立，举头望远的吴一粟的半身儿。她坐在那儿的地方的两扇玻璃窗，是关上的，所以她在窗里，可以看得见楼上吴一粟的上半身，而从吴一粟的楼上哩，因为有反光的玻璃遮在那里的缘故，虽则低头下视，也看不见她的。

痴痴地同失了神似的昂着头向吴一粟看了几分钟后，她的心弦，忽而被挑动了。立起身来，换上了一件新制的夹袍，把头面向镜子里照了一回，她就拿起了那两卷装订得很厚的《妇女杂志》合本，轻轻地走出了厢房，走上楼梯。

这时候房东夫妇，似在楼上统厢房的房里睡午觉，金妈在厨房间里缝补衣服，而那房东的包车夫又上街去买东西去了，所以全屋子里清静得声响毫无。

她走到了前楼门口，看见吴一粟的房门，开了三五寸宽的一条门缝，斜斜地半掩在那里。轻轻开进了门，向前走了一步，

“吴先生！”的低低叫了一声，还在窗门口呆立着的吴一粟马上旋转了身来。吴一粟看见了她，脸色立时涨红了，她也立住了脚，面孔红了一红。

“吴先生，你站在窗门口作什么？”

她放着微笑，开口就发了这一句问。

“你不在用功么？我进来，该不会耽误你的工夫吧？”

“哪里！哪里！我刚才看书看得倦了，呆站在这儿看天。”

说出了这一句话后，他的脸又加红了一层。

“这两卷杂志，我都读过了，谢谢你。”

说着她就走近了书桌，把那两大卷书放向了桌上。吴一粟这时候已经有点自在起来了，向她看了一眼，就也微笑着移动了一移动藤椅，请她在桌子对面的那张椅子上坐下，他自己也马上在桌子这面坐了下去。

“这杂志你觉得怎么样？”

这样问着，他又举眼看入了她的眼睛。

“好极了，我尤其是喜欢读你的东西。那篇《吊海洛和来安玳》的文章，我反复地读了好几遍。”

听了她这一句话后，他的刚褪色的脸上又涨起了两面红晕。

“请不要取笑，那一篇还是在前两年做的，后来因为稿子不够，才登了进去，真是幼稚得很的东西。”

“但我却最喜欢读，还有你的另外的著作译稿，我也通通读了，对于你的那一种高远的理想，我真佩服得很。”

说到了这里，她脸上的笑容没有了，却换上了一脸很率真很纯粹的表情。

吴一粟对她呆了一呆，就接着勉强装了一脸掩藏羞耻的笑，开闭着眼睛，俯下了头，低声的回答说：

“理想，各人总有一个的。”

又举起了头，把眼睛开闭了几次，迟疑了一会，他才羞缩地笑着问说：

“蜜司郑，你的理想呢？”

“我的完全同你的一样，你的意见，我是全部都赞成的。”

又红了红脸，俯下了头，他便轻轻地说：

“我的是一种空想，不过是一种空的理想。”

“为什么说是空的呢？我觉得是实在的，是真的，吴先生，吴先生，你……”

说到了这里，她的声调，带起情热的颤音来了，一双在注视着吴一粟的眼睛里，也放出了同琥珀似的光。

“吴先生，你……不要以为妇女中间，没有一个同你抱着一样的理想的人。我……我真觉得这理想是不错的，是对的，完全是对的。”

吴一粟俯首静默了一会，举起头来向郑秀岳脸上很快很快的掠视了一过，便掉头看向了窗外的晴空，只自言自语地说：

“今天的天气，实在是好得很。”

郑秀岳也掉头看向了窗外，停了一会，就很坚决地招诱他说：

“吴先生，你想不想上外面去走走？”

吴一粟迟疑着不敢答应。郑秀岳看破了他的意思了，就说她的父母都不在家里，她想先出去，到外面的马路角上去立在那里等他。一边说着一边她就立起身来走下了楼去。

二十一

晴和的下午的几次礼拜天的出去散步，郑秀岳和吴一粟中间的爱情，差不多已经确立定了。吴一粟的那一种羞缩怕见人的态度，只有对郑秀岳一个人稍稍改变了些。虽则他和她在散步的时候，所谈的都是些关于学问，关于女子在社会上的地位等空洞的天，虽则两人中间，谁也没有说过一句“我爱你”的话，但两人中间的感情了解，却是各在心里知道得十分明白。

郑秀岳的父母，房东夫妇，甚而至于那使佣人的金妈，对于她和他的情爱，也都已经公认了，觉得这一对男女，若配成夫妇的话，是最好也没有的喜事，所以遇到机会，只在替他们两人拉拢。

七月底边，郑秀岳的失学问题，到了不得不解决的时候了。郑去非在报上看见了一个吴淞的大学在招收男女学生，所以择了一天礼拜天，就托吴一粟陪了他的女儿上吴淞去看看那学校，问问投考入学的各种规程。他自己是老了，并且对于新的教育，也不懂什么，是以选择学校及投考入学各事，都要拜托吴一粟去为他代劳。

那一天是太阳晒得很烈的晴热的初伏天，吴一粟早晨陪她坐火车到吴淞的时候，已将中午了。坐黄包车到了那大学的门口，吴一粟还在对车夫付钱的中间，郑秀岳却在校门内的门房间外，冲见了一年多不见的李文卿。她的身体态度，还是那一种女豪杰的样子，不过脸上的颜色，似乎比从前更黑了一点，嘴里新镶了一副极黄极触目的金牙齿。她拖住了郑秀岳，就替站在她边上的一位也镶着满口金牙不过二十光景的瘦弱的青年介绍说：

"这一位是顾竹生，系在安定中学毕业的。我们已经同住了好几个月了，下半年想同他来进这一个大学。"

郑秀岳看了一眼这瘦弱的青年，心里正在想起那老斋夫的儿子，吴一粟却走了上来。大家介绍过后，四人就一道走进了大学的园内，去寻事务所去。顾竹生和吴一粟走上了前头，李文卿因在和郑秀岳谈着天，所以脚步就走得很慢。李文卿说，她和顾是昨天从杭州来的，住在上海四马路的一家旅馆里，打算于考后，再一道回去，郑秀岳看看前面的两个人走得远了，就向李文卿问起了那老斋夫的儿子。李文卿大笑了起来说：

"那个不中用的死鬼，还去提起他作什么？他在去年九月里，早就染上了弱症死掉了。可恶的那老斋夫，他于那小儿子死后，向我敲了一笔很大的竹杠，说是我把他的儿子弄杀的。"

说完后又哈哈哈哈的大笑了一阵。

等李文卿和郑秀岳走到那学校的洋楼旁门口的时候，顾竹生和吴一粟却已从里面走了出来，手里各捏了一筒大学的章程。顾竹生见了李文卿，就放着他的那种同小猫叫似的声气说：

“今天事务员不在，学校里详细的情形问不出来，只要了几份章程。”

李文卿要郑秀岳他们也一道和他们回上海去，上他们的旅馆里去玩，但一向就怕见人的吴一粟却向郑秀岳丢了一个眼色，所以四人就在校门口分散了。李文卿和顾竹生坐上了黄包车，而郑秀岳他们却慢慢地在两旁小吃店很多的野路上向车站一步一步的走去。

因为怕再遇见刚才别去的李文卿他们，所以吴一粟和郑秀岳走得特别的慢。但走到了离车站不远的一个转弯角上，西面自上海开来的火车却已经到了站了。他们在树荫下站立了一会，看这火车又重复向西的开了出去，就重新放开了平常速度的脚步，走上海滨旅馆去吃饭去。

这时候黄黄的海水，在太阳光底下吐气发光，一只进口的轮船，远远地从烟突里放出了一大卷烟雾。对面远处，是崇明的一缕长堤，看起来仿佛是梦里的烟景。从小就住在杭州，并未接触过海天空阔的大景过的郑秀岳，坐在海风飘拂的这旅馆的回廊阴处，吃吃看看，更和吴一粟笑笑谈谈，就觉得她周围的什么都没有了，只有她和吴一粟两人，只有她和他，像亚当夏娃一样，现在坐在绿树深沉的伊甸园里过着无邪的原始的日子。

那一天的海滨旅馆，实在另外也没有旁的客，所以他们坐着谈着，竟挨到了两点多钟才喝完咖啡，立起身来，雇车到了炮台东面的长堤之上。

是在这炮台东面的绝无一个人的长堤上，郑秀岳被这四周的风景迷醉了，当吴一粟正在教她向石条上坐下去息息的时候，她的身体突然间倒入了他的怀里。

“吴先生，我们就结婚，好不好？我不想再读书了。”

走在她后面的吴一粟，伸手抱住了她那站立不定的身体，听到了这一句话，却呆起来了。因为他和她虽则老在一道，老在谈许多许多的话，心里头原在互相爱着，但是关于结婚的事情，他却从来也没有想到过。第一他是一个孤儿，觉得世界上断没有一个人肯来和他结婚的；第二他的现在的七十元一月的薪水，只够他一个人的衣食，要想养活另外一个人，是断断办不到的；况且郑秀岳又是一位世家的闺女，他怎么配得上她呢？因此他听到了郑秀岳的这一句话，却呆了起来，默默的抱着她和她的眼睛注视了一忽，在脑里头杂乱迅速地把他自己的身世，和同郑秀岳谈过的许多话的内容回想了一下，他终于流出来了两滴眼泪，这时候郑秀岳的眼睛也水汪汪地湿起来了。四只泪眼，又默默对视了一会，他才慢慢的开始说：

“蜜司郑，你当真是这样的在爱我么？”

这是他对她说到“爱”字的第一次，头靠在他手臂上的郑秀岳点了点头。

“蜜司郑，我是不值得你的爱的，我虽则抱有一种很空很大的理想，我虽则并没有对任何人讲过恋爱，但我晓得，我自己的心是污秽的。真正高尚的人，就不会，不会犯那种自辱的，自辱的手淫了……”

说到了这里，他的眼泪更是骤雨似的连续滴落了下来。听了他这话，郑秀岳也呜呜咽咽的哭起来了，因为她也想起了从前，想起了她自家的已经污秽得不堪的身体。

二十二

两人的眼泪，却把两人的污秽洗清了。郑秀岳虽则没有把她的过去，说给他听，但她自己相信，她那一颗后悔的心，已经是纯洁无辜，可以和他的相对而并列。他也觉得过去的事情，既经忏悔，以后就须看他自己的意志坚定不坚定，再来重做新人，再来恢复他儿时的纯洁，也并不是一回难事。

这一年的秋天，吴卓人因公到上海来的时候，吴一粟和郑秀岳就正式的由戴次山做媒，由两家家长作主，定下了婚约。郑秀岳的升学读书的问题，当然就搁下来了，因为吴卓人于回山东去之先，曾对郑去非说过，明年春天，极迟也出不了夏天，他就想来把他侄子办好这一件婚事。

订婚之后的两人间的爱情，更是浓密了。郑秀岳每晚差不多总要在吴一粟的房里坐到十点钟才肯下来。礼拜天则一日一晚，两人都在一处。吴一粟的包饭，现在和郑家包在一处了，每天的晚饭，大家总是在一道吃的。

本来是起来得很迟的郑秀岳，订婚之后，也养成了早起的习惯了，吴一粟上书馆去，她每天总要送他上电车，看到电车看不见的时候，才肯回来。每天下午，总算定了他将回来的时刻，老早就在电车站边上，立在那里等他了。

吴一粟虽则胆子仍是很小，但被郑秀岳几次一挑诱，居然也能够见面就拥抱，见面就亲嘴了。晚上两人对坐在那里的时候，吴一粟虽在做稿子译东西的中间，也少不得要五分钟一抱，十分钟一吻地搁下了笔从座位里站起来。

一边郑秀岳也真似乎仍复回到了她的处女时代去的样子，凡吴一粟的身体、声音、呼吸、气味等她总觉得是摸不厌听不厌闻不厌的快乐之泉。白天他不在那里的将近十个钟头的时间，她总觉得如同失去了一点什么似的坐立都是不安，有时候真觉得难耐的时候，她竟会一个人开进他的门去，去睡在他的被里，近来吴一粟房门上的那个弹簧锁的锁钥，已经交给了郑秀岳收藏在那里了。

可是相爱虽则相爱到了这一个程度，但吴一粟因为想贯彻他的理想，而郑秀岳因为尊重他的理想之故，两人之间，决不曾犯有一点猥亵的事情。

像这样的既定而未婚的蜜样的生活，过了半年多，到了第二年的五月，吴卓人果然到上海来为他的侄儿草草办成了婚事。

本来是应该喜欢的新婚当夜，上床之后，两人谈谈，谈谈，谈到后来，吴一粟又发着抖哭了出来。他一边在替纯洁的郑秀岳伤悼，以后将失去她处女的尊严，受他的蹂躏，一边他也在伤悼自家，将失去童贞，破坏理想，而变成一个寻常的无聊的有家室的男子。

结婚之后，两人间的情爱，当然又加进了一层，吴一粟上书馆去的时刻，一天天的挨迟了。又兼以节季刚进了渐欲困人的首夏，他在书馆办公的中间，一天之内呵欠不知要打多少。

晚上的他的工作时间，自然也缩短了，大抵总不上十点，就上了床。这样地自夏历秋，经过了冬天，到了婚后第二年的春暮，吴一粟竟得着了一种梦遗的病症。

仍复住在楼下厢房里的郑去非老夫妇，到了这一年的春天，因为女儿也已经嫁了，时势也太平了，住在百物昂贵的上海，也没有什么意思，正在打算搬回杭州去过他们的余生。忽听见了爱婿的这一种暗病，就决定带他们的女儿上杭州去住几时，可以使吴一粟一个人在上海清心节欲，调养调养。

起初郑秀岳执意不肯离开吴一粟，后来经她父母劝了好久，并且又告诉了她以君子爱人以德的大义，她才答应。

吴一粟送他们父女三人去杭州之后，每天总要给郑秀岳一封报告起居的信。郑秀岳于初去的时候，也是一天一封，或竟有一天两封的来信的，但过了十几天，信渐渐地少了，减到了两天一封，三天一封的样子。住满了一个月后，因为天气渐热之故，她的信竟要隔五天才来一次了。吴一粟因为晓得她在杭州的同学、教员，及来往的朋友很多，所以对于她的懒得写信，倒也非常能够原谅，可是等到暑假过后的九月初头，她竟有一礼拜没有信来。到这时候，他心里也有点气起来了，于那一天早晨，发出了一封微露怨意的快信之后，等到晚上回家，仍没有见到她的来信，他就急急的上电报局去发了一个病急速回的电报。

实际上他的病状，也的确并不曾因夫妇的分居而减轻，近来晚上若服药服得少一点，每有失眠不睡的时候。

打电报的那天晚上，是礼拜六，第二天礼拜日的早晨十点多钟，他就去北火车站等她。头班早车到了，但他在月台上寻觅了半天，终于见不到她的踪影。不得已上近处菜馆去吃了一点点心，等第二班特别快车到的时候，他终于接到了她，和一位同她同来的秃头矮胖的老人。她替他们介绍过后，这李先生就自顾自的上旅馆去了，她和他就坐了黄包车，回到了他们已经住了很久的戴宅旧寓。

一走上楼，两人把自杭州带来的行李食物等摆了一摆好，吴一粟就略带了一点非难似的口吻向她说：

"你近来为什么信写得这样的少？"

她站住了脚，面上表似着惊惧，恐怕他要重加责备似的对他凝视了半晌，眼睛眨了几眨，却一句话也不说扑落落滚下了一串大泪来。

吴一粟见了她这副神气，心里倒觉得痛起来了，抢上了一步，把她的头颈抱住，就轻轻地慰抚小孩似的对她说：

“宝，你不要哭，我并不是在责备你，我并不是在责备你，噢，你不要哭！”

同时他也将他自己的已在流泪的右颊贴上了她的左颊。

二十三

晚上上床躺下，她才将她发信少发的原因说了一个明白。起初他们父女三人，是住在旅馆里的，在旅馆住了十几天，才去找寻房屋。一个月之后，终于找到了适当的房子搬了进去。这中间买东买西，添置器具，日日的忙，又哪有空功夫坐下来写信呢？到了最近，她却伤了一次风，头痛发热，睡了一个礼拜，昨天刚好，而他的电报却到了。既说明了理由，一场误解，也就此冰释了，吴一粟更觉到了他自己的做得过火，所以落后倒反向她赔了几个不是。

入秋以后，吴一粟的梦遗病治好了，而神经衰弱，却只是有增无已。过了年假，春夏之交，失眠更是厉害，白天头昏脑痛，事情也老要办错。他所编的那《妇女杂志》，一期一期的精采少了下去，书馆里对他，也有些轻视起来了。

这样的一直拖挨过去，又拖过了一年，到了年底，书馆里送了他四个月的薪水，请他停了职务。

病只在一天一天的增重起来，而赖以谋生的职业，又一旦失去。他的心境当然是恶劣到了万分，因此脾气也变坏了。本来是柔和得同小羊一样的他，失业以后，日日在家，和郑秀岳终日相对，动不动就要发生冲突。郑秀岳伤心极了，总以为吴一粟对她，变了初心。每想起订婚后的那半年多生活的时候，她就要流下泪来。

这中间并且又因为经济的窘迫，生活也节缩到了无可再省的地步。失业后闲居了三月，又是春风和暖的节季了，人家都在添置春衣，及时行乐，而郑秀岳他们，却因积贮将完之故，正在打算另寻一间便宜一点的亭子间而搬家。

正是这样在跑来跑去找寻房子的中间，有一天傍晚，郑秀岳忽在电车上遇见了五六年来没有消息的冯世芬。

冯世芬老了，清丽长方的脸上，细看起来，竟有了几条极细极细的皱纹。她穿在那里的一件青细布的短衫，和一条黑布的夹裤，使她的年龄更要加添十岁。

郑秀岳起初在三等拖车里坐上的时候，竟没有注意到她。等将到日升楼前，两人都快下电车去的当儿，冯世芬却从座位里立起，走到了就坐在门边的郑秀岳的身边。将一只手按上了郑秀岳的肩头，冯世芬对她亲亲热热地叫了一声之后，郑秀岳方才惊跳了起来。

两人下了电车，在先施公司的檐下立定，就各将各的近状报告了个仔细。

冯世芬说，她现在在沪东的一个厂里做夜工，就住在去提篮桥不远的地方。今天她是上周家桥去看了朋友回来的，现在正在打算回去。

郑秀岳将过去的事情简略说了一说，就告诉了她以吴一粟的近状，说他近来如何如何的虐待她，现在因为失业失眠的结果，天天晚上非喝酒不行了，她现在出来就是为他来买酒的。末了便说了他们正在想寻一间便宜一点的亭子间搬家的事情，问冯世芬在沪东有没有适当的房子出租。

冯世芬听了这些话后，低头想了一想，就说：

"有的有的，就在我住的近边。便宜是便宜极了，可只是龌龊一点，并且还是一间前楼。每月租金只要八块。你明朝午后就来吧，我在提篮桥电车站头等你们，和你们一道去看。那间房子里从前住的是我们那里的一个人很好的工头，他前天搬走了，大约是总还没有租出的。我今晚上回去，就可以替你先去说一说看。"

她们约好了时间，和相会的地点，两人就分开了。郑秀岳买了酒一个人在走回家去的电车上，又想起了不少的事情。

她想起了在学校里和冯世芬在一道的时节的情形，想起了冯世芬出走以后的她的感情的往来起伏，更想起了她对冯世芬的母亲，实在太对不起了，自从冯世芬走后，除在那一年暑假中只去了一两次外，以后就绝迹的没有去过。

想到最后，她又转到了目下的自己的身上，吴一粟的近来对她的冷淡，对她的虐待，她越想越气，越想越觉得不能甘心。

正想得将要流下眼泪来的时候，电车却已经到了她的不得不下去的站头上了。

这一天晚上，吃过晚饭之后，在电灯底下，她一边缝着吴一粟的小衫，一边就告诉了他以冯世芬出走的全部的事情。将那一年冯世芬的事情说完之后，她就又加上去说：

“冯世芬她舅舅的性格，是始终不会改变的。现在她虽则不曾告诉我他的近状怎样，但推想起来，他的对她，总一定还是和当初一样。可是一粟，你呢？你何以近来会变得这样的呢？经济的压迫，我是不怕的，但你当初对我那样热烈的爱，现在终于冷淡到了如此，这却真真使我伤心。”

吴一粟默默地听到了这里，也觉得有辩解的必要了，所以就柔声的对她说：

“秀，那是你的误解。我对你的爱，也何尝有一点变更？可是第一，你要想想我的身体，病到了这样，再要一色无二的维持初恋时候那样的热烈，是断不可能的。这并不是爱的冷落，乃是爱的进化。我现在对你更爱得深刻了，所以不必拥抱，不必吻香，不必一定要抱住了睡觉，才可以表示我对你的爱。你的心思，我也晓得，你的怨我近来虐待你，我也承认。不过，秀，你也该设身处地的为我想想。失业到了现在，病又老是不肯断根，将来的出路希望，一点儿也没有。处身在这一种状态之下，我又哪能够和你日日寻欢作乐，像初恋当时呢？”

郑秀岳听了这一段话，仔细想想，倒也觉得不错。但等到吴一粟上床去躺下，她一个人因为小衫的袖口还有一只没有缝好，仍坐在那里缝下去的中间，心思一转，把几年前的情形，和现在的一比，则又觉得吴一粟的待她不好了。

“从前是他睡的时候，总要叫我去和他一道睡下的，现在却一点儿也不顾到我，竟自顾自的去躺下了。这负心的薄情郎，我将如何的给他一个报复呢？”

她这样的想想，气气，哭哭，这一晚竟到了十二点过，方才叹了口气，解衣上床去在吴一粟的身旁睡下。吴一粟身体虽则早已躺在床上，但双眼是不闭拢的。听到了她的暗泣和叹气的声音，心神愈是不快，愈是不能安眠了。再想到了她的思想的这样幼稚，对于爱的解识的这样简单，自然在心里也着实起了一点反感，所以明明知道她的流泪的原因和叹气的理由在什么地方，他可终只朝着里床装作了熟睡，而闭口不肯说出一句可以慰抚她的话来。但在他的心里，他却始终是在哀怜她，痛爱她的，尤其是当他想到了这几月失业以后的她的节俭辛苦的生活的时候。

二十四

差不多将到和冯世芬约定的时间前一个钟头的时候，郑秀岳和吴一粟，从戴家的他们寓里走了出来，屋外头依旧是淡云笼日的一天养花的天气。

两人的心里，既已发生了暗礁，一路在电车上，当然是没有什么话说的。郑秀岳并且在想未婚前的半年多中间，和他出来散步的时候，是如何的温情婉转，与现在的这现状一比，真是如何的不同？总之境随心转，现在郑秀岳对于无论什么琐碎的事情行动，片言只语，总觉得和从前相反了，因之触目伤怀，看来看去，世界上竟没有一点可以使她那一颗热烈的片时也少不得男子的心得感到满足。她只觉得空虚，只觉得在感到饥渴。

电车到了提篮桥，他们俩还没有下车之先，冯世芬却先看到了他们在电车里，就从马路旁行人道上，急走了过来。郑秀岳替他和冯世芬介绍了一回，三人并着在走的中间，冯世芬开口就说：

“那一间前楼还在那里，我昨晚上已经去替你们说好了，今朝只须去看一看，付他们钱就对。”

说到了这里，她就向吴一粟看了一眼，凛然的转了话头对他说：

“吴先生，你的失业，原也是一件恨事，可是你对郑秀岳为什么要这样的虐待呢？同居了好几年，难道她的性情你还不晓得么？她是一刻也少不得一个旁人的慰抚热爱的。你待她这样的冷淡，教她那一颗狂热的心，去付托何人呢？”

本来就不会对人说话，而胆子又是很小的吴一粟，听了这一片非难，就只是红了脸，低着头，在那里苦笑。冯世芬看了他这一副和善忠厚、难以为情的样子，心里倒也觉得说的话太过分了，所以转了一转头，就向走在她边上的郑秀岳说：

“我们对男子，也不可过于苛刻。我们是有我们的独立人格的，假如万事都要依赖男子，连自己的情感都要仰求男子来扶持培养，那也未免太看得起男子太看不起自己了。秀岳，以后我劝你先把你自己的情感解放出来，琐碎的小事情不要去想它，把你的全部精神去用在大的远的事情之上。金钱的浪费，原是对社会的罪恶，但是情感的浪费，却是对人类的罪恶。”

这样在谈话的中间，他们三人却已经到了目的地了。

这一块地方，虽说是沪东，但还是在虹口的东北部，附近的翻砂厂、机织厂和各种小工场很多，显然是一个工人的区域。

他们去看的房子，是一间很旧的一楼一底的房子。由郑秀岳他们看来，虽觉得是破旧不洁的住宅，但在附近的各种歪斜的小平屋内的住民眼里，却已经是上等的住所了。

走上楼去一看，里面却和外观相反，地板墙壁，都还觉得干净，而开间之大，比起现在他们住的那一间来，也小不了许多。八块钱一月的租金，实在是很便宜，比到现在他们的那间久住的寓房，房价要少十块。吴一粟毫无异议，就劝郑秀岳把它定落，可是迟疑不决，多心多虑的郑秀岳，又寻根掘底的向房东问了许多话，才把一个月的房金交了出来。

一切都说停妥，约好于明朝午后搬过来后，冯世芬就又陪他们走到了路上。在慢慢走路的中间，她却不好意思地对郑秀岳说：

“我住的地方，离这儿并不十分远。可是那地方既小又龌龊，所以不好请你们去，我昨天的不肯告诉你们门牌地点，原因也就在此，以后你们搬来住下，还是常由我来看你们吧！”

走到了原来下电车的地方，看他们坐进了车，她就马上向东北的回去了。

离开了他们住熟的那间戴宅的寓居，在新租的这间房子里安排住下，诸事告了一个段落的时候，他们手头所余的钱，只有五十几块了。郑秀岳迁到了这一个新的而又不大高尚的环境里后，心里头又多了一层怨愤。因为她的父母也曾住过，恋爱与结婚的记忆，随处都是的那一间旧寓，现在却从她的身体的周围剥夺去了。而饥饿就逼在目前的现在的经济状况，更不得不使她想起就要寒心。

勉强的过了一个多月，把吴一粟的医药费及两人的生活费开销了下来，连搬过来的时候还在手头的五十几块钱都用得一个也没有剩余。郑秀岳不得已就只好拿出她的首饰来去押入当铺。

当她从当铺里回来，看见了吴一粟的依旧是愁眉不展，毫无喜色的颜面的时候，她心里头却又疾风骤雨似的起了一种莫名其妙的憎恶之情。

“我牺牲到了这一个地步，你也应该对我表示一点感激之情才对呀。那些首饰除了父母给我的东西之外，还有李文卿送我的手表和戒指在里头哩。看你的那一副脸嘴，倒仿佛是我应该去弄了钱来养你的样子。”

她嘴里虽然不说，但心里却在那样怨恨的中间，如电光闪发般的，她忽而想起了李文卿，想起了李得中和张康的两位先生。

她心意决定了，对吴一粟也完全绝望了，所以那一天晚上，于吴一粟上床之后，她一个人在电灯下，竟写了三封同样的热烈地去求爱求助的信。

过了几天，两位先生的复信都来了，她物质上虽然仍在感到缺乏，但精神上却舒适了许多，因为已经是久渴了的她的那颗求爱的心，到此总算得到了一点露润。

又过了一个星期的样子，李文卿的回信也来了，信中间并且还附上了一张五块钱的汇票。她的信虽则仍旧是那一套桃红柳绿的文章，但一种怜悯之情，同富家翁对寒号饥泣的乞儿所表示的一样的一种怜悯之情，却是很可以看得出来的，现在的郑秀岳，连对于这一种怜悯，都觉得不是侮辱了。

她的来信说，她早已在那个大学里毕了业，现在又上杭州去教书了，所以郑秀岳的那一封信，转了好几个地方才接到。顾竹生在入大学后的翌年，就和她分开了，现在和她同住的，却是从前大学里的一位庶务先生。这庶务先生自去年起也失了业，所以现在她却和郑秀岳一样，反在养活男人。这一种没出息的男子，她也已经有点觉得讨厌起来了。目下她在教书的这学校的校长，对她似乎很有意思，等她和校长再有进一步的交情之后，她当为郑秀岳设法，也可以上这学校里去教书。她对郑秀岳的贫困，虽也很同情，可是因为她自家也要养活一个寄生虫在她的身边，所以不能有多大的帮助，不过见贫不救，富者之耻，故而寄上大洋五元，请郑秀岳好为吴一粟去买点药料之类的东西。

二十五

郑秀岳他们的生活愈来愈窘，到了六月初头，他们连几件棉夹的衣类都典当尽了。迫不得已最怕羞最不愿求人的吴一粟，只好写信去向他的叔父求救，而郑秀岳也只能坐火车上杭州去向她的父母去乞借一点。

她在杭州，虽也会到了李得中先生和李文卿，但张康先生却因为率领学生上外埠去旅行去了，没有见到。

在杭州住了一礼拜回来，物质上得了一点小康，她和吴一粟居然也恢复了些旧日的情爱。这中间吴卓人也有信来了，于附寄了几十元钱来之外，他更劝吴一粟于暑假之后也上山东去教一点书。

失业之苦，已经尝透了的吴一粟，看见了前途的这一道光明，自然是喜欢得比登天还要快活。因而他的病也减轻了许多，而郑秀岳在要求的那一种火样的热爱，他有时候竟也能够做到了几分。

但是等到一个比较得快乐的暑假过完，吴一粟正在计划上山东他叔父那里去的时候，一刻也少不得男人的郑秀岳又提出了抗议。她主张若要去的话，必须两人同去，否则还不如在上海找点事情做做的好。况且吴一粟近来身体已经养得差不多快复原了，就是做点零碎的稿子卖卖，每月也可以得到几十块钱。神经衰弱之后，变得意志异常薄弱的吴一粟，听了她这番话，觉得也很有道理。又加以他的本性素来是怕见生人，不善应酬的，即使到了山东，也未见得一定会弄得好。正这样在迟疑打算的中间，他的去山东的时机就白白地失掉了。

九月以后，吴一粟虽则也做了一点零碎的稿子去换了些钱，但卖文所得，一个多月积计起来，也不过二十多元，两人的开销，当然是入不敷出的。于是他们的生活困苦，就又回复到了暑假以前的那一个状态。

在暑假以前，他们还有两支靠山可以去靠一靠的。但到了这时候，吴一粟的叔父的那一条路自然的断了，而杭州郑秀岳的父母，又本来是很清苦的，要郑去非每月汇钱来养活女儿女婿，也觉得十分为难。

九月十八，日本帝国主义的军队和中国军阀相勾结，打进了东三省。中国市场于既受了世界经济恐慌的余波之后，又直面着了这一个政治危机，大江南北的金融界、商业界，就完全停止了运行。

到了这一个时期，吴一粟连十块五块卖一点零碎稿子的地方也不容易找到了。弄得山穷水尽，倒是在厂里做着夜工，有时候于傍晚上工去之前偶尔来看看他们的冯世芬，却一元两元地接济了他们不少。

十二月初旬的一天阴寒的下午，吴一粟拿了一篇翻译的文章，上东上西的去探问了许多地方，才换得了十二块钱，于上灯的时候，欢天喜地的走了回来。但一进后门，房东的一位女主人，就把楼上房门的锁匙交给他说：

“师母上外面去了，说是她的一位先生在旅馆里等她去会会，晚饭大约是不来吃的，你一个人先吃好了，不要等她。”

吴一粟听了，心里倒也很高兴，以为又有希望来了。既是她的先生会她，大约总一定有什么教书的地方替她谋好了来通知她的，因为前几个月里，她曾向杭州发了许多的信，在托她的先生同学，为她自己和吴一粟谋一个小学教员之类的糊口的地方。

吴一粟在这一天晚上，因为心境又宽了一宽，所以吃晚饭的时候，竟独斟独酌的饮了半斤多酒。酒一下喉，身上也加了一点热度，向床上和衣一倒，他就自然而然的睡着了。一睡醒来，他听见楼下房东的钟，正堂堂的敲了十点。但向四面一看，空洞的一间房里，郑秀岳还没有回来。他心里倒有些急起来了，平时日里她出去半日的时候原也很多，但在晚间，则无论如何，十点以前，总一定回来的。他先向桌上及抽斗里寻了一遍，看有没有字条留下，或者知道了她的去所，他也可以去接她。可是寻来寻去，寻了半天，终于寻不到一点她的字迹。又等了半点多钟，他想想没有法子，只好自家先上床去睡下再说。把衣服一脱，在摆向床前的那一张藤椅子上去的中间，他却忽然在这藤椅的低洼的座里，看出了一团白色的纸团儿来。

急忙的把这纸团捡起，拿了向电灯底下去摊开一看，原来是一张三马路新惠中旅社的请客单子，上面写着郑秀岳的名字和他们现在的住址，下面的署名者是张康，房间的号数是二百三十三号。他高兴极了，因为张康先生的名字，他也曾听见她提起过的。这一回张先生既然来了，他大约总是为她或他自己的教书地方介绍好了无疑。

重复把衣服穿好，灭黑了电灯，锁上了房门，他欢天喜地的走下了楼来。房主人问他，这么迟了还要上什么地方去？他就又把锁匙交出，说是去接她回来的，万一她先回来了的话，那请把这锁匙交给她就行。

他寻到了旅社里的那一号房间的门口，百叶腰门里的那扇厚重的门却正半开在那里。先在腰门上敲了几下，推将进去一看，他只见郑秀岳披散了头发，倒睡在床前的地毯之上。身上穿的，上身只是一件纽扣全部解散的内衣，胸乳是露出在外面的，下身的衬裤，也只有一只腿还穿在裤脚之内，其他的一只腿还精赤着裹在从床上拖下地来的半条被内。她脸上浸满了一脸的眼泪，右嘴角上流出了一条鲜红的血。

他真惊呆极了，惊奇得连话都不能够说出一句来。张大了眼睛呆立在那里总约莫有了三分钟的光景，他的背后白打的腰门一响，忽而走进了一个人来。朝转头去一看，他看见了一位四十光景的瘦长的男子，上身只穿了一件短薄的棉袄，两手还在腰间棉袄下系缚裤子，看起样子，他定是刚上外面去小解了来的。他的面色胀得很青，上面是蓬蓬的一头长发，两只眼睛在放异样的光，颜面上的筋肉和嘴口是表示着兴奋到了极点，在不断地抽动。这男子一进来，房里头立时就充满了一股杀气。他瞠目看了一看吴一粟，就放了满含怒气的大声说：

“你是这娼妇的男人么？我今天替你解决了她。”

说着他将吴一粟狠命一推，又赶到了床前伏下身去一把头发将她拖了起来。这时候郑秀岳却大哭起来了。吴一粟也就赶过去，将那男子抱住，拆散了他的拖住头发的一只右手。他一边在那里拆劝，一边却含了泪声乱嚷着说：

“饶了她吧，饶了她吧，她是一个弱女子，经不起你这么乱打的。”

费尽了平生的气力，将这男子拖开，推在沙发上坐下之后，他才问他，这究竟是怎么一回事。

他鼻孔里尽吐着深深的长长的怒气，一边向棉袄袋里一摸，就摸出了一封已经是团得很皱的信来向吴一粟的脸上一掷说：

“你自己去看罢！”

吴一粟弯身向地上拣起了那一封信，手发着抖，摊将开来一看，却是李得中先生寄给郑秀岳的一封很长很长的情书。

二十六

秀岳吾爱：

今天同时收到你的两封信，充满了异样的情绪，我不知将如何来开口吐出我心上欲说的话。这重重伤痕的梦啊，怎么如今又燃烧得这般厉害？直把我套入人生的谜里，我挣扎不出来。尤其是我的心被惊动了，“何来余情，重忆旧时人？这般深。”这变态而矛盾的心理状况，我揭不穿。我全被打入深思中，我用尽了脑力。我有这一点小聪明，我未曾用过一点力量来挽回你的心，可是现在的你，由来信中的证明，你是确实的余烬复燃了，重来温暖旧时的人。可是我依然是那么的一个我，已曾被遗忘过的人，又凭什么资格来引你赎回过去的爱。我虽一直不能忘情，但机警的性格指示我，叫我莫呆。故自十八年的夏季，在去沪车上和你一度把晤后，我清醒了许多，那印象种的深，到今天还留在。你该记得罢？那时我是为了要见你之切，才同你去沪的，那时的你，你倒再去想一下。你给我的机会是什么，你说？我只感得空虚，我没有勇气再在上海住下去，我只好偷偷的走，那淡漠，我永印上了心。好，我唯有收起心肠。这是你造成我这么来做，便此数年隔膜，我完全沉默了。不过那潜藏的暗潮仍然时起汹涌，不让它流露就是了，只是个人知道。不料这作孽的未了缘，于今年六月会相逢于狭路，再搅乱了内部的平静。但那时你啊，你是复原了热情，我虽在存着一个解不透的谜，但我的爱的火焰，禁不住日臻荧荧。而今更来了这意料不到的你的心曲，我迷糊了，我不知怎样处置自己，我只好叫唤苍天！秀岳，我亦还爱你，怎好！

我打算马上到上海来和你重温旧梦。这信夜十时写起，已写到十二点半，总觉得情绪太复杂了，不知如何整理。写写，又需要长时的深思，思而再写，我是太兴奋了，故没心的整整写上二个半钟头。祝你愉快！

李得中　十一月八日十二时半

吴一粟在读信的中间，郑秀岳尽在地上躺着，呜呜咽咽地在哭。读完了这一封长信之后，他的眼睛里也有点热起来了，所以一句话也说不出来，只向地上在哭的她和沙发上坐着在吐气的他往复看了几眼，似在发问的样子。

大约是坐在沙发上的那男子，看得他可怜起来了吧，他于鼻孔里吐了一口长气之后，才慢慢地大声对吴一粟说：

“你大约是吴一粟先生罢？我是张康。郑秀岳这娼妇在学生时代，就和我发生过关系的。后来听说嫁了你了，所以一直还没有和她有过往来。但今年的五月以后，她又常常写起很热烈的信来了，我又哪里知道这娼妇同时也在和那老朽来往的呢？就是我这一回的到上海来，也是为了这娼妇的迫切的哀求而来的呀。哪里晓得睡到半夜，那老朽的这一封污浊不通的信，竟被我在她的内衣袋里发见了，你说可气不可气？”

说到了这里，他又深深地吐了一口气。回转头去，更狠狠地向她毒视了一眼，他又叫着说：

“郑秀岳，你这娼妇，你真骗得我好！”

说着他又捏紧拳头，站起来想去打她去了，吴一粟只得再嚷着“饶了她，饶了她，她是一个弱女子！”而把他按住坐了下去。

郑秀岳还在地上呜咽着，张康仍在沙发上发气，吴一粟也一句别的话都说不出来。立着，沉默着，对电灯呆视了几分钟后，他举手擦了一擦眼泪，似含羞地吞吞吐吐地对张康说：

“张先生，你也不用生气了，根本总是我不好，我，我，我自失业以来，竟不能够，不能够把她养活。……”

又沉默了几分钟，他掀了一掀鼻涕，就走近了郑秀岳的身边，毫无元气似的轻轻的说：

“秀，你起来罢，把衣服裤子穿一穿好，让我们回去！”

听了他这句话后，她的哭声却放大来了，哭一声，啜一啜气，哭一声，啜一啜气，一边哭着，一边她就断断续续地说：

“今天……今天……我……我是不回去了……我……我情愿被他……被他打杀了……打杀了……在这里……”

张康听了她这一句话，又大声的叫了起来说：

“你这娼妇，总有一天要被人打杀！我今天不解决你，这样下去，总有一个人来解决你的。”

看他的势头，似乎又要站起来打了，吴一粟又只能跑上他身边去赔罪解劝，只好千不是，万不是的说了许多责备自己的话。

他把张康劝平了下去，一面又向郑秀岳解劝了半天，才从地上扶了她起来。拿了一块手巾，把她脸上的血和眼泪揩了一揩，更寻着了挂在镜衣橱里的她那件袍子替她披上，棉裤棉袄替她拿齐之后，她自己就动手穿缚起衬衣衬裤来了。等他默默地扶着了她，走出那间二百三十三号的房间的时候，旅馆壁上挂在那里的一个圆钟，短针却已经绕过了Ⅲ字的记号。

二十七

一九三二年一月二十九日的侵晨，虹口一带，起了不断的枪声，闸北方面，火光烟焰，遮满了天空。

飞机掷弹的声音，机关枪仆仆仆仆扫射的声音，街巷间悲啼号泣的声音，杂聚在一处，似在奏第二次世界大战的前奏序曲。这中间，有一队穿海军绀色的制服的巡逻队，带了几个相貌狰狞的日本浪人，在微明的空气里，竟用枪托斧头，打进了吴一粟和郑秀岳寄寓在那里的那一间屋里。

楼上楼下，翻箱倒箧的搜索了半小时后，郑秀岳就在被里被他们拉了出来，拖下了楼，拉向了那小队驻扎在那里的附近的一间空屋之中。吴一粟叫着喊着，跟他们和被拉着的郑秀岳走了一段，终于被一位水兵旋转身来，用枪托向他的脑门上狠命的猛击了一下。他一边还在喊着："饶了她，饶了她，她是一个弱女子！"但一边却同醉了似的向地上坐了下去，倒了下去。

两天之后，法界的一个战区难民收容所里，墙角边却坐着一位瘦得不堪，额上还有一块干血凝结在那里的中年疯狂难民，白天晚上，尽在对了墙壁上空喊：

"饶了她！饶了她！她是一个弱女子！"

又过了几天，一位清秀瘦弱的女工，同几位很像是她的同志的人，却在离郑秀岳他们那里不远的一间贴近日本海军陆战队曾驻扎过的营房间壁的空屋里找认尸体。在五六个都是一样的赤身露体，血肉淋漓的青年妇女尸体之中，那女工却认出了双目和嘴，都还张着，下体青肿得特别厉害，胸前的一只右奶已被割去了的郑秀岳的尸身。

她于寻出了这因被轮奸而毙命的旧同学之后，就很有经验似的教同志们在那里守着，而自己马上便出去弄了一口薄薄的施材来为她收殓。

把她自己身上穿在那里的棉袄棉裤上的青布罩衫裤脱了下来，亲自替那精赤的尸体穿得好好，和几位同志，把尸身抬入了棺中，正要把那薄薄的棺盖钉上去的时候，她却又跑上了那尸体的头边，亲亲热热地叫了几声说：

“郑秀岳！……郑秀岳……你总算也照你的样子，贯彻了你那软弱的一生。”又注目呆看了一忽，她的清秀长方意志坚决的脸上，却也有两滴眼泪流下来了。

冯世芬的收殓被惨杀的遗体，计算起来，五年之中，这却是她的第二次的经验。

后叙

《她是一个弱女子》的题材，我在一九二七年（见《日记九种》第五十一页一月十日的日记）就想好了，可是以后辗转流离，终于没有功夫把它写出。这一回日本帝国主义的军队来侵，我于逃难之余，倒得了十日的空闲，所以就在这十日内，猫猫虎虎地试写了一个大概。写好之后，过细一看，觉得失败的地方很多，但在这杀人的经济压迫之下，也不能够再来重行改削或另起炉灶了，所以就交给了书铺，教他们去出版。

书中的人物和事实，不消说完全是虚拟的，请读者万不要去空费脑筋，妄思证对。

写到了如今的小说，其间也有十几年的历史了，我觉得比这一次写这篇小说时的心境更恶劣的时候，还不曾有过。因此这一篇小说，大约也将变作我作品之中的最恶劣的一篇。

一九三二年三月　达夫记

一九三二年四月上海湖风书局初版

马 缨 花 开 的 时 候

约莫到了夜半，觉得怎么也睡不着觉，于起来小便之后，放下玻璃溺器，就顺便走上了向南开着的窗口。把窗帷牵了一牵，低身钻了进去，上半身就像是三明治里的火腿，被夹在玻璃窗与窗帷的中间。

窗外面是二十边的还不十分大缺的下弦月夜，园里的树梢上，隙地上，白色线样的柏油步道上，都洒满了银粉似的月光，在和半透明的黑影互相掩映。周围只是沉寂、清幽，正像是梦里的世界。首夏的节季，按理是应该有点热了，但从毛绒睡衣的织缝眼里侵袭进来的室中空气，尖淋淋还有些儿凉冷的春意。

这儿是法国天主教会所办的慈善医院的特等病房楼，当今天早晨进院来的时候，那个粗暴的青年法国医，糊糊涂涂的替听了一遍之后，一直到晚上，还没有回话。只傍晚的时候，那位戴白帽子的牧母来了一次。问她这病究竟是什么病？她也只微笑摇着头，说要问过主任医生，才能知道。

而现在却已经是深沉的午夜了，这些吃慈善饭的人，实在也太没有良心，太不负责任，太没有对众生的同类爱。幸而这病，还是轻的，假若是重病呢？这么的一搁，搁起十几个钟头，难道起死回生的耶稣奇迹，果真的还能在现代的二十世纪里再出来的么？

心里头这样在恨着急着，我以前额部抵住了凉阴阴的玻璃窗面，双眼尽在向窗外花园内的朦胧月色，和暗淡花阴，作无心的观赏。立了几分钟，怨了几分钟，在心里学着罗兰夫人的那句名句，叫着哭着：

"慈善呀慈善！在你这令名之下，真不知害死了多少无为的牺牲者，养肥了多少卑劣的圣贤人！"

直等怨恨到了极点的时候，忽而抬起头来一看，在微明的远处，在一堆树影的高头，金光一闪，突然间却看出了一个金色的十字架来。

"啊吓不对，圣母马利亚在显灵了！"

心里这样一转，自然而然地毛发也竖起了尖端。再仔细一望，那个金色十字架，还在月光里闪烁着，动也不动一动。注视了一会，我也有点怕起来了，就逃也似的将目光移向了别处。可是到了这逃避之所的一堆黑树阴中逗留得不久，在这黑沉沉的背景里，又突然显出了许多上尖下阔的白茫茫同心儿一样，比蜡烛稍短的不吉利的白色物体来。一朵两朵，七朵八朵，一眼望去，虽不十分多，但也并不少，这大约总是开残未谢的木兰花罢，为想自己宽一宽自己的心，这样以最善的方法解释着这一种白色的幻影，我就把身体一缩，退回自己床上来了。

进院后第二天的午前十点多钟，那位含着神秘的微笑的牧母又静静儿同游水似的来到了我的床边。

“医生说你害的是黄疸病，应该食淡才行。”

柔和地这样的说着，她又伸出手来为我诊脉。她以一只手捏住了我的臂，擎起另外一只手，在看她自己臂上的表。我一言不发，只是张大了眼在打量她的全身上下的奇异的线和色。

头上是由七八根直线和斜角线叠成的一顶雪也似的麻纱白帽子，白影下就是一张肉色微红的柔嫩得同米粉似的脸。因为是睡在那里的缘故，我所看得出来的，只是半张同《神曲》封面画上，印在那里的谭戴似的鼻梁很高的侧面形。而那只瞳人很大很黑的眼睛哩，却又同在做梦似的向下斜俯着的。足以打破这沉沉的梦影，和静静的周围的两种刺激，便是她生在眼睑上眼睛上的那些很长很黑，虽不十分粗，但却也一根一根地明细分视得出来的眼睫毛和八字眉，与唧唧唧唧，只在她那只肥白的手臂上静走着的表针声。她静寂地俯着头，按着我的臂，有时候也眨着眼睛，胸口头很细很细的一低一高地吐着气，真不知道听了我几多时的脉，忽而将身体一侧，又微笑着正向着我显示起全面来了，面形是一张中突而长圆的鹅蛋脸。

“你的脉并不快，大约养几天，总马上会好的。”

她的富有着抑扬风韵的话，却是纯粹的北京音。

“是会好的么？不会死的么？”

“啐，您说哪儿的话？”

似乎是嫌我说得太粗暴了，嫣然地一笑，她就立刻静肃敏捷地走转了身，走出了房。而那个“啐，你说哪儿的话？”的余音，却同大钟鸣后，不肯立时静息般的尽在我的脑里耳里呟呟地跑着绕圈儿的马。

医生隔日一来，而苦里带咸的药，一天却要吞服四遍，但足与这些恨事相抵而有余的，倒是那牧母的静肃的降临，有几天她来的次数，竟会比服药的次数多一两回。像这样单调无聊的修道院似的病囚生活，不消说是谁也会感到厌腻的，我于住了一礼拜医院之后，率性连医生也不愿他来，药也不想再服了，可是那牧母的诊脉哩，我却只希望她从早晨起就来替我诊视，一直到夜，不要离开。

起初她来的时候，只不过是含着微笑，量量热度，诊诊我的脉，和说几句不得不说的话而已。但后来有一天在我的枕头底下被她搜出了一册泥而宋版的 Baudelaire 的小册子后，她和我说的话也多了起来，在我床边逗留着的时间也一次一次的长起来了。

她告诉了我 Soeurs de charité（白帽子会）的系统和义务，她也告诉了我罗曼加多力克教（Catéchisme）的教义总纲领。她说她的哥哥曾经去罗马朝见过教皇，她说她的信心坚定是在十五年前的十四岁的时候。而她的所最对我表示同情的一点，似乎是因为我的老家的远处在北京，“一个人单身病倒了在这举目无亲的上海，那能够不感到异样的孤凄与寂寞呢？”尤其是觉得合巧的，两人在谈话的中间，竟发见了两人的老家，都偏处在西城，相去不上二三百步路远，在两家的院子里，是都可以听得见北堂的晨钟暮鼓的。为有这种种的关系，我入院后经过了一礼拜的时候，觉得忌淡也没有什么苦处了，因为每次的膳事，她总叫厨子特别的为我留心，布丁上的奶油也特别的加得多，有几次并且为了医院内的定食不合我的胃口，她竟爱把她自己的几盆我可以吃的菜蔬，差男护士菲列浦一盆一盆的递送过来，来和我的交换。

像这样的在病院里住了半个多月，虽则医生的粗暴顽迷，仍旧改不过来，药味的酸咸带苦，仍旧是格格难吃，但小便中的绛黄色，却也渐渐地褪去，而柔软无力的两只脚，也能够走得动一里以上的路了。

又加以时节逼进了中夏，日长的午后，火热的太阳偏西一点，在房间里闷坐不住，当晚祷之前，她也常肯来和我向楼下的花园里去散一回小步。两人从庭前走出，沿了葡萄架的甬道走过木兰花丛，穿入菩提树林，到前面的假山石旁，有金色十字架竖着的圣母像的石坛圈里，总要在长椅上，坐到晚祷的时候，才走回来。

这舒徐闲适的半小时的晚步，起初不过是隔两日一次或隔日一次的，后来竟成了习惯，变得日日非去走不行了。这在我当然是一种无上的慰藉，可以打破打破一整天的单调生活，而终日忙碌的她似乎也在对这漫步，感受着无穷的兴趣。

又经过了一星期的光景，天气更加热起来了。园里的各种花木，都已经开落得干干净净，只有墙角上的一丛灌木，大约是蔷薇罢，还剩着几朵红白的残花，在那里装点着景色。去盛夏想也已不远，而我也在打算退出这医药费昂贵的慈善医院，转回到北京去过夏去。可是心里虽则在这么的打算，但一则究竟病还没有痊愈，而二则对于这周围的花木，对于这半月余的生活情趣，也觉得有点依依难舍，所以一天一天的挨挨，又过了几天无聊的病囚日子。

有一天午后正当前两天的大雨之余，天气爽朗晴和得特别可爱，我在病室里踱来踱去，心里头感觉得异样的焦闷。大约在铁笼子里徘徊着的新被擒获的狮子，或可以想象得出我此时的心境来，因为那一天从早晨起，一直到将近晚祷的这时候止，一整日中，牧母还不曾来过。

晚步的时间过去了，电灯点上了，直到送晚餐来的时候，菲列浦才从他的那件白衣袋里，摸出了一封信来，这不消说是牧母托他转交的信。

信里说，她今天上中央会堂去避静去了，休息些时，她将要离开上海，被调到香港的病院中去服务。若来面别，难免得不动伤感，所以相见不如不见。末后再三叮嘱着，教我好好的保养，静想想经传上的圣人的生活。若我能因这次的染病，而归依上帝，浴圣母的慈恩，那她的喜悦就没有比此更大的了。

我读了这一封后，夜饭当然是一瓢也没有下咽。在电灯下呆坐了数十分钟，站将起来向窗外面一看，明蓝的天空里，却早已经升上了一个银盆似的月亮。大约不是十五六，也该是十三四的晚上了。

我在窗前又呆立了一会，旋转身就披上了一件新制的法兰绒的长衫，拿起了手杖，慢慢地，慢慢地，走下了楼梯，走出了楼门，走上了那条我们两人日日在晚祷时候走熟了的葡萄甬道。一程一程的走去，月光就在我的身上印出了许多树枝和叠石的影画。到了那圣母像的石坛之内，我在那张两人坐熟了的长椅子上，不知独坐了多少时候。忽而来了一阵微风，我偶然间却闻着了一种极清幽，极淡漠的似花又似叶的朦胧的香气。稍稍移了一移搁在支着手杖的两只手背上的头部，向右肩瞟了一眼，在我自己的衣服上，却又看出了一排非常纤匀的对称树叶的叶影，和几朵花蕊细长花瓣稀薄的花影来。

“啊啊！马缨花开了！”

毫不自觉的从嘴里轻轻念出了这一句独语之后，我就从长椅子上站起了身来，走回了病舍。

一九三二年六月

原载一九三二年八月《现代》月刊第一卷第四期

东梓关

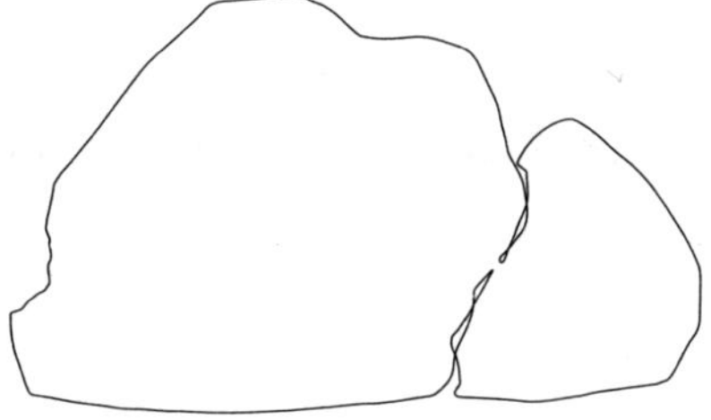

一夜北风，院子里松泥地上，已结成了一层短短的霜柱，积水缸里，也有几丝冰骨凝成了。从长年漂泊的倦旅归来，昨晚上总算在他儿时起居惯的屋栋底下，享受了一夜安眠的文朴，从楼上起身下来，踏出客堂门，上院子里去一看，陡然间却感到了一身寒冷。

“这一区江滨的水国，究竟要比半海洋性的上海冷些。”

瞪目呆看看晴空里的阳光，正在这样凝想着的时候，从厨下刚走出到客堂里来的他那年老的娘，却忽而大声地警告他说：

“朴，一侵早起来，就站到院子里去干什么？今天可冷得很哩！快进来，别遭了凉！”

文朴听了她这仍旧是同二十几年前一样的告诫小孩子似的口吻，心里头便突然间起了一种极微细的感触，这正是有些甜也有些苦的感触。眼角上虽渐渐带着了潮热，但面上却不能自已地流露出了一脸微笑，他只好回转身来，文不对题的对他娘说：

“娘！我今天去就是，上东梓关徐竹园先生那里去看一看来就是，省得您老人家那么的为我担心。”

“自然啦，他的治吐血病是最灵也没有的，包管你服几帖药就能痊愈。那两张钞票，你总收藏好了罢？要是不够的话，我这里还有。”

“哪里会得不够呢。我自己也还有着，您放心好了，我吃过早饭，就上轮船局去。”

“早班轮船怕没有这么早，你先进来吃点点心，回头等早午饭烧好，吃了再去，也还来得及哩。你脸洗过了没有？”

洗了一洗手脸，吃了一碗开水冲蛋，上各处儿时走惯的地方去走了一圈回来，文朴的娘已经摆好了四碗蔬菜，在等他吃早午饭了。短促的冬日，在白天的时候也实在真短不过，文朴满以为还是早晨的此刻，可是一坐下来吃饭，太阳却早已经晒到了那间朝南的客室的桌前，看起来大约总也约莫有了十点多钟的样子了。早班轮船是早晨七点从杭州开来的，到埠总在十一点左右，所以文朴的这一顿早午饭，自然是不能吃得十分从容。倒是在上座和他对酌的他那年老的娘，看他吃得太快了，就又宽慰他说：

“吃得这么快干什么？早班轮船赶不着，晚班的总赶得上的，当心别噎嗝起来！”依旧是同二十几年前对小孩子说话似的那一种口吻。

刚吃完饭，擦了擦脸，文朴想站起来走了，他娘却又对他叮嘱着说：

“我们和徐竹园先生，也是世交，用不着客气的。你虽则不认得他，可是到了那里，今天你就可以服一帖药，就在徐先生的春和堂里配好，托徐先生家里的人代你煎煎就对。……”

“好，好，我晓得的。娘，您慢用罢，我要走了。”

正在这个时候，轮船报到的汽笛声，也远远地从江面上传了过来。

这小县城的码头上，居然也挤满了许多上落的行旅客商和自乡下来上城市购办日用品的农民，在从码头挤上船去的一段浮桥上，文朴也遇见了许多儿时熟见的乡人的脸。汽笛重叫了一声，轮船离埠开行之后，文朴对着了渐渐退向后去的故乡的一排城市人家，反吐了一口如释重负似的深长的气。因为在外面漂泊惯了，他对于小时候在那儿生长，在旅途中又常在想念着的老巢，倒在感到一种莫名其妙的压迫。一时重复身入了舟车逆旅的中间，反觉得是回到了熟习的故乡来的样子。更况且这时候包围在他坐的那只小轮船的左右前后的，尽是些蓝碧的天，澄明的水，和两岸的青山红树，江心的暖日和风；放眼向四周一望，他觉得自己譬如是一只在山野里飞游惯了的鸟，又从狭窄的笼里飞出，飞回到大自然的怀抱里来了。

东梓关在富春江的东岸，钱塘江到富阳而一折，自此以上，为富春江，已经将东西的江流变成了南北的向道。轮船在途中停了一二处，就到了东梓关的埠头。东梓关虽则去县城只有三四十里路程，但文朴因自小就在外面漂流，所以只在极幼小的时候因上祖坟来过一次之外，自有确实的记忆以后却从还没有到过这一个在他们的故乡也是很有名的村镇。

江上太阳西斜了，轮船在一条石砌的码头上靠了岸，文朴跟着几个似乎是东梓关附近土著的农民上岸之后，第一就问他们，徐竹园先生是住在哪里的。

“徐竹园先生吗？就是那间南面的大房子！”

一个和他一道上岸来的农民在岸边站住了，用了他那只苍老曲屈的手指，向南指点了一下。

文朴以手遮着日光，举头向南一看，只看出了几家疏疏落落的人家，和许多树叶脱尽的树木来。因稻已经收割净了，空地里草场上，只堆着一堆一堆的干稻草在那里反射阳光。一处离埠头不远的池塘里，游泳着几只家畜的鸭，时而一声两声的在叫着。池塘边上，水浅的地方，还浸着一只水牛，在水面上擎起了它那个两角峥嵘的牛头，和一双黑沉沉的大眼，静静儿的在守视着从轮船上走下来的三五个行旅之人。村子里的小路很多，有些是石砌的，有些是黄泥的，只有一条石板砌成的大道，曲折横穿在村里的人家和那池塘的中间，这大约是官道了；文朴跟着了那个刚才教过他以徐先生的住宅的农夫，就朝南顺着了这一条大道走向前去。

东梓关的全村，大约也有百数家人家，但那些乡下的居民似乎个个都很熟识似的；文朴跟了农夫走不上百数步路，却听他把自哪里来为办什么事去的历史述说了一二十次，因为在路上遇见他的人，个个都有以同样的话问他一句，而他总也一边前进，一边以同样的话回答他们，直到走上了一处有四五条大小的岔路交接的地方，他的去路似乎和文朴的不同了，高声一喊，他便喊住了一位在一条小路上慢慢向前行走的中老农夫，自己先说了一遍自何处来为办什么事而去的历史，然后才将文朴交托了他，托他领到徐先生的宅里，他自己就顺着大道，向前走了。

徐竹园先生的住宅，果然是近邻中所少见的最大的一所，但墙壁梁栋，也都已旧了，推想起来，大约总也是洪杨战后所筑的旧宅无疑。文朴到了徐家屋里，由那中老农夫进去告诉了一声，等了一会，就走出来了一位面貌清秀，穿长衫作学生装束的青年。听取了文朴的自己介绍和来意以后，他就很客气地领他进了一间光线不十分充足的厢房。这时候的时刻虽则已进了午后，可是门外面的晴冬的空气，干燥得分外鲜明，平西的太阳光线，也还照耀得辉光四溢，而一被领进到了这一间分明是书室兼卧房的厢房的中间，文朴觉得好像已经是寒天日暮的样子了。厢房的三壁，各摆满了许多册籍图画，一面靠壁的床上陈设着有一个长方的紫檀烟托和一盏小小的油灯。文朴走到了床铺的旁边，躺在床上刚将一筒烟抽完的徐竹园先生也站起来了。

“是朴先生吗？久仰久仰。令堂太太的身体近来怎么样？请躺下去歇息罢，轮船里坐得不疲乏么？彼此都不必客气，就请躺下去歇息，我们可以慢慢的谈天。”

竹园先生总约莫有五十岁左右了，清癯的面貌，雅洁的谈吐，绝不像是一个未见世面的乡下先生。文朴和他夹着烟盘躺下去后，一边在看他烧装捏吸，一边也在他停烧不吸的中间，听取了许多关于他自己当壮年期里所以要去学医的由来。

东梓关的徐家，本来是世代著名的望族，在前清嘉道之际，徐家的一位豪富，也曾在北京任过显职，嗣后就一直没有脱过科甲，竹园先生自己年纪轻的时候，也曾做过救世拯民的大梦，可是正当壮年时期，大约是因为用功过了度，在不知不觉的中间，竟尔染上了吐血的宿疾，于是大梦也醒了，意志也灰颓了，翻然悔悟，改变方针，就于求医采药之余，一味的看看医书，试试药性，像这样的生活，到如今已经过了二十多年了。

“就是这一口烟……”

徐竹园先生继续着说：

“就是这一口烟，也是那时候吸上的。病后上的瘾，真是不容易戒绝，所以我劝你，要根本的治疗，还是非用药石不行。”

世事看来，原是塞翁之马，徐竹园先生因染了疾病，才绝意于仕进，略有余闲，也替人家看看病，自己读读书，经管经管祖上的遗产；每年收入，薄有盈余，就在村里开了一家半施半卖的春和堂药铺。二十年来，大局尽变，徐家其他的各房，都因为宦途艰险，起落无常之故，现在已大半中落了，可是徐竹园先生的一房，男婚女嫁，还在保持着旧日的兴隆，他的长子，已生下了孙儿，三代见面了。

文朴静躺在烟铺的一旁，一边在听着徐竹园先生的述怀，一边也暗自在那里下这样的结论，忽而前番引领他进来的那位青年，手里拿了一盏煤油灯走进了房来，并且报告着说：

“晚饭已经摆上了！”

徐竹园先生从床上立了起来，整整衣冠，陪文朴走上厅去的中间，文朴才感到了乡下生活的悠闲，不知不觉，在烟盘边一躺，却已经有三四个钟头飞驰过去了。丰盛的一餐夜饭吃完之后，自然的就又走回到了烟铺。竹园先生的兴致愈好了，饭后的几筒烟一抽，谈话就转到了书版掌故的一方面去。因为文朴也是喜欢收藏一点古书骨董之类的旧货的，所以一谈到了这一方面，他的精神，也自然而然地振作了一下。

竹园先生便取出了许多收藏的砖砚，明版的书籍，和傅青主手写的道情卷册来给文朴鉴赏，文朴也将十几年来在外面所见过的许多珍彝古器的大概说给了徐先生听。听到了欧战期间，巴黎博物院里保藏古物的苦心的时候，竹园先生竟以很新的见解，发表了一段反对战争的高论。为证明战争的祸患无穷，与只有和平的老百姓受害独烈的实际起见，他最后又说到了这东梓关地方的命名的出处。

东梓关本来是叫作“东指关”的，吴越行军，到此暂驻，顺流直下，东去就是富阳山嘴，是一个天然的关险，是以行人到此，无不东望指关，因而有了这一个名字。但到了明末，倭寇来侵，江浙沿海一带，处处都遭了蹂躏，这儿一隅，虽然处在内地，可是烽烟遍野，自然也民不安居。忽而有一天晚上，大兵过境，将此地土著的一位农民强拉了去。他本来是一个独子，父母都已经去世了，只剩下两个弱妹，全要凭他的力田所入，来养活三人的。哥哥被拉了去后的两位弱妹，当然是没有生路了，于是只有朝着东方她们哥哥被拉去的方向，举手狂叫，痛哭悲号，来减轻她们的忧愁与恐怖。这样的哭了一日一夜，眼睛里哭出血来了，突然间天上就起了狂风，将她们的哭声远送到了她们哥哥的耳里。她们哥哥这时候正被铁链锁着，在军营里服牛马似的苦役。大风吹了一日一夜，他流着眼泪，远听她们的哭声也听了一日一夜。直到第三天的天将亮的时候，他拖着铁链，爬到了富春江下游的钱塘江岸，纵身一跳，竟于狂风大雨之中跳到了正在涨潮的大江心里。同时他的两位弱妹，也因为哭了二日二夜，眼睛里的血也流完了之故，于天将亮的时候在"东指关"的江边，跳到水里去了。第三天天晴风息，"东指关"的住民早晨起来一看，附近地方的树头，竟因大风之故，尽曲向了东方，当时这里所植的都是梓树，所以以后，地名就变作了东梓关。过了几天，潮退了下去，在东梓关西面的江心里，忽然现出了两大块岩石来。在这两大块岩石旁边，他们兄妹三人的尸体却颜色如生地静躺在那里，但是三人的眼睛，都是哭得红肿不堪的。

"那两大块岩石，现在还在那里，可惜天晚了，不能陪你去看。……"

徐竹园先生慢慢地说：

"我们东梓关人，以后就把这一堆岩石称作了'姊妹山'，现在岁时伏腊，也还有人去顶礼膜拜哩！战争的毒祸，你说厉害不厉害？"

将这一大篇故事述完之后，竹园先生就又大口的抽了两口烟，咕的喝了一口浓茶。点上一支雪茄，放到嘴里衔上了，他就坐了起来对文朴说：

“现在让我来替你诊脉罢！看你的脸色，你那病还并没有什么不得了的。”

伏倒了头，屏绝住气息，他轻一下重一下的替文朴按了约莫有三十分钟的脉，又郑重地看了一看文朴的脸色和舌苔，他却好像已经得到了把握似的欢笑了起来：

“不要紧，不要紧，你这病还轻得很着呢！我替你开两个药方，一个现在暂时替你止血，一个你以后可以常服的。”

说了这几句话后，他又凝神展气地向洋灯注视了好几分钟，然后伸手磨墨，预备写下那两张药方来了。

这时候时间似乎已经到了夜半，沉沉的四壁之内，文朴只听见竹园先生磨墨的声音响得很利害。时而窗外面的风声一动，也听得见一丝一丝远处的犬吠之声，但四面却似乎早已经是睡尽了。文朴一个人坐在竹园先生的背后，在这深夜的沉寂里静静的守视着他这种聚精会神的神气，和一边咳嗽一边伸纸吮笔的风情，心里头却自然而然的起了一种畏敬的念头。

“啊啊，这的确是名医的风度！”

文朴在心里想：

“这的确是名医的样子，我的病大约是有救药了。”

竹园先生把两个药方开好了，搁下了笔，他又重将药方仔细检点了一遍。文朴立起来走向了桌前，接过药方，就弓身道了个谢，旋转身又和竹园先生躺下在烟盘的两旁。竹园先生又抽了几口之后，厅上似乎起了一点响动，接着就有人送点心进来了，是热烘烘的一壶酒，四碟菜，两碗面。文朴因为食欲不佳，所以只喝了一杯酒就搁下了筷，在陪着竹园先生进用饮食的当中，他却忍不住地打了两个呵欠。竹园先生看见，向房外叫了一声，白天的那位青年就走了进来，执着灯陪文朴进了一间小小的客房。

文朴睡不上几个钟头，窗外面已经有早起的农人起来了，一睡醒后，他第二觉是很不容易睡着的，撩起帐子来一看，窗外面似乎依旧是干燥的晴天。他张开眼想了一想，就匆匆地披衣着袜，起身走出了卧床。徐家的上下，除打洗脸水来的佣人之外，当然是全家还在高卧。文朴问用人要了一副纸笔，向竹园先生留下了一张打扰告罪的字条，便从徐家走了出来。因为下水的早班轮船，是于八点前后经过东梓关埠头的，他就想乘了这班早班，重回到他老母的身边去，在徐家服药久住，究竟觉得有点不便。

屋外面的空气，着实有点尖寒的难受，可是静躺在晴冬的朝日之下的这东梓关的村景，却给与了文朴以不能忘记的印象。

一家一家的瓦上，都盖上了薄薄的晨霜。枯树枝头，也有几处似金刚石般地在反射着刚离地平线不远的朝阳光线。村道上来往的人，并不见多，但四散着的人家烟突里，却已都在放出同天的颜色一样的炊烟来了。隔江的山影，因为日光还没有正射着的缘故，浓黑得可怕，但朝南的一面旷地里，却已经洒满了金黄的日色和长长的树影之类。文朴走到了江边，埠头还不见有一个候船的人在等着，向一位刚自江里挑了一担水起来的工人问了一声，知道轮船的到来，总还有一个钟头的光景。

文朴呆呆地在埠头立了几分钟，举头便向徐竹园先生的那所高大的房屋一望，看见他们的朝东的一道白墙头上，也已经晒上了太阳了。

“大约像他老先生那样舒徐浑厚的人物，现在总也不多了罢？这竹园先生，也许是旧时代的这种人物的最后一个典型！”

心里这样的想着，他脑里忽而想起了昨晚上所谈的一宵闲话。

“像这一种夜谈的情景，却也是不可多得的。龚定庵所说的‘小屏红烛话冬心’，趣味哪里有这样的悠闲隽永。”

“小屏——红烛——话——冬心！”“小屏——红烛——话——冬心！”茫然在口里这样轻轻念了几句，他的面前，却忽而又闪出了一个年纪很轻的挑水的人来。那少年对他望了几眼，他倒觉得有点难为情起来了，踏上了一步，就只好借点因头来遮盖遮盖自己的那一种独立微吟的蠢相。

“小弟弟，要看姊妹山，应该是怎么样的走的？”

“只教沿着岸边，朝上直跑上去就对。”

“谢谢你！”

文朴说了这一句谢词，沿江在走向姊妹山去的中间，那少年还呆立在埠头的朝阳里，在默视着这位疯不像疯，痴不像痴的清瘦的中年人的背影。

一九三二年九月

原载一九三二年十一月《现代》月刊第二卷第一期

迟桂花

××兄：

突然间接着我这一封信，你或者会惊异起来，或者你简直会想不出这发信的翁某是什么人。但仔细一想，你也不在做官，而你的境遇，也未见得比我的好几多倍，所以将我忘了的这一回事，或者是还不至于的。因为这除非是要贵人或境遇很好的人，才做得出来的事情。前两礼拜为了采办结婚的衣服家具之类，才下山去。有好久不上城里去了，偶尔去城里一看，真是像丁令威的化鹤归来，触眼新奇，宛如隔世重生的人。在一家书铺门口走过，一抬头就看见了几册关于你的传记评论之类的书。再踏进去一问，才知道你的著作竟积成了八九册之多了。将所有的你的和关于你的书全买将回来一读，仿佛是又接见了十余年不见的你那副音容笑语的样子。我忍不住了，一遍两遍的尽在翻读，愈读愈想和你通一次信，见一次面。但因这许多年数的不看报，不识世务，不亲笔砚的缘故，终于下了好几次决心，而仍不敢把这心愿来实现。现在好了，关于我的一切结婚的事情的准备，也已经料理到了十之七八，而我那年老的娘，又在打算着于明天一侵早就进城去，早就上床去躺下了。我那可怜的寡妹，也因为白天操劳过了度，这时候似乎也已经坠入了梦乡，所以我可以静静儿的来练这久未写作的笔，实现我这已经怀念了有半个多月的心愿了。

提笔写将下来，到了这里，我真不知将如何的从头写起。和你相别以后，不通闻问的年数，隔得这么的多，读了你的著作以后，心里头触起的感觉情绪，又这么的复杂。现在当这一刻的中间，汹涌盘旋在我脑里想和你谈谈的话，的确，不止像一部二十四史那么的繁而且乱，简直是同将要爆发的火山内层那么的热而且烈，急遽寻不出一个头来。

我们自从房州海岸别来，到现在总也约莫有十多年光景了罢！我还记得那一天晴冬的早晨，你一个人立在寒风里送我上车回东京去的情形。你那篇《南迁》的主人公，写的是不是我？我自从那一年后，竟为这胸腔的恶病所压倒，与你再见一次面和通一封信的机会也没有，就此回国了。学校当然是中途退了学，连生存的希望都没有了的时候，哪里还顾得到将来的立身出世？哪里还顾得到身外的学艺修能？到这时候为止的我的少年豪气，我的绝大雄心，是你所晓得的。同级同乡的同学，只有你和我往来得最亲密。在同一公寓里同住得最长久的，也只有你一个人。时常劝我少用些功，多保养身体，预备将来为国家为人类致大用的，也就是你。每于风和日朗的晴天，拉我上多摩川上井之头公园及武藏野等近郊去散步闲游的，除你以外，更没有别的人了。那几年高等学校时代的愉快的生活，我现在只教一闭上眼，还历历透视得出来。看了你的许多初期的作品，这记忆更加新鲜了。我的所以愈读你的作品，愈想和你通一次信者，原因也就在这些过去的往事的追怀。这些都是你和我两人所共有的过去，我写也没有写得你那么好，就是不写你总也还记得的，所以我不想再说。我打算详详细细向你来作一个报告的，就是从那年冬天回故乡以后的十几年光景的山居养病的生活情形。

那一年冬天咯了血，和你一道上房州去避寒，在不意之中，又遇见了那个肺病少女——是真砂子罢？连她的名字我都忘了——无端惹起了那一场害人害己的恋爱事件。你送我回东京之后，住了一个多礼拜，我就回国来了。我们的老家在离城市有二十来里地的翁家山上，你是晓得的。回家住下，我自己对我的病，倒也没什么惊奇骇异的地方，可是我痰里的血丝，脸上的苍白，和身体的瘦削，却把我那已经守了好几年寡的老母急坏了，因为我那短命的父亲，也是患这同样的病而死去的。于是她就四处的去求神拜佛，采药求医，急得连粗茶淡饭都无心食用，头上的白发，也似乎一天一天的加多起来了。我哩！恋爱已经失败了，学业也已中辍了，对于此生，原已没有多大的野心，所以就落得去由她摆布，积极地虽尽不得孝，便消极地尽了我的顺。初回家的一年中间，我简直门外也不出一步，各色各样的奇形的草药，和各色各样的异味的单方，差不多都尝了一个遍。但是怪得很，连我自己都满以为没有希望的这致命的病症，一到了回国后所经过的第二个春天，竟似乎有神助似的，忽然减轻了，夜热也不再发，盗汗也居然止住，痰里的血丝早就没有了。我的娘的喜欢，当然是不必说，就是在家里替我煮药缝衣，代我操作一切的我那位妹妹，也同春天的天候一样，时时展开了她的愁眉，露出了她那副特有的真真是讨人欢喜的笑容。到了初夏，我药也已经不服，有兴致的时候，居然也能够和她们一道上山前山后去采采茶，摘摘菜，帮她们去服一点小小的劳役了。是在这一年的——回家后第三年的——秋天，在我们家里，同时候发生了两件似喜而又可悲，说悲却也可喜的悲喜剧。第一，就是我那妹妹的出嫁；第二，就是我定在城里的那家婚约的解除。妹妹那年十九岁了，男家是只隔一支山岭的一家乡下的富家。他们来说亲的时候，原是因为我们祖上是世代读书的，总算是和诗礼人家攀婚的意思。定亲已经定过了四五年了，起初我娘却嫌妹妹年纪太小，不肯马上准他们来迎娶，后来就因为我的病，一搁就又搁起了两三年。到了这一回，我的病总算已经恢复，而妹妹却早到了该结婚的年龄了。男家来一说，我娘也就应允了他们，也算完了她自己的一件心事。至于我的这家亲事呢，却是我父亲在死的前一年为我定下的，女家是城里的一家相当有名的旧家。那时候我的年纪虽还很小，而我们家里的不动产却着实还有一点可观。并且我又是一个长子，将来家里要培植我读书出世是无疑的，所以那一家旧家居然也应允了我的婚事。以现在的眼光看来，这门亲事，当然是我们去竭力高攀的，因为杭州人家的习俗，是吃粥的人家的女儿，非要去嫁吃饭的人家不可的。还有乡下姑娘，嫁往城里，倒是常事，城里的千金小姐，却不大会下嫁到乡下来的，所以当时的这个婚约，起初在根本上就有点儿不对。后来经我父亲的一死，我们家里，丧葬费用，就用去了不少。嗣后年复一年，母子三人，只吃着家里的死饭。亲族戚属，少不得又要对我们孤儿寡妇，时时加以一点剥削。母亲又忠厚无用，在出卖田地山场的时候，也不晓得市价的高低，大抵是任凭族人在从中钩搭。就因这种种关系的结果，到我考取了官费，上日本去留学的那一年，我们这一家世代读书的翁家山上的旧家，已经只剩得一点仅能维持衣食的住屋山场和几块荒田了。当我初次出国的时候，承蒙他们不弃，我那未来的亲家，还送了我些赆仪路肴。后来于寒假暑假回国的期间，也曾央原媒来催过完姻。可是接着就是我那致命的病症的发生，与我的学校的中辍，于是两三年中，他们和我们的中间，便自然而然的断绝了交往。到了这一年的晚秋，当我那妹妹嫁后不久的时候，女家忽而又央了原媒来对母亲说："你们的大少爷，有病在身，婚娶的事情，当然是不大相宜的，而他家的小姐，也已经下了绝大的决心，立志终身不嫁了，所以这一个婚约还是解除了的好。"说着就打开包裹，将我们传红时候交去的金玉如意，红绿帖子等，拿了出来，退还了母亲。我那忠厚老弱的娘，人虽则无用，但面子却是死要的，一听了媒人的这一番说话，目瞪口僵，立时就滚下了几颗眼泪来。幸亏我在旁边，做好做歹的对娘劝慰了好久，她才含着眼泪，将女家的回礼及八字全帖等检出，交还了原媒。媒人去后，她又上山后我父亲的坟边去大哭了一场。直到傍晚，我和同族邻人等一道去拉她回来，她在路上，还流着满脸的眼泪鼻涕，在很伤心地呜咽。这一出赖婚的怪剧，在我只有高兴，本来是并没有什么大不了的，可是由头脑很旧的她看来，却似乎是翁家世代的颜面家声都被他们剥尽了。自此以后，一直下来，将近十年，我和她母子二人，就日日的寡言少笑，相对茕茕，直到前年的冬天，我那妹夫死去，寡妹回来为止，两人所过的，都是些在炼狱里似的沉闷的日子。

说起我那寡妹，她真也是前世不修。人虽则很大，身体虽则很强壮，但她的天性，却永远是一个天真活泼的小孩子。嫁过去那一年，来回郎的时候，她还是笑嘻嘻地如同上城里去了一趟回来了的样子，但双满月之后，到年下边回来的时候，从来不晓得悲泣的她，竟对我母亲掉起眼泪来了。她们夫家的公公虽则还好，但婆婆的繁言吝啬，小姑的刻薄尖酸，和男人的放荡凶暴，使她一天到晚过不到一刻安闲自在的生活。工作操劳本系是她在家里的时候所惯习的，倒并不以为苦；所最难受的，却是多用一支火柴，也要受婆婆责备的那一种俭约到不可思议的生活状态。还有两位小姑，左一句尖话，右一句毒语，仿佛从前我娘的不准他们早来迎娶，致使她们的哥哥染上了游荡的恶习，在外面养起了女人，这一件事情，完全是我妹妹的罪恶。结婚之后，新郎的恶习，仍旧改不过来，反而是在城里他那旧情人家里过的日子多，在新房里过的日子少。这一笔账，当然又要写在我妹妹的身上。婆婆说她不会侍奉男人，小姑们说她不会劝不会骗。有时候公公看得难受，替她申辩一声，婆婆就尖着喉咙，要骂上公公的脸去："你这老东西！脸要不要，脸要不要，你这扒灰老！"因我那妹夫，过的是这一种不自然的生活，所以前年夏天，就染了急病死掉了，于是我那妹妹又多了一个克夫的罪名。妹妹年轻守寡，公公少不得总要对她客气一点，婆婆在这里就算抓住了扒灰的证据，三日一场吵，五日一场闹，还是小事，有几次在半夜里，两老夫妇还会大哭大骂的喧闹起来。我妹妹于有一回被骂被逼得特别厉害的争吵之后，就很坚决地搬回到了家里来住了。自从她回来之后，我娘非但得到了一个很大的帮手，就是我们家里的沉闷的空气，也缓和了许多。

这就是和你别后，十几年来，我在家里所过的生活的大概。平时非但不上城里去走走，当风雪盈途的冬季，我和我娘简直有好几个月不出门外的时候。我妹妹回来之后，生活又约略变过了。多年不做的焙茶事业，去年也竟出产了一二百斤。我的身体，经了十几年的静养，似乎也有一点把握了。从今年起，我并且在山上的晏公祠里参加入了一个训蒙的小学，居然也做了一位小学教师。但人生是动不得的，稍稍一动，就如滚石下山，变化便要连接不断的簇生出来。我因为在教教书，而家里头又勉强地干起了一点事业，今年夏季，居然又有人来同我议婚了。新娘是近邻乡村里的一位老处女，今年二十七岁，家里虽称不得富有，可也是小康之家。这位新娘，因为从小就读了些书，曾在城里进过学堂，相貌也还过得去——好几年前，我曾经在一处市场上看见过她一眼的——故而高不凑，低不就，等闲便度过了她的锦样的青春。我在教书的学校里的那位名誉校长——也是我们的同族——本来和她是旧亲，所以这位校长，就在中间做了个传红线的冰人。我独居已经惯了，并且身体也不见得分外强健，若一结婚，难保得旧病的不会复发，故而对这门亲事当初是断然拒绝了的。可是我那年老的母亲，却仍是雄心未死，还在想我结一头亲，生下几个玉树芝兰来，好重振重振我们的这已经坠落了很久的家声，于是这亲事就又同当年生病的时候服草药一样，勉强地被压上我的身上来了。我哩，本来也已经入了中年了，百事原都看得很穿，又加以这十几年的疏散和无为，觉得在这世上任你什么也没甚大不了的事情，落得随随便便的过去，横竖是来日也无多了，只教我母亲喜欢的话，那就是我稍稍牺牲一点意见也使得。于是这婚议，就在很短的时间里，成熟得妥妥帖帖，现在连迎娶的日期也已经拣好了，是旧历九月十二。

是因为这一次的结婚，我才进城里去买东西，才发见了多年不见的你这老友的存在，所以结婚之日，我想请你来我这里吃喜酒，大家来谈谈过去的事情。你的生活，从你的日记和著作中看来，本来也是同云游的僧道一样的，让出一点工夫来，上这一区僻静的乡间来住几日，或者也是你所喜欢的事情。你来，你一定来，我们又可以回顾一回顾一去而不复返的少年时代。

我娘的房间里，有起响动来了，大约天总就快亮了罢。这一封信，整整地费了我一夜的时间和心血。通宵不睡，是我回国以后十几年来不曾有过的经验，你单只看取了我的这一点热忱，我想你也不好意思不来。

啊，鸡在叫了，我不想再写下去了，还是让我们见面之后，再来谈罢！

一九三二年九月　翁则生　上

刚在北平住了个把月，重回到上海的翌日，和我进出的一家书铺里，就送了这一封挂号加邮托转交的厚信来。我接到了这信，捏在手里，起初还以为是一位我认识的作家，寄了稿子来托我代售的。但翻转信背一看，却是杭州翁家山的翁某某之所发，我立时就想起了那位好学不倦，面容妩媚，多年不相闻问的旧同学老翁。他的名字叫翁矩，则生是他的小名。人生得短小娟秀，皮色也很白净，因而看起来总觉得比他的实际年龄要小五六岁。在我们的一班里，算他的年纪最小，操体操的时候，总是他立在最后的，但实际上他也只不过比我小了两岁。那一年寒假之后，和他同去房州避寒，他的左肺尖，已经被结核菌损蚀得很厉害了。住不上几天，一位也住在那近边养肺病的日本少女，很热烈地和他要好了起来，结果是那位肺病少女的因兴奋而病剧，他也就同失了舵的野船似的迁回到了中国。以后一直十多年，我虽则在大学里毕了业，但关于他的消息，却一向还不曾听见有人说起过。拆开了这封长信，上书室去坐下，从头至尾细细读完之后，我呆视着远处，茫茫然如失了神的样子，脑子里也触起了许多感慨与回思。我远远的看出了他的那种柔和的笑容，听见了他的沉静而又清澈的声气。直到天将暗下去的时候，我一动也不动，还坐在那里呆想，而楼下的家人却来催吃晚饭了。在吃晚饭的中间，我就和家里的人谈起了这位老同学，将那封长信的内容约略说了一遍。家里的人，就劝我落得上杭州去旅行一趟，像这样的秋高气爽的时节，白白地消磨在煤烟灰土很深的上海，实在有点可惜，有此机会，落得去吃吃他的喜酒。

第二天仍旧是一天晴和爽朗的好天气，午后二点钟的时候，我已经到了杭州城站，在雇车上翁家山去了。但这一天，似乎是上海各洋行与机关的放假的日子，从上海来杭州旅行的人，特别的多。城站前面停在那里候客的黄包车，都被火车上下来的旅客雇走了，不得已，我就只好上一家附近的酒店去吃午饭。在吃酒的当中，问了问堂倌以去翁家山的路径，他便很详细地指示我说：

“你只教坐黄包车到旗下的陈列所，搭公共汽车到四眼井下来走上去好了。你又没有行李，天气又这么的好，坐黄包车直去是不上算的。”

得到了这一个指教，我就从容起来了，慢慢的喝完了半斤酒，吃了两大碗饭，从酒店出来，便坐车到了旗下。恰好是三点前后的光景，湖六段的汽车刚载满了客人，要开出去。我到了四眼井下车，从山下稻田中间的一条石板路走进满觉陇去的时候，太阳已经平西到了三五十度斜角度的样子，是牛羊下来，行人归舍的时刻了。在满觉陇的狭路中间，果然遇见了许多中学校的远足归来的男女学生的队伍。上水乐洞口去坐下喝了一碗清茶，又拉住了一位农夫，问了声翁则生的名字，他就晓得得很详细似的告诉我说：

“是山上第二排的朝南的一家，他们那间楼房顶高，你一上去就可以看得见的。则生要讨新娘子了，这几天他们正在忙着收拾。这时候则生怕还在晏公祠的学堂里哩。”

谢过了他的好意，付过了茶钱，我就顺着上烟霞洞去的石级，一步一步的走上了山去。渐走渐高，人声人影是没有了，在将暮的晴天之下，我只看见了许多树影。在半山亭里立住歇了一歇，回头向东南一望，看得见的，只是些青葱的山，和如云的树，在这些绿树丛中，又是些这儿几点，那儿一簇的屋瓦与白墙。

“啊啊，怪不得他的病会得好起来了，原来翁家山是在这样的一个好地方。”

烟霞洞我儿时也曾来过的，但当这样晴爽的秋天，于这一个西下夕阳东上月的时刻，独立在山中的空亭里，来仔细赏玩景色的机会，却还不曾有过。我看见了东天的已经满过半弓的月亮，心里正在羡慕翁则生他们老家的处地的幽深，而从背后又吹来了一阵微风，里面竟含满着一种说不出的撩人的桂花香气。

“啊……”

我又惊异了起来：

“原来这儿到这时候还有桂花？我在以桂花著名的满觉陇里，倒不曾看到，反而在这一块冷僻的山里面来闻吸浓香，这可真也是奇事了。”

这样的一个人独自在心中惊异着，闻吸着，赏玩着，我不知在那空亭里立了多少时候，突然从脚下树丛深处，却幽幽的有晚钟声传过来了；东嗡，东嗡地这钟声实在真来得缓慢而凄清。我听得耐不住了，拔起脚跟，一口气就走上了山顶，走到了那个山下农夫曾经教过我的烟霞洞西面翁则生家的近旁。约莫离他家还有半箭路远的时候，我一面喘着气，一面就放大了喉咙向门里面叫了起来：

“喂，老翁！老翁！则生！翁则生！”

听见了我的呼声，从两扇关在那里的腰门里开出来答应的，却不是被我所唤的翁则生自己，而是我从来也没有见过面的，比翁则生略高三五分的样子，身体强健，两颊微红，看起来约莫有二十四五的一位女性。

她开出了门，一眼看见了我，就立住脚惊疑似的略呆了一呆。同时我看见她脸上却涨起了一层红晕，一双大眼睛眨了几眨，深深地吞了一口气。她似乎已经镇静下去了，便很腼腆地对我一笑。在这一脸柔和的笑容里，我立时就看到了翁则生的面相与神气，当然她是则生的妹妹无疑了，走上了一步，我就也笑着问她说：

“则生不在家么？你是他的妹妹不是？”

听了我这一句问话，她脸上又红了一红，柔和地笑着，半

俯了头，她方才轻轻地回答我说：

“是的，大哥还没有回家，你大约是上海来的客人罢？吃中饭的时候，大哥还在说哩！”

这沉静清澈的声气，也和翁则生的一色而没有两样。

“是的，我是从上海来的。”

我接着说：

“我因为想使则生惊骇一下，所以电报也不打一个来通知，接到他的信后，马上就动身来了。不过你们大哥的好日也太逼近了，实在可也没有写一封信来通知的时间余裕。”

“你请进来罢，坐坐吃碗茶，我马上去叫了他来，怕他听到了你来，真要惊喜得像疯了一样哩。”

走上台阶，我还没有进门，从客堂后面的侧门里，却走出了一位头发雪白，面貌清癯，大约有六十内外的老太太来。她的柔和的笑容，也是和她的女儿儿子的笑容一色一样的。似乎已经听见了我们在门口所交换过的谈话了，她一开口就对我说：

“是郁先生么？为什么不写一封快信来通知？则生中上还在说，说你若要来，他打算进城上车站去接你去的。请坐，请坐，晏公祠只有十几步路，让我去叫他来罢，怕他真要高兴得像什么似的哩。”

说完了，她就朝向了女儿，吩咐她上厨下去烧碗茶来。她自己却踏着很平稳的脚步，走出大门，下台阶去通知则生去了。

“你们老太太倒还轻健得很。”

“是的，她老人家倒还好。你请坐罢，我马上起了茶来。”

她上厨下去起茶的中间，我一个人，在客堂里倒得了一个细细观察周围的机会。则生他们的住屋，是一间三开间而有后轩后厢房的楼房。前面阶沿外走落台阶，是一块可以造厅造厢楼的大空地。走过这块数丈见方的空地，再下两级台阶，便是村道了。越村道而下，再低数尺，又是一排人家的房子。但这一排房子，因为都是平屋，所以挡不杀翁则生他们家里的眺望。立在翁则生家的空地里，前山后山的山景，是依旧历历可见的。屋前屋后，一段一段的山坡上，都长着些不大知名的杂树，三株两株夹在这些杂树中间，树叶短狭，叶与细枝之间，满撒着锯末似的黄点的，却是木犀花树。前一刻在半山空亭里闻到的香气，源头原来就系出在这一块地方的。太阳似乎已下了山，澄明的光里，已经看不见日轮的金箭，而山脚下的树梢头，也早有一带晚烟笼上了。山上的空气，真静得可怜，老远老远的山脚下的村里，小儿在呼唤的声音，也清晰地听得出来。我在空地里立了一会，背着手又踱回到了翁家的客厅，向四壁挂在那里的书画一看，却使我想起了翁则生信里所说的事实。琳琅满目，挂在那里的东西，果然是件件精致，不像是乡下人家的俗恶的客厅。尤其使我看得有趣的，是陈豪写的一堂“归去来辞”的屏条，墨色的鲜艳，字迹的秀腴，有点像董香光而更觉得柔媚。翁家的世代书香，只须上这客厅里来一看就可以知道了。我立在那里看字画还没有看得周全，忽而背后门外老远的就飞来了几声叫声：

“老郁！老郁！你来得真快！”

翁则生从小学校里跑回来了，平时总很沉静的他，这时候似乎也感到了一点兴奋。一走进客堂，他握住了我的两手，尽在喘气，有好几秒钟说不出话来。等落在后面的他娘走到的时候，三人才各放声大笑了起来。这时候他妹妹也已经将茶烧好，在一个朱漆盘里放着三碗搬出来摆上桌子来了。

“你看，则生这小孩，他一听见我说你到了，就同猴子似的跳回来了。”他娘笑着对我说。

“老翁！说你生病生病，我看你倒仍旧不见得衰老得怎么样，两人比较起来，怕还是我老得多哩？”

我笑说着，将脸朝向了他的妹妹，去征她的同意。她笑着不说话，只在守视着我们的欢喜笑乐的样子。则生把头一扭，向他娘指了一指，就接着对我说：

“因为我们的娘在这里，所以我不敢老下去吓。并且媳妇儿也还不曾娶到，一老就得做老光棍了，那还了得！”

经他这么一说，四个人重又大笑起来了，他娘的老眼里几乎笑出了眼泪。则生笑了一会，就重新想起了似的替他妹妹介绍说：

“这是我的妹妹，她的事情，你大约是晓得的罢？我在那信里是写得很详细的。”

“我们可不必你来介绍了，我上这儿来，头一个见到的就是她。”

“噢，你们倒是有缘啊！莲，你猜这位郁先生的年纪，比我大呢，还是比我小？”

他妹妹听了这一句话，面色又涨红了，正在嗫嚅困惑的中间，她娘却止住了笑，问我说：

“郁先生，大约是和则生上下年纪罢？”

“哪里的话，我要比他大得多哩。”

“娘，你看还是我老呢，还是他老？”

则生又把这问题转向了他的母亲。他娘仔细看了我一眼，就对他笑骂般的说：

“自然是郁先生来得老成稳重，谁更像你那样的不脱小孩子脾气呢！”

说着，她就走近了桌边，举起茶碗来请我喝茶。我接过来喝了一口，在茶里又闻到了一种实在是令人欲醉的桂花香气。掀开了茶碗盖，我俯首向碗里一看，果然在绿莹莹的茶水里散点着有一粒一粒的金黄的花瓣。则生以为我在看茶叶，自己拿起了一碗喝了一口，他就对我说：

“这茶叶是我们自己制的，你说怎么样？”

“我并不在看茶叶，我只觉这触鼻的桂花香气，实在可爱得很。”

“桂花吗？这茶叶里的还是第一次开的早桂，现在在开的迟桂花，才有味哩！因为开得迟，所以日子也经得久。”

“是的是的，我一路上走来，在以桂花著名的满觉陇里，倒闻不着桂花的香气。看看两旁的树上，都只剩了一簇一簇的淡绿的桂花托子了，可是到了这里，却同做梦似的，所闻吸的尽是这种浓艳的气味。老翁，你大约是已经闻惯了，不觉得什么罢？我……我……”

说到了这里，我自家也忍不住笑了起来。则生尽管在追问我，“你怎么样？你怎么样？”到了最后，我也只好说了：

“我，我闻了，似乎要起性欲冲动的样子。”

则生听了，马上就大笑了起来，他的娘和妹妹虽则并没有明确地了解我们的说话的内容，但也晓得我们是在说笑话，母女俩便含着微笑，上厨下去预备晚饭去了。

我们两人在客厅上谈谈笑笑，竟忘记了点灯，一道银样的月光，从门里晒进来。则生看见了月亮，就站起来想去拿煤油灯，我却止住了他，说：

“在月光底下清谈，岂不是很好么？你还记不记得起，那一年在井之头公园里的一夜游行？”

所谓那一年者，就是翁则生患肺病的那一年秋天。他因为用功过度，变成了神经衰弱症。有一天他课也不去上，竟独自一个在公寓里发了一天的疯。到了傍晚，他饭也不吃。从公寓里跑出去了。我接到了公寓主人的注意，下学回来，就远远的在守视着他，看他走出了公寓，就也追踪着他，远远地跟他一道到了井之头公园。从东京到井之头公园去的高架电车，本来是有前后的两乘，所以在电车上，我和他并不遇着。直到下车出车站之后，我假装无意中和他冲见了似的同他招呼了。他红着双颊，问我这时候上这野外来干什么，我说是来看月亮的，记得那一晚正是和这天一样地有月亮的晚上。两人笑了一笑，就一道的在井之头公园的树林里走到了夜半方才回来。后来听他的自白，他是在那一天晚上想到井之头公园去自杀的，但因为遇见了我，谈了半夜，胸中的烦闷，有一半消散了，所以就同我一道又转了回来。“无限胸中烦闷事，一宵清话又成空！”他自白的时候，还念出了这两句诗来，借作解嘲。以后他就因伤风而发生了肺炎，肺炎愈后，就一直的为结核菌所压倒了。

谈了许多怀旧话后，话头一转，我就提到了他的这一回的喜事。

“这一回的喜事么？我在那信里也曾和你说过。”

谈话的内容，一从空想追怀转向了现实，他的声气就低了下去，又回复了他旧日的沉静的态度。

“在我是无可无不可的，对这事情最起劲的，倒是我的那位年老的娘。这一回的一切准备麻烦，都是她老人家在替我忙的。这半个月中间，她差不多日日跑城里。现在是已经弄得完完全全，什么都预备好了，明朝一日，就要来搭灯彩，下午是女家送嫁妆来，后天就是正日。可是老郁，有一件事情，我觉得很难受，就是莲儿——这是我妹妹的小名——近来，似乎是很不高兴的样子，她话虽则不说，但因为她是很天真的缘故，所以在态度上表情上处处我都看得出来。你是初同她见面，所以并不觉得什么，平时她着实要活泼哩，简直活泼得同现代的那些共产女郎一样，不过她的活泼是天性的纯真，而那些现代女郎，却是学来的时髦。……按说哩，这心绪的恶劣，也是应该的，她虽则是一个纯真的小孩子，但人非木石，究竟总有一点感情，看到了我们这里的婚事热闹，无论如何，总免不得要想起她自己的身世凄凉的。并且还有一个最重要的动机，仿佛是她在觉得自己今后的寄身无处。这儿虽是娘家，但她却是已经出过嫁的女儿了，哥哥讨了嫂嫂，她还有什么权利再寄食在娘家呢？所以我当这婚事在谈起的当初，就一次两次的对她说过了，不管她怎样，她总是我的妹妹，除非她要再嫁，则没有话说，要是不然的话，那她是一辈子有和我同居，和我对分财产的权利的，请她千万不要自己感到难过。这一层意思，她原也明白，我的性情，她是晓得的，可是不晓得怎么，她近来似乎总有点不大安闲的样子。你来得正好，顺便也可以劝劝她。并且明天发嫁妆结灯彩之类的事情，怕她看了又要想到自己的身世，我想明朝一早就叫她陪你出去玩去，省得她在家里一个人在暗中受苦。”

“那好极了，我明天就陪她出去玩一天回来。”

“那可不对，假使是你陪她出去玩的话，那是形迹更露，愈加要使她难堪了。非要装作是你要她去作陪不行。仿佛是你想出去玩，但我却没有工夫陪你，所以只好勉强请她和你一道出去。要这样，她才安逸。”

“好，好，就这么办，明天我要她陪我去逛五云山去。”

正谈到了这里，他的那位老母从客室后面的那扇侧门里走出来了，看到了我们的坐在微明灰暗的客室里谈天，她又笑了起来说：

“十几年不见的一段总账，你们难道想在这几刻工夫里算它清来么？有什么话谈得那么起劲，连灯都忘了点一点？则生，你这孩子真像是疯了，快立起来，把那盏保险灯点上。”

说着她又跑回到了厨下，去拿了一盒火柴出来。则生爬上桌子，在点那盏悬在客室正中的保险灯的时候，她就问我吃晚饭之先，要不要喝酒。则生一边在点灯，一边就从肩背上叫他娘说：

“娘，你以为他也是肺痨病鬼么？郁先生是以喝酒出名的。”

“那么你快下来去开坛去罢，今天挑来的那两坛酒，不晓得好不好，请郁先生尝尝看。”

他娘听了他的话后，就也昂起了头，一面在看他点灯，一面在催他下来去开酒去。

“幸而是酒，请郁先生先尝一尝新，倒还不要紧，要是新娘子，那可使不得。”

他笑说着从桌子上跳了下来，他娘眼睛望着了我，嘴唇却朝着了他啐了一声说：

“你看这孩子，说话老是这样不正经的！”

“因为他要做新郎官了，所以在高兴。”

我也笑着对他娘说了一声，旋转身就一个人踱出了门外，想看一看这翁家山的秋夜的月明，屋内且让他们母子俩去开酒去。

月光下的翁家山，又不相同了。从树枝里筛下来的千条万条的银线，像是电影里的白天的外景。不知躲在什么地方的许多秋虫的鸣唱，骤听之下，满以为在下急雨。白天的热度，日落之后，忽然收敛了，于是草木很多的这深山顶上，就也起了一层白茫茫的透明雾障。山上电灯线似乎还没有接上，远近一家一家看得见的几点煤油灯光，仿佛是大海湾里的渔灯野火。一种空山秋夜的沉默的感觉，处处在高压着人，使人肃然会起一种畏敬之思。我独立在庭前的月光亮里看不上几分钟，心里就有点寒竦竦的怕了起来；回身再走回客室，酒菜杯筷，都已热气蒸腾的摆好在那里候客了。

四个人当吃晚饭的中间，则生又说了许多笑话。因为在前回听取了一番他所告诉我的衷情之后，我于举酒杯的瞬间，偷眼向他妹妹望望，觉得在她的柔和的笑脸上，的确似乎是有一种说不出的悲寂的表情流露在那里的样子。这一餐晚饭，吃尽了许多时间，我因为白天走路走得不少，而谈话之后又感到了一点兴奋，肚子有点饿了，所以酒和菜，竟吃得比平时要多一倍。到了最后将快吃完的当儿，我就向则生提出说：

"老翁，五云山我倒还没有去玩过，明天你可不可以陪我一道去玩一趟？"

则生仍复以他的那种滑稽的口吻回答我说：

"到了结婚的前一日，新郎官哪里走得开呢，还是改天再去罢。等新娘子来了之后，让新郎新妇抬了你去烧香，也还不迟。"

我却仍复主张着说，明天非去不行。则生就说：

"那么替你去叫一顶轿子来，你坐了轿子去，横竖是明天轿夫会来的。"

"不行不行，游山玩水，我是喜欢走的。"

"你认得路么？"

“你们这一种乡下的僻路，我哪里会认得呢？”

“那就怎么办呢？……”

则生抓着头皮，脸上露出了一脸为难的神气。停了一二分钟，他就举目向他的妹妹说：

“莲！你怎么样！你是一位女豪杰，走路又能走，地理又熟悉，你替我陪了郁先生去怎么样？”

他妹妹也笑了起来，举起眼睛来向她娘看了一眼。接着她娘就说：

“好的，莲，还是你陪了郁先生去罢，明天你大哥是走不开的。”

我一看她脸上的表情，似乎已经有了答应的意思了，所以又追问了她一声说：

“五云山可着实不近哩，你走得动的么？回头走到半路，要我来背，那可办不到。”

她听了这话，就真同从心坎里笑出来的一样笑着说：

“别说是五云山，就是老东岳，我们也一天要往返两次哩。”

从她的红红的双颊，挺突的胸脯，和肥圆的肩背看来，这句话也决不是她夸的大口。吃完晚饭，又谈了一阵闲天，我们因为明天各有忙碌的操作在前，所以一早就分头到房里去睡了。

山中的清晓，又是一种特别的情景。我因为昨天夜里多喝了一点酒，上床去一睡，就同大石头掉下海里似的，一直就酣睡到了天明。窗外面吱吱唧唧的鸟声喧噪得厉害，我满以为还是夜半，月明将野鸟惊醒了，但睁开眼掀开帐子来一望，窗内窗外已饱浸着晴天爽朗的清晨光线，窗子上面的一角，却已经有一缕朝阳的红箭射到了。急忙滚出了被窝，穿起衣服，跑下楼去一看，他们母子三人，也已梳洗得妥妥服服，说是已经在做了个把钟头的事情之后，平常他们总是于五点钟前后起床的。这一种日出而作，日入而息的山中住民的生活秩序，又使我对他们感到了无穷的敬意。四人一道吃过了早餐，我和则生的妹妹，就整了一整行装，预备出发。临行之际，他娘又叫我等一下子，她很迅速地跑上楼上去取了一支黑漆手杖下来，说，这是则生生病的时候用过的，走山路的时候，用它来撑扶撑扶，气力要省得多。我谢过了她的好意，就让则生的妹妹上前带路，走出了他们的大门。

早晨的空气，实在澄鲜得可爱。太阳已经升高了，但它的领域，还只限于屋檐、树梢、山顶等突出的地方。山路两旁的细草上，露水还没有干，而一味清凉触鼻的绿色草气，和入在桂花香味之中，闻了好像是宿梦也能摇醒的样子。起初还在翁家山村内走着，则生的妹妹，对村中的同姓，三步一招呼，五步一立谈的应接得忙不暇给。走尽了这村子的最后一家，沿了入谷的一条石板路走上下山路的时候，遇见的人也没有了，前面的眺望，也转换了一个样子。朝我们去的方向看去，原又是冈峦的起伏和别墅的纵横，但稍一住脚，掉头向东面一望，一片同呵了一口气的镜子似的湖光，却躺在眼下了。远远从两山之间的谷顶望去，并且还看得出一角城里的人家，隐约藏躲在尚未消尽的湖雾当中。

我们的路先朝西北，后又向西南，先下了山坡，后又上了山背，因为今天有一天的时间，可以供我们消磨，所以一离了村境，我就走得特别的慢。每这里看看，那里看看的看个不住。若看见了一件稍可注意的东西，那不管它是风景里的一点一堆，一山一水，或植物界的一草一木与动物界的一鸟一虫，我总要拉住了她，寻根究底的问得它仔仔细细。说也奇怪，小时候只在村里的小学校里念过四年书的她——这是她自己对我说的——对于我所问的东西，却没有一样不晓得的。关于湖上的山水古迹，庙宇楼台哩，那还不要去管它，大约是生长在西湖附近的人，个个都能够说出一个大概来的，所以她的知道得那么详细，倒还在情理之中，但我觉得最奇怪的，却是她的关于这西湖附近的区域之内的种种动植物的知识。无论是如何小的一只鸟一个虫一株草一棵树，她非但各能把它们的名字叫出来，并且连几时孵化，几时他迁，几时鸣叫，几时脱壳，或几时开花，几时结实，花的颜色如何，果的味道如何等，都说得非常有趣而详尽，使我觉得仿佛是在读一部活的桦候脱的《赛儿鹏自然史》（G. White's *Natural History and Antiquities of Selborne*）。而桦候脱的书，却决没有叙述得她那么朴质自然而富于刺激，因为听听她那种舒徐清澈的语气，看看她那一双天生成像饱使过耐吻胭脂棒般的红唇，更加上以她所特有的那一脸微笑，在知识分子之外还不得不添一种情的成分上去，于书的趣味之上更要兼一层人的风韵在里头。我们慢慢的谈着天，走着路，不上一个钟头的光景，我竟恍恍惚惚，像又回复了青春时代似的完全为她迷倒了。

她的身体，也真发育得太完全，穿的虽是一件乡下裁缝做的不大合式的大绸夹袍，但在我的前面一步一步的走去，非但她的肥突的后部，紧密的腰部，和斜圆的胫部的曲线，看得要簇生异想，就是她的两只圆而且软的肩膊，多看一歇，也要使我贪鄙起来。立在她的前面和她讲话哩，则那一双水涔涔的大眼，那一个隆整的尖鼻，那一张红白相间的椭圆嫩脸，和因走路走得气急，一呼一吸涨落得特别快的那个高突的胸脯，又要使我恼杀。还有她那一头不曾剪去的黑发哩，梳的虽然是一个自在的懒结，但一映到了她那个圆而且白的额上，和短而且腴的颈际，看起来，又格外的动人。总之，我在昨天晚上，不曾在她身上发见的康健和自然的美点，今天因这一回的游山，完全被我观察到了。此外我又在她的谈话之中，证实了翁则生也和我曾经讲到过的她的生性的活泼与天真。譬如我问她今年几岁了？她说，二十八岁。我说这真看不出，我起初还以为你只有二十三四岁，她说，女人不生产是不大会老的。我又问她，对于则生这一回的结婚，你有点什么感触？她说，另外也没有什么，不过以后长住在娘家，似乎有点对不起大哥和大嫂。像这一类的纯粹真率的谈话，我另外还听取了许多许多，她的朴素的天性，真真如翁则生之所说，是一个永久的小孩子的天性。

爬上了龙井狮子峰下的一处平坦的山顶，我于听了一段她所讲的如何的栽培茶叶，如何的摘取焙烘，与那时候的山家生活的如何紧张而有趣的故事之后，便在路旁的一块大岩石上坐下了。遥对着在晴天下太阳光里躺着的杭州城市，和近水遥山，我的双眼只凝视着苍空的一角，有半晌不曾说话。一边在我的脑里，却只在回想着德国的一位名延生（**Jensen**）的作家所著的一部小说《野紫薇爱立喀》（***Die Braune Erika***）。这小说后来又有一位英国的作家哈特生（**Hudson**）摹仿了，写了一部《绿阴》（***Green Mansions***）。两部小说里所描写的，都是一个极可爱的生长在原野里的天真的女性，而女主人公的结果后来都是不大好的。我沉默着痴想了好久，她却从我背后用了她那只肥软的右手很自然地搭上了我的肩膀。

"你一声也不响的在那里想什么？"

我就伸上手去把她的那只肥手捏住了，一边就扭转了头微笑着看入了她的那双大眼，因为她是坐在我的背后的。我捏住了她的手又默默对她注视了一分钟，但她的眼里脸上却丝毫也没有羞惧兴奋的痕迹出现，她的微笑，还依旧同平时一点儿也没有什么的笑容一样。看了我这一种奇怪的形状，她过了一歇，反又很自然的问我说：

"你究竟在那里想什么？"

倒是我被她问得难为情起来了，立时觉得两颊就潮热了起来。先放开了那只被我捏住在那儿的她的手，然后干咳了两声，最后我就鼓动了勇气，发了一声同被绞出来似的答语：

"我……我在这儿想你！"

"是在想我的将来如何的和他们同住么？"

她的这句反问，又是非常的率真而自然，满以为我是在为她设想的样子。我只好沉默着把头点了几点，而眼睛里却酸溜溜的觉得有点热起来了。

“啊，我自己倒并没有想得什么伤心，为什么，你，你却反而为我流起眼泪来了呢？”

她像吃了一惊似的立了起来问我，同时我也立起来了，且在将身体起立的行动当中，乘机拭去了我的眼泪。我的心地开朗了，欲情也净化了，重复向南慢慢走上岭去的时候，我就把刚才我所想的心事，尽情告诉了她。我将那两部小说的内容讲给了她听，我将我自己的邪心说了出来，我对于我刚才所触动的那一种自己的心情，更下了一个严正的批判，末后，便这样的对她说：

“对于一个洁白得同白纸似的天真小孩，而加以玷污，是不可赦免的罪恶。我刚才的一念邪心，几乎要使我犯下这个大罪了。幸亏是你的那颗纯洁的心，那颗同高山上的深雪似的心，却救我出了这一个险。不过我虽则犯罪的形迹没有，但我的心，却是已经犯过罪的。所以你要罚我的话，就是处我以死刑，我也毫无悔恨。你若以为我是那样卑鄙，而将来永没有改善的希望的话，那今天晚上回去之后，向你大哥母亲，将我的这一种行为宣布了也可以。不过你若以为这是我的一时糊涂，将来是永也不会再犯的话，那请你相信我的誓言，以后请你当我作你大哥一样那么的看待，你若有急有难，有不了的事情，我总情愿以死来代替着你。”

当我在对她作这些忏悔的时候，两人起初是慢慢在走的，后来又在路旁坐下了。说到了最后的一节，倒是她反同小孩子似的发着抖，捏住了我的两手，倒入了我的怀里，呜呜咽咽的哭了起来。我等她哭了一阵之后，就拿出了一块手帕来替她揩干了眼泪，将我的嘴唇轻轻地搁到了她的头上。两人偎抱着沉默了好久，我又把头俯了下去，问她，我所说的这段话的意思，究竟明白了没有。她眼看着了地上，把头点了几点。我又追问了她一声：

“那么你承认我以后做你的哥哥了不是？”

她又俯视着把头点了几点，我撒开了双手，又伸出去把她的头捧了起来，使她的脸正对着了我。对我凝视了一会，她的那双泪珠还没有收尽的水汪汪的眼睛，却笑起来了。我乘势把她一拉，就同她搀着手并立了起来。

“好，我们是已经决定了，我们将永久地结作最亲爱最纯洁的兄妹。时候已经不早了，让我们快一点走，赶上五云山去吃午饭去。”

我这样说着，搀着她向前一走，她也恢复了早晨刚出的时候的元气，和我并排着走向了前面。

两人沉默着向前走了几十步之后，我侧眼向她一看，同奇迹似的忽而在她的脸上看出了一层一点儿忧虑也没有的满含着未来的希望和信任的圣洁的光耀来。这一种光耀，却是我在这一刻以前的她的脸上从没有看见过的。我愈看愈觉得对她生起敬爱的心思来了，所以不知不觉，在走路的当中竟接连着看了她好几眼。本来只是笑嘻嘻地在注视着前面太阳光里的五云山的白墙头的她，因为我的脚步的迟乱，似乎也感觉到了我的注意力的分散了，将头一侧，她的双眼，却和我的视线接成了两条轨道。她又笑起来了，同时也放慢了脚步。再向我看了一眼，她才腼腆地开始问我说：

“那我以后叫你什么呢？”

“你叫则生叫什么，就叫我也叫什么好了。”

“那么——大哥！”

大哥的两字，是很急速的紧连着叫出来的，听到了我的一声高声的“啊！”的应声之后，她就涨红了脸，撒开了手，大笑着跑上前面去了。一面跑，一面她又回转头来，“大哥！”“大哥！”的接连叫了我好几声。等我一面叫她别跑，一面我自己也跑着追上了她背后的时候，我们的去路已经变成了一条很窄的石岭，而五云山的山顶，看过去也似乎是很近了。仍复回复了平时的脚步，两人分着前后，在那条窄岭上缓步的当中，我才觉得真真是成了她的哥哥的样子，满含着了慈爱，很正经地吩咐她说：

“走得小心，这一条岭多么险啊！”

走到了五云山的财神殿里，太阳刚当正午，庙里的人已经在那里吃中饭了。我们因为在太阳底下的半天行路，口已经干渴得像旱天的树木一样，所以一进客堂去坐下，就教他们先起茶来，然后再开饭给我们吃。洗了一个手脸，喝了两三碗清茶，静坐了十几分钟，两人的疲劳与兴奋，都已平复了过去，这时候饥饿却抬起头来了，于是就又催他们快点开饭。这一餐只我和她两人对食的五云山上的中餐，对于我正敌得过英国诗人所幻想着的亚力山大王的高宴。若讲到心境的满足、和谐，与食欲的高潮亢进，那恐怕亚力山大王还远不及当时的我。

吃过午饭，管庙的和尚又领我们上前后左右去走了一圈。这五云山，实在是高，立在庙中阁上，开窗向东北一望，湖上的群山，都像是青色的土堆了。本来西湖的山水的妙处，就在于它的比舞台上的布景又真实伟大一点，而比各处的名山大川又同盆景似的整齐渺小一点这地方。而五云山的气概，却又完全不同了。以其山之高与境的僻，一般脚力不健的游人是不会到的，就在这一点上，五云山已略备着名山的资格了，更何况前面远处，蜿蜒盘曲在青山绿野之间的，是一条历史上也着实有名的钱塘江水呢？所以若把西湖的山水，比作一只锁在铁笼子里的白熊来看，那这五云山峰与钱塘江水，便是一只深山的野鹿。笼里的白熊，是只能满足满足胆怯无力者的冒险雄心的，至于深山的野鹿，虽没有高原的狮虎那么雄壮，但一股自由奔放之情，却可以从它那里摄取得来。

我们在五云山的南面，又看了一会钱塘江上的帆影与青山，就想动身上我们的归路了，可是举起头来一望，太阳还在中天，只西偏了没有几分。从此地回去，路上若没有耽搁，是不消两个钟头，就能到翁家山上的。本来是打算出来把一天光阴消磨过去的我们，回去得这样的早，岂不是辜负了这大好的时间了么？所以走到了五云山西南角的一条狭路边上的时候，我就又立了下来，拉着了她的手亲亲热热地问了她一声：

“莲，你还走得动走不动？”

“起码三十里路总还可以走的。”

她说这句话的神气，是富有着自信和决断，一点也不带些夸张卖弄的风情，真真是自然到了极点，所以使我看了不得不伸上手去，向她的下巴底下拨了一拨。她怕痒，缩着头颈笑起来了，我也笑开了大口，对她说：

“让我们索性上云栖去罢！这一条是去云栖的便道，大约走下去，总也没有多少路的，你若是走不动的话，我可以背你。”

两人笑着说着，似乎只转瞬之间，已经把那条狭窄的下山便道走尽了大半了。山下面尽是些绿玻璃似的翠竹，西斜的太阳晒到了这条坞里，一种又清新又寂静的淡绿色的光同清水一样，满浸在这附近的空气里在流动。我们到了云栖寺里坐下，刚喝完了一碗茶，忽而前面的大殿上，有嘈杂的人声起来了，接着就走进了两位穿着分外宽大的黑布和尚衣的老僧来。知客僧便指着他们夸耀似的对我们说：

“这两位高僧，是我们方丈的师兄，年纪都快八十岁了，是从城里某公馆里回来的。”

城里的某巨公，的确是一位佞佛的先锋，他的名字，我本系也听见过的，但我以为同和尚来谈这些俗天，也不大相称，所以就把话头扯了开去，问和尚大殿上的嘈杂的人声，是为什么而起的。知客僧轻鄙似的笑了一笑说：

“还不是城里的轿夫在敲酒钱？轿钱是公馆里付了来的，这些穷人心实在太凶。”

这一个伶俐世俗的知客僧的说话，我实在听得有点厌起来了，所以就要求他说：

“你领我们上寺前寺后去走走罢？”

我们看过了“御碑”及许多石刻之后，穿出大殿，那几个轿夫还在咕噜着没有起身。我一半也觉得走路走得太多了，一半也想给那个知客僧以一点颜色看看，所以就走了上去对轿夫说：

“我给你们两块钱一个人，你们抬我们两人回翁家山去好不好？”

轿夫们喜欢极了，同打过吗啡针后的鸦片嗜好者一样，立时将态度一变，变得有说有笑了。

知客僧又陪我们到了寺外的修竹丛中，我看了竹上的或刻或写在那里的名字诗句之类，心里倒有点奇怪起来，就问他这是什么意思。于是他也同轿夫他们一样，笑迷迷地对我说了一大串话。我听了他的解释，倒也觉得非常有趣，所以也就拿出了五圆纸币，递给了他，说：

“我们也来买两枝竹放放生罢！”

说着我就向立在我旁边的她看了一眼，她却正同小孩子得到了新玩意儿还不敢去抚摸的一样，微笑着靠近了我的身边轻轻地问我：

“两枝竹上，写什么名字好？”

“当然是一枝上写你的，一枝上写我的。”

她笑着摇摇头说：

“不好，不好，写名字也不好，两个人分开了写也不好。”

“那么写什么呢？”

“只教把今天的事情写上去就对。”

我静立着想了一会，恰好那知客僧向寺里去拿的油墨和笔也已经拿到了。我拣取了两株并排着的大竹，提起笔来，就各写上了“郁翁兄妹放生之竹”的八个字。将年月日写完之后，我搁下了笔，回头来问她这八个字怎么样，她真像是心花怒放似的笑着，不说话而尽在点头。在绿竹之下的这一种她的无邪的憨态，又使我深深地，深深地受到了一个感动。

坐上轿子，向西向南的在竹荫之下走了六七里坂道，出梵村，到闸口西首，从九溪口折入九溪十八涧的山坳，登杨梅岭，到南高峰下的翁家山的时候，太阳已经悬在北高峰与天竺山的两峰之间了。他们的屋里，早已挂上了满堂的灯彩，上面的一对红烛，也已经点尽了一半的样子。嫁妆似乎已经在新房里摆好，客厅上看热闹的人，也早已散了。我们轿子一到，则生和他的娘，就笑着迎了出来，我付过轿钱，一踱进门槛，他娘就问我说：

“早晨拿出去的那支手杖呢？”

我被她一问，方才想起，便只笑着摇摇头对她慢声的说：

“那一支手杖么——做了我的祭礼了。”

“做了你的祭礼？什么祭礼？”

则生惊疑似的问我。

“我们在狮子峰下，拜过天地，我已经和你妹妹结成了兄妹了。那一支手杖，大约是忘记在那块大岩石的旁边的。”

正在这个时候，先下轿而上楼去换了衣服下来的他的妹妹，也嬉笑着，走到了我们的旁边。则生听了我的话后，就也笑着对他的妹妹说：

“莲，你们真好！我们倒还没有拜堂，而你和老郁，却已经在狮子峰拜过天地了，并且还把我的一支手杖忘掉，作了你们的祭礼。娘！你说这事情应该怎么罚罚他们？”

经他这一说，说得大家都笑了起来，我也情愿自己认罚，就认定后日馔房，算作是我一个人的东道。

这一晚翁家请了媒人，及四五个近族的人来吃酒，我和新郎官，在下面奉陪。做媒人的那位中老乡绅，身体虽则并不十分肥胖，但相貌态度，却也是很裕富的样子。我和他两人干杯，竟干满了十八九杯。因酒有点微醉，而日里的路，也走得很多，所以这一晚睡得比前一晚还要沉熟。

九月十二的那一天结婚正日，大家整整忙了一天。婚礼虽系新旧合参的仪式，但因两家都不喜欢铺张，所以百事也还比较简单。午后五时，新娘轿到，行过礼后，那位好好先生的媒人硬要拖我出来，代表来宾，说几句话。我推辞不得，就先把我和则生在日本念书时候的交情说了一说，末了我就想起了则生同我说的迟桂花的好处，因而就抄了他的一段话来恭祝他们：

“则生前天对我说，桂花开得愈迟愈好，因为开得迟，所以经得日子久。现在两位的结婚，比较起平常的结婚年龄来，似乎是觉得大一点了，但结婚结得迟，日子也一定经得久。明年迟桂花开的时候，我一定还要上翁家山来。我预先在这儿计算，大约明年来的时候，在这两株迟桂花的中间，总已经有一株早桂花发出来了。我们大家且等着，等到明年这个时候，再一同来吃他们的早桂的喜酒。”

说完之后，大家就坐拢来吃喜酒。猜猜拳，闹闹房，一直闹到了半夜，各人方才散去。当这一日的中间，我时时刻刻在注意着偷看则生的妹妹的脸色，可是则生所说而我也曾看到过的那一种悲寂的表情，在这一日当中却终日没有在她的脸上流露过一丝痕迹。这一日，她笑的时候，真是乐得难耐似的完全是很自然的样子。因了她的这一种心情的反射的结果，我当然可以不必说，就是则生和他的母亲，在这一日里，也似乎是愉快到了极点。

因为两家都喜欢简单成事的缘故，所以三朝回郎等繁缛的礼节，都在十三那一天白天行完了，晚上馔房，总算是我的东道。则生虽则很希望我在他家里多住几日，可以和他及他的妹妹谈谈笑笑，但我一则因为还有一篇稿子没有做成，想另外上一个更僻静点的地方去做文章，二则我觉得我这一次吃喜酒的目的也已经达到了，所以在馔房的翌日，就离开翁家山去乘早上的特别快车赶回上海。

送我到车站的，是翁则生和他的妹妹两个人。等开车的警笛将吹而火车的机关头上在吐白烟的时候，我又从车窗里伸出了两手，一只捏着了则生，一只捏着了他的妹妹，很重很重的捏了一回。汽笛鸣后，火车微动了，他们兄妹俩又随车前走了许多步，我也俯出了头，叫他们说：

“则生！莲！再见，再见！但愿得我们都是迟桂花！”

火车开出了老远老远，月台上送客的人都回去了，我还看见他们兄妹俩直立在东面月台篷外的太阳光里，在向我挥手。

一九三二年十月在杭州写

读者注意！这部小说中的人物事迹，当然都是虚拟的，请大家不要误会。

作者附注

原载一九三二年十二月《现代》第二卷第二期

碧浪湖的秋夜

一

雍正十三年的夏天，中国全国，各地都蒸热得非常。北京城里的冰窖营业者大家全发了财，甚至于雍正皇帝，都因炎暑之故而染了重病。

可是因为夏天的干热，势头太猛了的结果，几阵秋雨一下，秋凉也似乎来得特别的早。到了七月底边，早晚当日出之前与日没之后的几刻时间，大家非要穿夹袄不能过去了。

偏处在杭城北隅，赁屋于南湖近旁，只和他那年老的娘两口儿在守着清贫生活的厉鹗，入秋以后，也同得了重生似的又开始了他的读书考订的学究生活。当这一年夏天的二三个月中间，他非但因中暑而害了些小病，就是在精神上也感到了许多从来也没有经验过的不快。素来以凶悍著名的他的夫人蒋氏，在端午节边前几日又因嫌他的贫穷没出息，老在三言两语的怨嗟毒骂；到了端午节的那一天中午，他和他娘正在上供祭祖的时候，本来就同疯了似的歌哭无常的她，又在厢房里哭着骂了起来。他娘走近了她的身边，向她劝慰了几句，她倒反而是相骂寻着了对头人似的和这年老的娘大闹了起来，结果只落得厉鹗的去向他娘跪泣求饶，而那悍妇蒋氏就一路上号哭着大骂着奔回到了娘家。她娘家本系是在东城脚下，开着一家小铺子的；家里很积着有几个钱，原系厉鹗小的时候，由厉老太太作主，为他定下来的亲，这几年来，一则因为厉鄂的贫穷多病，二则又因为自己的老没有生育，她的没有教养的暴戾的性情，越变得蛮横悍泼了。

那一天晴爽的清秋的下午，厉鹗在东厢房他的书室里刚看完了两卷宋人的笔记，正想立起身来，上坐在后轩补缀衣服的他娘身边去和她谈谈，忽而他却听见了一个男子的脚步声，从后园的旁门里走了进来。

“老太太，你在补衣服么？”

“唉，福生，你说话说得轻些，雄飞在那儿看书。你们的账，我过几天会来付的。”

他的娘轻轻地在止住着他，禁他放大声音，免得厉鹗听见了要心里难受的。这被叫作福生的男子，却是后街上米铺子里的一位掌柜，厉家欠这米铺子的账，已积欠了着实不少，而这福生的前来催索，今天也不是第一次了。米店里因厉家本是孝廉公的府上，而这位老太太和孝廉公自己，平日又是非常谨慎慈和的人，所以每次前来讨账，总是和颜悦色地说一声就走的。福生从后园的旁门里重新走了出去之后，正想立起身来上后轩去和他娘攀谈的厉鹗，却呆举着头，心里又忧郁了起来。呆呆地默坐了一会，拿起烟袋来装上了一筒烟，嘴里啊啊的叹了一声，轻轻念着："东边日出西边雨，南阮风流北阮贫"，他就立起来踏上了后轩，去敲火石点烟吸了。一边敲着火石，一边他就对他娘说：

"娘，我的穷，实在也真穷得可以，倒难怪蒋氏的每次去催她，她总不肯回来。……"

敲好火石，点烟吸上之后，他又接着对他娘说：

"娘，今晚上你把我那件锦绸绵袍子拿出去换几个钱来，让我出门去一趟，去弄它一笔大款子进来，好预备过年。……"

说着，吸着烟，他又在后轩里徘徊着踱了几圈。举头向后园树梢的残阳影子看了一眼，他突然站立住脚，回想起了什么似的，回头看向了他的娘，又问说：

"娘，我的那件夹袍，还在里头么？"

"唉，还在里头。"

他的娘却只俯着头，手里仍缝着针线，眼也不举一举，轻轻地回答了他一声；又踌躇莫决地踱了一圈，走上他娘的身边来立住了脚，他才有点羞缩似的微笑着，俯首对她说：

"娘，那件夹的要用了，你替我想个法子去赎了出来，让我带了去。"

他娘也抬起头来了，同样地微笑着对他说：

"你放心罢，我自然会替你去赎的，你打算几时走？"

"就坐明天的夜航船去，先还是到湖州去看看。"

母子俩正亲亲热热地，在这样谈议着的时候，太阳已渐渐地渐渐地落下了山去。静静儿在厨下打瞌睡的那位厉家的老用人李妈，也拖着一只不十分健旺的跛脚，上后园的井边去淘夜饭米去了。

二

从杭州去湖州，要出北关门，到新关的船埠头去趁夜航船的。沿运河的四十五里塘下去，至安溪奉口，入德清界，再从余不溪中，向北直航，到湖州的南城安定门外霅溪埠头为止，路虽则只有一百数十余里，但在航船上却不得不过一夜和半天，要坐十几个时辰才能到达。

为儿子预备行装，忙了一个上午的厉老太太，吃过中饭，又在后轩坐下了，在替她儿子补两双破袜。向来是勤劳健旺的这位老太太，究竟是年纪大了，近来也感觉到了自己的衰老。头上的满头白发，倒还不过是表面的征象，这一二年来，一双眼睛的老花，却使她深深地感到了年齿的迟暮，并且同时也感到了许多不便。譬如将线穿进针孔里去的这一件细事，现在也非要戴上眼镜，试穿六七八次，才办得了了。她绵密周到地将两双袜子补完之后，又把儿子的衣箱重理了一理，看看前面院子里的太阳，也已经斜得很西，总约莫是过了未刻的样子，但吃过中饭就拿了些银子出去剃头的厉鹗，到这时候却还没有回来。

“雄飞这孩子，不知又上哪里去了？”

斜举起老眼，一面看着院子里的阳光角度，一面她就自言自语地这样轻轻说了一声。走回转身到了后轩，她向厨下高声叫了李妈，命她先烧起饭来，等大少爷回来，吃了就马上可以起身；因为虽然坐的是轿子，比步行要快些，但从她们那里，赶出北关，却也有十多里地的路程，并且北关门是一到酉刻，就要下锁的。

等饭也烧好，四碗蔬菜刚摆上桌子的时候，久候不归的厉鹗，却头也不剃，笑嘻嘻地捧了一部旧书回来了。一到后轩，见了他娘，他就欢天喜地的叫着说：

“娘，我又在书铺里看到了这部珍宝，所以连剃头的钱都省了下来买了它。有这一部书在路上作伴，要比一个书童或女眷好得多哩！”

说着他连坐也不坐下来，就立着翻开了在看。他娘皱着眉头，看了看他的瘦长的身体和清癯的面貌，以及这一副呆痴的神气，也不觉笑开了她那张牙齿已经掉落了的小嘴。一面笑着摇着头，一面她就微微带着非难似的催促他说：

“快吃饭罢！轿子就要来了哩，快吃完了好动身，时候已经不早了。看你这副样子，头也不剃一个，真像是刚从病床上起来的神气。”

匆匆吃完了饭，向老母用人叮嘱了一番，上轿出门，赶到北关门外，坐在轿子里看着刚才买来的那部宋人小集的厉鹗，已经觉得书上面的字迹，有点黑暗模糊，看不大清楚了。又向北前进了数里，到得新关码头起下轿来的时候，前后左右，早就照满了星星的灯火，航船埠头特有的那种人声嘈杂的混乱景象，却使他也起了一种漂泊天涯的感触。航船里的舟子，是认识这位杭城的名士樊榭先生的，今年春间，他还坐过这一只船，从湖州转回杭州来，当时上埠头来送他的，全是些湖州有名的殷富乡绅，像南城的奚家、吴家，竹溪的沈家各位先生，都在那里。所以舟子从灰暗的夜空气里，一看见这位清癯瘦削的厉先生下了轿子，就从后舱里抢上了岸。

“樊榭先生，上湖州去么？我们真有缘，又遇着了我的班头。……前一月我上竹溪去，沈家的几位少爷还在问起你先生哩。他问我近来船到杭州有没有跑进城去，可听到什么关于厉先生的消息，……他似乎是知道了你在害病，知道了……知道了……曷亨，曷亨……知道了你们家里的事情……”

舟子这样的讲着，一面早将行李搬入了中舱，扶厉鹗到后舱高一段的地方去坐下了。面上满装着微笑，对舟子只在点头表示着谢意的他，听了舟子的这一番话，心里头又深深地经验到了那种在端午节前后所感到过的不快。

“原来那泼妇的这种不孝不敬，不淑不贞的行径，早已恶声四布了！”

心里头老这样的在回想着，这一晚他静静听橹声的咿呀，躺睡在黑暗的舱中被里，直到三更过后，方才睡熟。

第二天从恶梦里醒了转来，满以为自己还睡在那间破书堆满的东厢房里，正在擦着眼睛打呵欠的时候，舟子却笑嘻嘻地进舱来报告着说：

“樊榭先生，醒了么？昨天后半夜起了东南风，今天船特别到得早，这时候还没有到午刻哩。我已经上岸去通知过奚家了，他们的轿子跟我来了在埠头上等着你。”

三

一听见厉鹗到了湖州，他的许多旧友，就马上聚了拢来。那一天晚上，便在南城奚家的鲍氏溪楼，开了一个盛大的宴会。来会的人，除府学教官及归安乌程两县的县学老师之外，还有吴家的老丈，竹溪沈家的弟兄叔侄五六人。他们做做诗，说说笑话，互相问问各旧友的消息，一场欢宴直吃到三更光景，方才约定了以后的游叙日程，分头散去。

厉鹗上吴家去住住，到府学的尊经阁东面桂花厅去宿宿，上岘山道场山下菰城等地方去登登高，又摇着小艇，去浮玉山衡山漾后庄漾等泽国去看看秋柳残荷，接连就同在梦里似的畅游了好几天。天气也日日的晴和得可爱，桂花厅前后的金银早桂，都暗暗的放出微香来了，而傍晚的一钩新月，也同画中的风景似的，每隐约低悬在蓝苍的树梢碧落之西；处身入了这一个清幽的环境之内，而日日相见的又尽是些风雅豪爽的死生朋友，所以他在湖州住不上几日，就早把这三个月以来的懊恼郁闷的忧怀涤净了。

有一天晚上，白天刚和沈氏兄弟去游了菁山常照寺回来，在沈家城里的那间大宅第的西花厅上吃晚饭。吃过晚饭，将烟和茶及果实等搬到了花园的茅亭里面，厉鹗和沈六就坐了下来，一边吸烟谈天，一边在赏那晴空里的将快圆了的月亮。

“太鸿兄，月亮就快圆了，独在异乡为异客，你可有花好月圆的感触？”

这是沈家最富有的一房里大排行第六的幼牧，含着一脸藏有什么阴谋在心似的微笑，向厉鹗发的问话。厉鹗静吸着烟，举头呆对着月亮，静默了好一会，方才像在和月亮谈天似的轻轻独语着说：

“唉！人非木石，感触哪里会没有？……可是已经到了中年以后了，万事也只好不了了之。……”

又吸了几口烟后，重复继续着说：

“春月原不能使我大喜，但这秋月倒的确要令人悲哀起来！……”

幼牧就放声笑了起来说：

“我想施一点法术在你的身上，把这秋月变成一个春月，你以为怎么样？”

“那只有神仙，才办得到。”

“你若是不信的话，那我同你去游湖去，未到中秋先赏月，古人原也曾试过，这不秉烛的夜游，的确是能够化悲为喜的。”

正说到了这里，幼牧的堂兄绎旃，却笑嘻嘻地闯入了茅亭，对两个坐在那里吸烟的人喝了一声说：

“这样好的月明之夜，尽坐在茅亭里吞云吐雾，算怎么一回事！去，去，我们去游湖去。船已经预备好了，我并且还预备了一点酒菜在那里，让我们喝醉了酒，去打开西塞寺的门来。”

不多一会，三人坐着的一只竹篷轩敞的游船，已在碧浪湖的月光波影里荡漾了。十三夜的皎洁的月亮，正行到了浮玉塔的南面，南岸妙喜山衡山一带的树木山峰，都像是雪夜的景致，望过去溟蒙幽远，在白茫茫的屏障上，时时有一点一簇的黑形，和一丝一缕的银箭闪现出来。西面道场山的尖塔，因为船在摇动的缘故，看起来绝似一个醉了酒的巨人，在万道的波光和一天的月色里，踉跄舞蹈，招引着人。湖面上的寂静，使三人的笑语声，得到了分外的回响。间或笑语停时，则一支柔橹的清音，和湖鱼跃水的响声，听了又会使人生出远离尘世的逸想来。渐摇渐远，船到了去浮玉塔不远的地方，回头一望，南门外的几点灯火，和一排城市人家，却倒印在碧波心里，似乎是海上的仙山。西北的弁山，东北的孺岭，高虽则高，但因为远了，从月光里遥望过去，只剩了极淡极淡的蔚蓝的一刷，正好做这一幅碧浪湖头秋月夜游图的崇高的背景。

三人说说看看，喝喝酒，在不知不觉的中间，船已经摇过了浮玉山旁，渐渐和西南的金盖山西塞山接近起来了，这时候月亮也向西斜偏了一点，船舱里船篷上满洒上了一层霜也似的月华。厉鹗当喝了几杯酒的微醉之后，又因为说话说得多了，精神便自然而然的兴奋了起来。以一只手捏住的烟袋，一只手轻轻敲击着船舷，他默对着船外面的月色山光，仅在想今天游常照寺的事情。默坐了一会，他的诗兴来了。轻轻念着哼着，不多一刻，他竟想成了一首游常照寺的诗。

“绎旃，幼牧，我有一首诗做好了，船里头纸笔有没有带来？”

“这倒忘了。”

绎旃搔着头回答了一声。也是静默着在向舱外瞭望的幼牧，却掉转了头来说：

“船已经到了西塞山前了，让我们上岸去，上西塞山庄去写出来罢？”

四

这西塞山庄，就在西塞寺下，本来是幼牧的外婆家城里朱氏的别业，背山面湖，隔着湖心的浮玉山，遥遥与吴兴的城市相对，风景清幽绝俗，是碧浪湖南岸的一个胜地。

在城里的南街上，去沈家的第宅不远，另外还住着有一家朱家的同族的人。这一家朱家，虽则和幼牧的外婆家是五服以内的同宗，但家势倾颓，近来只剩了一个年将五十的穷秀才在那里支撑门户了。这一位穷秀才虽则也曾娶过夫人，但一向却没有生育，所以就将他兄弟的一个女儿满娘，于小的时候，抱了过来，抚为己女。后来满娘的亲生父母兄弟姊妹都死掉了，满娘自然把这伯父伯母，当作了她的亲生的爷娘，而这一对朱氏老夫妇也喜欢得她比亲生的女儿还要溺爱。去年的冬天，满娘的老伯母患了肺痨病死了，满娘虽则还是一个十六岁的孩子，但她的悲哀伤感，比她的老伯父还要沉痛数倍。从此之后，她的行动心境，就完全变过了。本来是一个肥白愉快、天真活泼的小孩子的她，经过了这一个打击，在几个月中间，就变成了一个静默端庄、深沉和蔼的少妇。对于老伯父的起居饮食的用意，和一家的调度，当然要她去一手承办，就是伯母的丧葬杂务，以及亲串中间的礼仪往还，她也件件做得周周到到，无论如何，总叫人家看不出她是一个十六七岁的女孩子来。

她的心境行动一变之后，自然而然，她的装饰外貌，也就随之而变了。本来是打着一条长辫的她的满头黑发，因为伯母死了，无人为她梳掠，现在却只能自己以白头绳来梳成了一个盘髻。肥嫩红润的双颊，本来是走起路来，老在颠动的，但近来却因操劳过度，悲痛煎心之故，于瘦减了几分之外，还加上了一层透明苍白的不健康的颜色。高划在她的那双亮晶晶的双层皮大眼睛之上的两条细长的眉毛，本来是一天到晚总畅展着在表示微笑的，现在可常常有紧锁起来的时候了。还有在高鼻下安整地排列在那里的那两条嘴唇，现在也包紧的时候多，曲笑的时候少了。全部的面貌，本来是肥白圆形的，现在一瘦，却略带点长形起来了。从前摆动着小脚跑来跑去，她并不晓得穿着裙子的，现在因服孝之故，把一条白布裙穿上了，远看起来，觉得她的本来也就很发育得完整的身体，又高了几分。

虽则是很远了，但幼牧和她，却仍是中表。又因居处的相近，和那位老秀才的和蔼可亲的缘故，幼牧平时，也常上她们家里去坐坐，和这孤独的老娘舅小表妹等谈些闲天，所以他的朋友的这位杭州名士厉樊榭先生，他们父女原也会看见过听到过的。

今年夏天，正当厉鹗母子，在受蒋氏的威胁的时候，消息传到了湖州，幼牧也曾将这事情，于不意之中，向他们父女们说了一阵。说到了厉老太太的如何慈和明达，厉鹗的如何清高纯洁，而苍天无眼，却偏使他既无子嗣，又逢悍妇的地方，他们父女俩，竟呜呜咽咽的哭了起来。因为老秀才也想起了自己的年高无子，而满娘却从慈和明达的厉老太太身上想到了她的已故的伯母。

这一回当厉鹗的来游之日，幼牧一见了他的衰瘦的容颜的消沉的意态，就想起了他的家庭，因而也想到了满娘。自从那一晚在鲍氏溪楼会宴之后，幼牧就定下了为满娘撮合的决心。

他乘机先于朱秀才不在的中间，婉转向满娘露了一点口风，想看看她的意向如何。聪慧的满娘，一得到了幼牧的讽示，早就明白了，立时便涨红了脸，俯下了头，一点儿可否的表示也没有。幼牧因她的不坚决拒绝的结果，觉得这事情在她本人，是没有什么的了，所以以后便一次一次的向朱老娘舅费了许多的唇舌。起初朱老秀才，一定不肯答应，直到后来幼牧提出了两条条件之后，他方才不再坚持下去了。以己度人，他觉得为无后者续续嗣，也是一种功德，而樊榭先生的人格天才，也不是可和寻常一例的人相比的；更何况幼牧所担保的两条条件，一，结亲之后，两人仍复住在湖州，二，他老自己的养老归山等问题，全由幼牧来替他负责料理，又是很合理的事情。

幼牧于这几日中间，暗暗里真不知费尽了几多的心血。朱家答应之后，接着就是办妆奁，行聘礼等杂事的麻烦了。到了八月十二，差不多的事情，都已经筹划得停停当当了，可是平日每清介自守，毫末不肯以一己之事而累及他人的厉鹗，却还是一个问题。幼牧对此，当然是也有几分把握的，因为一，厉鹗并不是一位口是心非的假道学；二，他万一不愿意的话，那在湖州的他的旧友多人，都是幼牧的帮手，就是用了强制手段，也可以办得下去的。幼牧对此事的把握是虽然有几分的，可是到了最后，万一这当事的主人公，假若有点异议，那也是美中不足的恨事，所以这十三夜的月下游湖，也是幼牧和绎旃预先商定了的暗中的计划。先一日幼牧已经择定了西塞山庄，为满娘的发奁发轿的地方，父女两人，早已从南街迁过去住在那里了。今天白天的去游常照寺，本来也是想顺路引厉鹗上西塞山庄去吃晚饭的，但因为事情太急，厨子预备不及，所以又坐轿转回了城里。但刚在吃晚饭的时候，从西塞山庄又来了传信的人，说一切已经准备好了，于是他们就决定了这月夜的游湖。

五

月亮恰斜到了好处，酒又喝得有点微醉，诗兴也正浓的厉鹗，一到西塞山庄的延秋阁上，幼牧就为他介绍了他的老娘舅和表妹。厉鹗在红灯影里，突然间见了这淡装素服的满娘，却也同小孩子似的害起了羞来。先和朱秀才谈了一阵，后来也同先生问学生似的，亲亲热热的问了满娘的年纪，问她可曾读书，可有兄弟姊妹。幼牧在旁边听着倒有点急起来了，只怕事情要拆穿，所以一把拖了厉鹗，就上挹翠楼上跑，说：

"先去写诗去，谈天落后好谈的。"

这挹翠楼是西塞山庄里风景最好的地方。上了这楼，向西北开窗望去，不但碧浪湖中的一山一水，历历尽在目前，就是弁山的远岫，和全市的人家，也是若近若远，有招之即来的气势。厉鹗在楼上写好了诗，幼牧就教厨子摆上酒菜，撤去灯烛，向西北开窗，再看月亮。这时候大约总在二更之后的戌亥之交，月光刚刚正对着楼面。灯烛撤后，这四面凭空的挹翠楼中，照得通明彻透，似乎是浸在水里的样子。

厉鹗喝喝酒，看看四面的山色湖光，更唱唱自己刚才写好的那首诗，一时竟忘记了是身在人间了。幼牧更琅琅背诵起了厉鹗自己也满觉得是得意的他的游仙诗来。当背诵到了“只恐无端赚刘阮，洞门不许种桃花”的两句的时候，幼牧却走了过去拉住了厉鹗的手坐下问他说：

“刚才在延秋阁上我种的那株桃花怎么样？”

厉鹗大笑了起来说：

“罪过罪过，那并不是桃花，雅静素洁，倒大有罗浮仙子的风韵，若系桃花，当然也是白桃花之类的上品。”

“那么你究竟愿不愿意做西塞山前的刘阮呢？”

“真是笑话，沈郎已恨蓬山远，这不是你的意思么？”

“那么我再背一句你的游仙诗来问你，‘明朝相访向蓬莱’，何如？”

说到了这里，幼牧就在谈话之中除去了谐谑的语调，缓慢地深沉地说出了他这几日来所费的苦心，和在湖州的旧友一同对他所抱有的热意与真诚。厉鹗起初听了，还以为是幼牧有意在取笑作乐，但一层一层，一件一件的听到后来，他的酒醉得微红的脸上，竟渐渐的变了颜色，末了却亮晶晶地流起眼泪来了。幼牧于说完了满娘的身世，及这一回的计划筹备之后，别的更没有什么话说了，便也沉默了下去，看向

了窗外。三人在楼上的月光里默默的坐了好一会，西塞寺里的夜半的钟声，却隐隐的响过来了，厉鹗就同梦里醒转来似的，立起了身，走入了幼牧绎旃二人的中间，以两手拍着他们的肩背，很诚挚地说：

“好，我就承受了你们的盛意，后天上鲍氏溪楼去迎娶这位新人。可是，可是，……唉……”

说到了这里，他的喉咙又哽咽住成了泪声，幼牧绎旃不让他说完，就扶着他同拖也似的拉他下了楼，三人重复登舟摇回到了城里。

八月十五，天上半点云彩星光都看不出来。一轮满月，照彻了碧浪湖的山腰水畔。南城的鲍氏溪楼上，点得灯烛辉煌，坐满了吴兴阖群的衣冠文士。到了后半夜，大家正在兴高采烈，计议着如何的限韵分题，如何的闹房赌酒的中间，幼牧却大笑着，匆匆从楼下跑了上来，拿着一张红笺，向大家报告着说：

“题和韵都有了，是新贵人出在这里的，这是他的原作，只教各人和他一首就对。可是闹房的这一件事情，今天却很为难。因为新人夫妇，早就唱曲吹箫，逃向西陵去了。不过大家要明白，这樊榭先生，是一位孝子，他只怕不告而取，要得罪厉太夫人，所以才急急的回去，大约不上几日，仍旧要回湖州来的，让我们到那时候，再闹几天新房，也还不迟。”

说完之后，大家都笑骂了起来，说幼牧是个奸细，放走了这一对新人。其实呢，这的确也是幼牧的诡计，因为满娘厉鹗，两人都喜欢清静的，若在新婚的初夜，就被闹一晚，也未免太使他们吃亏了，所以他就暗中雇就了一只大船，封了二百金婚仪，悄悄在月下送他们回了杭州。

由幼牧拿上楼来，许多座客在那里争先传观的那首厉鹗的诗，却是一首五古：

中秋月夜吴兴城南鲍氏溪楼作

银云洗鸥波，月出玉湖口。
照此楼下溪，交影卧槐柳。
圆辉动上下，素气浮左右。
坐迟月入楼，寂寂人定后。
裴徊委枕簟，窈窕穿户牖。
言念婵媛子，牵萝凝伫久。
纳用沈郎钱，笑沽乌氏酒。
白蘋张佳期，彤管劳掺手。
乘月下汀州，遥山半衔斗。
明当渡江时，复别溪中叟。

六

悼亡姬十二首（并序）

乾隆七年壬戌正月钱塘厉鹗作

姬人朱氏，乌程人，姿性明秀，生十有七年矣，雍正乙卯，予薄游吴兴，竹溪沈徵士幼牧，为予作缘，以中秋之夕，舟迎于碧浪湖口，同载而归，予取净名居士女字之曰月上。姬人针管之外，喜近笔砚，影拓书格，略有楷法，从予授唐人绝句二百余首，背诵皆上口，颇识其意。每当幽忧无俚，命姬人缓声循讽，未尝不如吹竹弹丝之悦耳也。余素善病，姬人事予甚谨。辛酉初秋，忽婴危疾，为庸医所误，沉绵半载，至壬戌正月三日，泊然而化，年仅二十有四，竟无子。悲逝者之不作，伤老境之无悰，爰写长谣，以摅幽恨。

无端风信到梅边，谁道蛾眉不复全，

双桨来时人似玉，一奁空去月如烟，

第三自比青溪妹，最小相逢白石仙，
十二碧栏重倚遍，那堪肠断数华年。

门外鸥波色染蓝，旧家曾记住城南，
客游落托思寻藕，生小缠绵学养蚕，
失母可怜心耿耿，背人初见发鬖鬖，
而今好事成弹指，犹剩莲花插戴簪。

怅怅无言卧小窗，又经春雪扑寒釭，
定情顾兔秋三五，破梦天鸡泪一双，
重问杨枝非昔伴，漫歌桃叶不成腔，
妄缘了却俱如幻，居士前身合姓庞。

东风重哭秀英君，寂寞空房响不闻，
梵夹呼名翻满字，新诗和恨写回文，
虚将后夜笼鸳被，留到前春簇蝶裙，
犹是踏青湖畔路，殡宫芳草对斜曛。[①]

病来倚枕坐秋宵，听彻江城漏点遥，
薄命已知因药误，残妆不惜带愁描，
闷凭盲女弹词话，危托尼姑祝梦妖，

① 姬人权厝西湖之南。——作者注

几度气丝先诀绝，泪痕兼雨洗芭蕉。

一场短梦七年过，往事分明触绪多，
搦管自称诗弟子，散花相伴病维摩，
半屏凉影颓低髻，幽径春风曳薄罗，
今日书堂觅行迹，不禁双鬓为伊皤。

零落遗香委暗尘，更参绣佛忏前因，
永安钱小空宜子，续命丝长不系人，
再世韦郎嗟已老，重寻杜牧奈何春，
故家姐妹应肠断，齐向州前泣白蘋。

郎主年年耐薄游，片帆望尽海西头，
将归预想迎门笑，欲别俄成满镜愁，
消渴频烦供茗椀，怕寒重与理熏篝，
春来憔悴看如此，一卧枫根尚忆否？

何限伤心付阿灰，人间天上两难猜，
形非通替无由睹，泪少方诸寄不来，
嫩萼忽闻拚猛雨，春酥忍说化黄埃，
重三下九嬉游处，无复蟾钩印碧苔。

除夕家筵已暗惊，春醪谁分不同倾，

衔悲忍死留三日，爱洁耽香了一生，
难忘年华柑尚剖，[①]瞥过石火药空擎，
只余陆展星星发，费尽愁霜染得成。

约略流光事事同，去年天气落梅风，
思乘荻港扁舟返，肯信妆楼一夕空，
吴语似来窗眼里，楚魂无定雨声中，
此生只有兰衾梦，其奈春寒梦不通。

旧隐南湖渌水旁，稳双栖处转思量，
收灯门巷忺微雨，汲井帘栊泥早凉，
故扇也应尘漠漠，遗钿何在月苍苍，
当时见惯惊鸿影，才隔重泉便渺茫。

一九三二年十月在杭州写

原载一九三三年一月《东方杂志》月刊第三十卷第一号

① 姬人殁之前一夕，索予擘温柑，尚食其半。——作者注

瓢儿和尚

为《咸淳·淳祐临安志》《梦粱录》《南宋古迹考》等陈朽得不堪的旧籍迷住了心窍，那时候，我日日只背了几册书，一支铅笔，半斤面包，在杭州凤凰山，云居山，万松岭，江干的一带采访寻觅，想制出一张较为完整的《南宋大内图》来，借以消遣消遣我那时的正在病着无聊的空闲岁月。有时候，为了这些旧书中的一半言语，有些蹊跷，我竟有远上四乡，留下以及余杭等处去察看的事情。

生际了这一个大家都在忙着争权夺利，以人吃人的二十世纪的中国盛世，何以那时候只有我一个人会那么的闲空的呢？这原也有一个可笑得很的理由在那里的。一九二七年的革命成功以后，国共分家，于是本来就系大家一样的黄种中国人中间，却硬的被涂上了许多颜色，而在这些种种不同的颜色里的最不利的一种，却叫作红，或叫作赤。因而近朱者，便都是乱党，不白的，自然也尽成了叛逆，不管你怎么样的一个勤苦的老百姓，只须加上你以“莫须有”的三字罪名，就可以夷你到十七八族之远。我当时所享受的那种被迫上身来的悠闲清福，来源也就在这里了，理由是因为我所参加的一个文学团体的杂志上，时常要议论国事，毁谤朝廷。

禁令下后，几个月中间，我本混迹在上海的洋人治下，是冒充着有钱的资产阶级的。但因为在不意之中，受到了一次实在是奇怪到不可思议的袭击之后，觉得洋大人的保护，也有点不可靠了，因而翻了一个筋斗，就逃到了这山明水秀的杭州城里，日日只翻弄些古书旧籍，扮作了一个既有资产，又有余闲的百分之百的封建遗民。追思凭吊南宋的故宫，在元朝似乎也是一宗可致杀身的大罪，可是在革命成功的当日，却可以当作避去嫌疑的护身神咒看了。所以我当时的访古探幽，想制出一张较为完整的《南宋大内图》来的副作用，一大半也可以说是在这 Camouflage 的造成。

有一天风和日朗的秋晴的午后，我和前几日一样的在江干鬼混。先在临江的茶馆里吃了一壶茶后，打开带在身边的几册书来一看，知道山川坛就近在咫尺了，再溯上去，就是凤凰山南腋的梵天寺胜果寺等寺院。付过茶钱，向茶馆里的人问了路径，我就从八卦田西南的田塍路上，走向了东北。这一日的天气，实在好不过，已经是阴历的重阳节后了，但在太阳底下背着太阳走着，觉得一件薄薄的衬绒袍子都还嫌太热。我在田塍野路上穿来穿去走了半天，又向山坡低处立着憩息，向东向南的和书对看了半天，但所谓山川坛的那一块遗址，终于指点不出来。同贪鄙的老人，见了财帛，不忍走开的一样，我在那一段荒田蔓草的中间，徘徊往复，寻到了将晚，才毅然舍去，走上了梵天塔院。但到得山寺门前，正想走进去看看寺里的灵鳗金井和舍利佛身，而冷僻的这古寺山门，却早已关得紧紧的了，不得已就只好摩挲了一回门前的石塔，重复走上山来。正走到了东面山坞中间的路上，恰巧有几个挑柴下来的农夫和我遇着了，我一面侧身让路，一面也顺便问了他们一声："胜果寺是在什么地方的？去此地远不远了？"走在末后的一位将近五十的中老农夫听了我的问话，却息下了柴担指示给我说：

"喏，那面山上的石壁排着的地方，就是胜果寺吓！走上去只有一点点儿路。你是不是去看瓢儿和尚的？"

我含糊答应了一声之后，就反问他："瓢儿和尚是怎么样的一个人？"

"说起瓢儿和尚，是这四山的居民，没有一个不晓得的。他来这里静修，已经有好几年了。人又来得和气，一天到晚，只在看经念佛。看见我们这些人去，总是施茶给水，对我们笑笑，只说一句两句慰问我们的话，别的事情是不说的。因为他时常背了两个大木瓢到山下来挑水，又因为他下巴中间有一个很深的刀伤疤，笑起来的时候老同卖瓢儿——这是杭州人的俗话，当小孩子扁嘴欲哭的时候的神气，就叫作卖瓢儿——的样子一样，所以大家就自然而然的称他作瓢儿和尚了。"

说着，这中老农夫却也笑了起来。我谢过他的对我说明的好意，和他说了一声"坐坐会"，就顺了那条山路，又向北的走上了山去。

这时候太阳已经被左手的一翼凤凰山的支脉遮住了，山谷里只弥漫着一味日暮的萧条。山草差不多是将枯尽了，看上去只有黄苍苍的一层褐色。沿路的几株散点在那里的树木，树叶也已经凋落到恰好的样子。半谷里有一小村，也不过是三五家竹篱茅舍的人家，并且柴门早就关上了，从弯曲的小小的烟突里面，时时在吐出一丝一丝的并不热闹的烟雾来。这小村子后面的一带桃林，当然只是些光干儿的矮树。沿山路旁边，顺谷而下，本有一条溪径在那里的，但这也只是虚有其名罢了，大约自三春雨润的时候过来，直到那时总还不曾有过沧浪的溪水流过，因为溪里的乱石上的青苔，大半都被太阳晒得焦黄了。看起来觉得还有一点生气的，是山后面盖在那里的一片碧落，太阳似乎还没有完全下去，天边贴近地面之处，倒还在呈现着一圈淡淡的红霞。当我走上了胜果寺的废墟的坡下的时候，连这一圈天边的红晕，都看不出来了，散乱在我的周围的，只是些僧塔，残磉，菜圃，竹园，与许多高高下下的狭路和山坡。我走上了坡去，在乱石和枯树的当中，总算看见了三四间破陋得不堪的庵院。西面山腰里，面朝着东首歪立在那里的，是一排三间宽的小屋，倒还整齐一点，可是两扇寺门，也已经关上了，里面寂静灰黑，连一点儿灯光人影都看不出来。朝东缘山腰又走了三五十步，在那排屏风似的石壁下面，才有一个茅篷，门朝南向着谷外的大江半开在那里。

我走到茅篷门口，往里面探头一看，觉得室内的光线还明亮得很，几乎同屋外的没有什么差别。正在想得奇怪，又仔细向里面深处一望，才知道这光线是从后面的屋檐下射进来的，因为这茅篷的后面，墙已经倒坏了。中间是一个临空的佛座，西面是一张破床，东首靠泥墙有一扇小门，可以通到东首墙外的一间小室里去的。在离这小门不远的靠墙一张半桌边上，却坐着一位和尚，背朝着了大门，在那里看经。

我走到了他那茅篷的门外立住，在那里向里面探看的这事情，和尚是明明知道的，但他非但头也不朝转来看我一下，就连身子都不动一动。我静立着守视了他一回，心里倒有点怕起来了，所以就干咳了一声，是想使他知道门外有人在的意思。听了我的咳声，他终于慢慢的把头朝过来了，先是含了同哭也似的一脸微笑，正是卖瓢儿似的一脸微笑，然后忽而同惊骇了一头的样子，张着眼呆了一分钟后，表情就又复原了，微笑着只对我点了点头，身子马上又朝了转去，去看他的经了。

我因为在山下已经听见过那樵夫所说的关于这瓢儿和尚的奇特的行径了，所以这时候心里倒也并不觉得奇怪，但只有一点，却使我不能自已地起了一种好奇的心思。据那中老农夫之所说，则平时他对过路的人，都是非常和气，每要施茶给水的，何以今天独见了我，就会那么的不客气的呢？难道因为我是穿长袍的有产知识阶级，所以他故意在表示不屑与周旋的么？或者还是他在看的那一本经，实在是有意思得很，故而把他的全部精神都占据了去的缘故呢？从他的不知道有人到门外的那一种失心状态看来，倒还是第二个猜度来得准一点，他一定是将全部精神用到了他所看的那部经里去了无疑。既是这样，我倒也不愿意轻轻的过去，倒要去看一看清楚，能使他那样地入迷的，究竟是一部什么经。我心里头这样决定了主意以后，就也顾不得他人的愿意不愿意了，举起两脚，便走进门去，走上了他的身边，他仍旧是一动也不动地伏倒了头在看经。我向桌上摊开在那里的经文页缝里一看，知道是一部《楞严义疏》。楞严是大乘的宝典，这瓢儿和尚能耽读此书，真也颇不容易，于是继第一个好奇心而起的第二个好奇心就又来了，我倒很想和他谈谈，好向他请教请教。

“师父，请问府上是什么地方？”

我开口就这样的问了他一声。他的头只从经上举起了一半，又光着两眼，同惊骇似的向我看了一眼，随后又微笑起来了，轻轻地像在逃遁似的回答我说：

“出家人是没有原籍的。”

到了这里，却是我惊骇起来了，惊骇得连底下的谈话都不能继续下去。因为把那下巴上的很深的刀伤疤隐藏过后的他那上半脸的面容，和那虽则是很轻，但中气却很足的一个湖南口音，却同霹雳似的告诉了我以这瓢儿和尚的前身，这不是我留学时代的那个情敌的秦国柱是谁呢？我呆住了，睁大了眼睛，屏住了气息，对他盯视了好几分钟。他当然也晓得是被我看破了，就很从容的含着微笑，从那张板椅上立了起来。一边向我伸出了一只手，一边他就从容不迫的说：

“老朋友，你现在该认识我了罢？我当你走上山来的时候，老远就瞥见你了，心里正在疑惑。直到你到得门外咳了一声之后，才认清楚，的确是你，但又不好开口，因为不知道你对我的感情，经过了这十多年的时日，仍能够复原不能？……”

听了他这一段话，看了他那一副完全成了一个山僧似的神气，又想起了刚才那樵夫所告诉我的瓢儿和尚的这一个称号，我于一番惊骇之后，把注意力一松，神经弛放了一下，就只觉得一股非常好笑的冲动，冲上了心来。所以捏住了他的手，只“秦国柱！秦……国……柱”的叫了几声，以后竟哈哈哈哈的笑出了眼泪，有好久好久说不出一句有意思的话来。

我大笑了一阵，他立着微笑了一阵，两人才撇开手，回复了平时的状态。心境平复以后，我的性急的故态又露出来了，就同流星似的接连着问了他许多问题："姜桂英呢？你什么时候上这儿来的？做和尚做得几年了？听说你在当旅长，为什么又不干了呢？"一类的话，我不等他的回答，就急说了一大串。他只是笑着从从容容的让我坐下了，然后慢慢的说：

“这些事情让我慢慢的告诉你，你且坐下，我们先去烧点茶来喝。”

他缓慢地走上了西面角上的一个炉子边上，在折柴起火的中间，我又不耐烦起来了，就从板椅上立起，追了过去。他蹲下身体，在专心致志地生火炉，我立上了他背后，就又追问了他以前一刻未曾回答我的诸问题。

“我们的那位同乡的佳人姜桂英究竟怎么样了呢？”

第一问我就固执着又问起了这一个那时候为我们所争夺的惹祸的苹果。

姜桂英虽则是我的同乡，但当时和她来往的却尽是些外省的留学生，因此我们有几个同学，有一次竟对她下了一个公开的警告，说她品行不端，若再这样下去，我们要联名向政府去告，取消她的官费。这一个警告，当然是由我去挑拨出来的妒嫉的变形，而在这警告上署名的，当然也都是几个同我一样的想尝尝这块禁脔的青春鳏汉。而出乎大家的意料之外，这个警告出后不多几日，她竟和下一学期就要在士官学校毕业的我们的朋友秦国柱订婚了。得到了这一个消息之后，我的失意懊丧，正和杜葛纳夫在《一个零余者的日记》里所写的那个主人公一样，有好几个礼拜没有上学校里去上课。后来回国之后，每在报上看见秦国柱的战功，如九年的打安福系，十一年的打奉天，以及十四年的汀泗桥之战等，我对着新闻记事，还在暗暗地痛恨。而这一个恋爱成功者的瓢儿和尚却只是背朝着了我，带着笑声在舒徐自在的回答我说：

“佳人么？你那同乡的佳人么？已经……已经属了沙吒利了。……哈哈……哈……这些老远老远的事情，你还问起它作什么？难道你还想来对我报三世之仇么？”

听起他的口吻来，仿佛完全是在说和他绝不相干的第三者的事情的样子。我问来问去的问了半天，关于姜桂英却终于问不出一点眉目来，所以没有办法，就只能推进到以后的几个问题上去了，他一边用蒲扇扇着炉子，一边便慢慢的回答我说：

“到了杭州来也有好几年了……做和尚是自从十四年的那一场战役以后做起的……当旅长真没有做和尚这样的自在……”

等他一壶水烧开，吞吞吐吐地把我的几句问话约略模糊的回答了一番之后，破茅篷里，却完全成了夜的世界了。但从半开的门口，没有窗门的窗口，以及泥墙板壁的破缝缺口里，却一例的射进了许多同水也似的月亮光来，照得这一间破屋，晶莹透彻，像在梦里头做梦一样。

走回到了东墙壁下，泡上了两碗很清很酽的茶后，他就从那扇小门里走了进去，歇了一歇，他又从那间小室里拿了一罐小块的白而且糯的糕走出来了。拿了几块给我，他自己也拿了一块吃着对我说：

“这是我自己用葛粉做的干粮，你且尝尝看，比起奶油饼干来何如？”

我放了一块在嘴里，嚼了几嚼，鼻子里满闻到了一阵同安息香似的清香。再喝了一口茶，将糕粉吞下去以后，嘴里头的那一股香味，还仍旧横溢在那里。

“这香味真好，是什么东西合在里头的？会香得这样的清而且久。”

我喝着茶问他。

“那是一种青藤，产在衡山脚下的。我们乡下很多，每年夏天，我总托人去带一批来晒干藏在这里，慢慢的用着，你若要，我可以送你一点。”

两人吃了一阵，又谈了一阵，我起身要走了，他就又走进了那间小室，一只手拿了一包青藤的干末，一只手拿了几张白纸出来。替我将书本铅笔之类，先包了一包，然后又把那包干末搁在上面，用绳子捆作了一捆。

我走出到了他那破茅蓬的门口，正立住了脚，朝南在看江干的灯火，和月光底下的钱塘江水，以及西兴的山影的时候，送我出来，在我背后立着的他，却轻轻的告诉我说：

“这地方的风景真好，我觉得西湖全景，决没有一处及得上这里，可惜我在此住不久了，他们似乎有人在外面募捐，要重新造起胜果寺来。或者明天，或者后天，我就要被他们驱逐下山，也都说不定。大约我们以后，总没有在此地再看月亮的机会了罢。今晚上你可以多看一下子去。”

说着，他便高声笑了起来，我也就笑着回答他说：

“这总算也是一段‘西湖佳话’，是不是？我虽则不是宋之问，而你倒真有点像骆宾王哩！……哈哈……哈哈！”

一九三二年十二月

原载一九三三年一月《新中华》月刊创刊号

迟暮

厌倦了频年的漂泊，并且又当日本帝国主义军队的来侵与世界经济恐慌最高潮的刀口，觉得不死不生地羁栖在大都会里作穷苦的文士生活，也没有一点意义，林旭就在一天春雨萧条的早晨，带了他的妻儿迁上比较得安静的杭州城里去永住了。

杭州本来是林旭他们的本土本乡，饮食起居的日用之类，究竟要比上海便宜得多。林旭在表面上虽则在说，对于都市生活，真觉得厌倦极了，只想上一处清静点的地方去读读书，写写东西，但其实，这一次的迁居的主要动机，还是因为经济上的压迫。

“算了算了，人生原不过是这么回事。苦苦的寄生在这大都会里，要受邻居们的那些闲气，倒还不如回到老家去住它几天大房子的合算！”

林旭在一天睡不着觉的恼人的晚上，这样的轻轻地说了一串并不是在对人讲的独白，而睡在他的身边，似乎也还没有合眼的他的夫人，却马上很起劲地回答他说：

“我倒也是这样的在想，就是不回乡下的老家，上杭州去租一间大一点的房子住住，租钱究竟要比这里便宜些。”

这一个偶然在蚊帐之内的夫妻会议的决议案，居然于半月之后被实地执行了。将几件并不值钱的零星行李与两个小孩子搬进车厢之后，林旭把关在那里的车窗放了下来，对着烟雾和春雨拌在一道的像灰浆一样的上海空中，如释重负似的深长地吐了一口郁气。立在窗口，拿出手帕来擦擦额上的汗，回转头来，对两个淘气的小孩发了几声叱咤的命令，他又凝视住窗外的雨脚在作独语说：

“车到站的时候，要希望它不落雨才好！”这一个老是像只在对自己说话的独语习惯，也是林旭近来的一种脾气。有时候在街上独步，或一个人深夜在书案前看书的当中，他也会高声地说出一句半句的话，或发出一声绝望悲愤的叫喊来。他的家人对他这脾气，近来也看惯了，所以即使听见了他的独白，看见了他的脸上的险恶的表情，也到了会泰然不去理他的程度。

因为是落雨天，所以车厢里空得很。火车开出之后，林旭一个人走上了离女人小孩们略远的一个空座去坐下，先翻开了一册打算上杭州去译的书看了几页。后来又屈着手指头计算了些此番搬家的用费之类，更看看窗外的雨景而打了几个呵欠，不知不觉就昏昏沉沉地在座位前的小桌上靠住睡着了。

火车准时到了杭州城站，雨还在凄其地落着。一靠月台，他的夫人就向车窗外干娘大哥二弟地招呼了一阵；原来她们的亲戚朋友，接到了她们将迁居来杭的消息，和火车到站的时刻，早就在那里等着了。林旭走下了月台，向几位亲戚们带来的小孩子等一看，第一就感到了一种辨认不清的困惑。几年前头，他上杭州来看他们的时候，有几个小的他不曾看见，有几个与他是居于叔侄的辈次的小孩，也还是不懂人事的顽童，而现在他们竟长得要和他一样地高，穿着了学校的制服，帮他提行李，抱小孩，俨然是已经成年的中坚国民了。走出了月台栅门，等汽车来搬行李的当中，他约大家上待车室里去坐了一下，喝了口茶，吸了支烟后，他镇静地向他的长一辈的亲戚们仔细一打量，心里头也暗暗地吃一惊。他觉得他们的脸色，他们的姿势，在这仅仅的几年之中，竟变得非常之衰老了。

“啊啊，这一个人生，这一个时间的铁门关，谁能够逃得过去？谁能够逃得过去呢？”

分坐入了几辆汽车，他向两旁在往后退的依旧同几年前一样的衰落的杭州城市看看，心里忽而起了一种莫名其妙的灰冷的感觉，在他的口上，险些儿又滚出了这一串独白。

在杭州住下的第二天，新居的电灯，接上了火。林旭吃过了夜饭，踏进一间白天刚布置好的书斋，去打开夜饭前送到的上海报纸来看，初看了第一面的大字广告，还并不觉得什么，继看日军侵入的政治新闻，因为只看了些题目，倒也还可以，后来看到了三面的社会新闻，读入了记事的第一则，就觉得字迹模糊得很。叫家人来换上了一个五十枝烛的电灯球，继续再把社会记事看将下去，而字迹的模糊，还同没有换灯球的时候一样。他把眼睛擦了几擦，歪头一想，才晓得自己的眼睛花了，一副新近配好的老眼镜，在移家的纷乱之中，不知摆入了什么地方，到现在还没有寻着。放下报纸，灭去电灯，踏回寝室去就寝的路上，他又轻轻地独语着说：

“明天一早就非去配一副眼镜来不可！非去配不行！”

搬定之后，约莫将一礼拜了，有一天久雨初晴的午后，林旭在中饭时饱啖了一盘杭州著名的醋溜鲲鱼，醉醺醺地正躺在书斋里的藤椅上拥鼻微吟。

冷雨埋春四月初——归来——饱食故乡鱼——范雎——书术成奇辱——王霸妻儿——爱索居——伤乱久嫌——文字狱——偷安——新学武陵渔——商量柴米分排定——缓向湖塍试鹿车——

翻来覆去，吟成了这五十六字，刚在想韵脚和平仄的协与不协，门铃一响，他的已经长到六岁的儿子却跑进来说：“有客人来了！”

跑上客厅去一看，他起初呆了一呆，一时竟认不出这客人是谁。听了客人叫他的声音，又听了一句“你总以为我还在广东罢？”的开场白之后，他就“啊！”的叫了一声，抢上去握住了客人的手，只在“仲子！仲子！”的叫客人的名字，有半晌说不出话来。

诗人黄仲子当十几年前刚出第一册诗集的时候，林旭在上海原是和他很熟的朋友。当时因为有人毁谤林旭，说他是一位变态性欲者之故，年纪很轻的黄仲子，对他还同小姑娘似的表示了许多羞缩的神情。以后一别十余年，他们有时原也在车窗马背，客舍驿亭里见过几次面，有时也各寄赠着些自著的作品之类，通过许多次信，但到了这一个安静的故乡来一见，林旭真是掉入了梦里去的样子。

“仲子你广东是几时回来的？”

“回来得已经有一年光景了，时代实在进展得太快，我们都落伍了，你也老得多了呢，林旭！”

“那当然！仲子，我看你的额上，也已经有了几条皱纹了呢！真是年年岁岁花相似，岁岁年年人不同啦！你近来还做诗么？”

“柴米油盐都筹谋不了，哪里还有工夫做诗哩！你有几个小孩子了？”

“两个半，因为还有一个，怕就快要出来，所以只好算半个，你呢？”

“也是三个！性欲的净化，The Sublimation of Sexual Instinct 的必要，虽则时时感到，可是实际上却终于不行。”

“哈哈，哈哈，你也做了山喀夫人的信徒了么？节产这一件事情可真不容易，好！让我们慢慢地来研究罢！”

“上海的文坛怎么样？你为什么要搬到这一个死都里来住呢？”

“还不是为了生活！我们是同你刚才说过的一样，都落伍了。无论如何，在这一个暴风雨将次到来的大时代里，我们所能尽的力量，结局总是微薄得很。新起的他们，原也很在努力，但实力总觉得还差一点。像我这样，虽自己明晓得自己的软弱无能，可在有些时候，也还想替他们去服一点点的推进之务，不过心有余而力不足，近来老觉得似乎将要变成他们的障碍物的样子，所以就毅然决然地退出了这文笔的战场。仲子，你以为我这计划怎么样？”

“当然是很好，我们虽则都还未老，但早已先衰了，第一就得来休养休养，虽然或将从此一直的没落下去也说不定。”

“祝夫人呢？近来怎么样？”

“她么？不是刚才同你说过，已经成了三个孩子的母亲了，除开走上了千古不易的母性的轨道之外，还有什么？”

“还有金女士呢，金丽女士呢？我听说她也已经回国了，是在杭州教书罢？”

“她也在这里，并且因为在一张报上看见了你的来此地永住，还很想和你见见。明天午后有没有空？我们去约她游一趟湖，你以为怎么样？”

“好，好得很，我明天午后一定上湖滨去等你们。”

林旭和黄仲子这样约定了明日的去游湖，两个人又谈了些闲天，就匆匆地分开了手。是在这一天的晚上，林旭于躺下床去之后，就又问了问他的夫人：

“黄仲子明天约我去游湖，你愿不愿意去？”

“挺着了这么一个大肚子，谁还愿意去出丑哩！”

“听说金丽也一道去的，你们不都是老同学么？为什么不去见见谈谈？”

“等我做了产之后，再去请她们吧！”

原来林旭的夫人汪宝琴和黄仲子的夫人祝荫楠以及金丽，都是杭州女学校里的后先的同学，而同级的金丽和祝荫楠，还是同一个县里出身的小同乡。当诗人黄仲子在向祝女士通信求爱的时候，比祝低一级的汪宝琴她们的班里，很流传着有些风说，似乎说诗人黄仲子对祝的级友金丽，一时也曾经感到过不能自已的深情。但结果，黄祝俩终于结成了美满的良缘，而金女士也于学校毕业之后，上法国去继续读了几年书。不久之前，金女士刚自法国学成了回来，仍在杭州的一个大学里教书。林旭有一天偶尔在报上的教育栏里看到了这消息，对他夫人说了，他夫人也就向他说出了那一件旧事。后来他又听说她，金女士，因为抱着高远的理想，一直到现在为止还是一个独身的处女，因此他对她也触生了一点浅淡的好奇心。平时对于女性绝不注意的林旭，这一回见了黄仲子而竟问起了金丽，想来总也是这一种意识下的丽比多在那里起作用。

到了和黄仲子约定的时间前半个钟头的光景，林旭便从新寓出来，慢慢地踱到了湖滨。这一天的天气，原也晴暖得宜人，但香市早过，浴佛节也于前两天过去了，故而湖上的游人，也并不多。日光淡淡地晒在湖滨的树枝上，远山上，以及许多空船的白篷子上。当这一个继三春而至的热烈的首夏晴天，照理来讲，湖上的景色，当然是分外的妍妖浓艳的，但不晓怎么，林旭一个人在湖滨踱着，看看近旁，看看远处，只觉得是萧条落寞，同在荒凉的冬日，独自在一个废墟的城边慢步时的情景一样。

先在体育场附近的堤上走了一圈，等慢慢走到了二码头的树下的时候，他觉得脚力也没有了，所以就向一条长木椅上坐了下去。将头靠上了椅背，眼睛半开半闭地茫然对西面的山影不知呆看了几多时，忽而在他的近旁路上，有许多蹀躞着的小孩脚步声听见了，回转头来向北一看，他第一眼就看出了一个身材比那一群小孩、大人都稍高一点的女性的上半身。接着就看见了黄仲子，看见了黄仲子的夫人和她的三个小孩。同时黄仲子也走上了他的面前，在说话了。

“你等得很久了么？我们因为去约密斯金，绕远了路。”

说着，他就照例的替林旭和金丽介绍了一下，金女士的青春的丰润期，虽则已经过去，但从她的紧张的肌肉和羞涩的表情上看来，究竟还有点少年的丰韵留在那里。林旭一面露着微笑应答着话，一面更抛眼向仲子的夫人一看，觉得她的头发也枯燥了，颜面也瘦落了，谈话的语气也散漫了，时时只在照顾着三个孩子，生怕他们在路上发生了什么意外。

“是的，仲子的话说得不错，她是已经走上了母性的轨道了！”

这样私私在心里转着念头，他又掉头向仲子一看，觉得从前是那么热情汹涌的这位抒情诗人，现在也戴上了近视眼镜，穿上了半旧的黄黑色西装，本来是矮胖的身体，更觉得矮了胖了一点，彬彬有礼，默默随人，似乎也已经变成了一位走上了轨道的父亲。

林旭因为多走了一点路，身体微感到了些疲乏，所以对于游湖，并没有积极的兴趣。金女士说今晚上有朋友结婚，要去帮忙，怕是不能在湖里滞留到夜。黄仲子夫妇俩，有三个小孩要招呼，落船上岸，处处都有不便，所以落不落湖，也是随便的。林旭感到了这些，并且觉得金女士也已经会见，好奇心也早已满足了，故而就提议说：

"我们还是上西园去吃点点心罢！湖上清冷得很，玩也没有什么好玩。"

大家赞成了这提议，上西园三楼去坐落，在吃点心的中间，林旭向四周清淡的座上看看，忽而想起了一幕西班牙伊罢纳兹著的小说《洪流》的电影里的场面。

"仲子，前几年，有一个外国影片，伊罢纳兹的《洪流》，曾经到过中国，你有没有去看？"

林旭不经意地将这一句话问出口后，心里倒觉得有点太冒失了，所以不等黄仲子的回答，就接着又将话岔了开去：

"近来中国的电影，似乎也很进步，不过无论如何，我觉得总没有外国影片那么的高尚。"

这样的勉强遮掩了过去以后，林旭再偷眼望了一望金丽，她似乎还没有听见这一段谈话，只在呆呆地瞭望着窗外的外景。

又无情无绪的谈了些杂天，给小孩子们吃了些甜点心之类，西南角上的一块浮云，渐渐的升起，把太阳盖住了。付过了茶点杂账等，他们大小七人走下楼来，各在三岔路口雇车回寓的时候，时候虽则还是很早，但湖上的天光，竟阴森森黝暗得有点儿像是日暮的样子。

一九三三年五月二十日

原载一九三三年七月《文学》月刊创刊号

唯命论者

在 ×× 市立第十七小学教书的李德君先生，今天又满怀了不快，从家里闷闷地走上了学校。原因是当他在吃泡饭的时候，汤水太热，舌头上烫起了一个泡。而“福无双至，祸不单行”的两句老话，却是他最佩服的定命哲学。

出胡同，转了一个弯，正走到了河沿边上的时候，河边大树上刚要飞走的一只老鸦，又呱呱呱的向他叫了两三声。一边走着，一边张了怒目，正在嗔视着这只老鸦的去向，初出屋顶的太阳光线，又无端射进了他的眼睛。双眼一感到眩惑，脚步乱了，拍搭一钩，铺路的乱石，又攀住了他那双头上早已开了大口的旧皮鞋脚。

“晦气晦气！真真是祸不单行！”

嘴里呸呸地向地上唾出了两口唾沫，心里这样转着，他想马上跑回家去，寻出他那位也是小学教员出身，虽则是去年年底刚满二十六岁，但已经生下了六个小孩，衰老得像六十二岁的老太太似的夫人来，大闹一场，问她为什么泡饭要烧得那么的热。可是时间来不及了，八点半就要上课的，头次预备钟已经在打起来了，铛铛铛铛的钟声，只在晴空里缭绕，又轻松又快活，好像似在嘲笑李德君先生的不幸。

急忙赶到了休息室里，把头上压在那里的那顶黄色旧黑呢帽一除，他的秃顶的头上放出了一层蒸笼馒头似的热气，三脚两步抢上课堂，亮光光的馒头上，热气已经结成了珠汗了。

“诸位小朋友，唉喝，唉喝，诸位小朋友……今天，……今天读的，是一只小鸟的故事……”

正讲到这一个题目，坐在第二排末尾的那个最顽皮的小孩，却举起了手来。

“李先生！我要撒鸟！”

李先生气起来了，放下了书本，就张大了眼，大声对这小孩喝着说：

“刚上着课，就要撒鸟？不准去！”

小孩也急起来了，又叫说：

“李先生，我要撒出来了！”

李先生低头想了一想，结果没有法子，终究还只好让他出课堂去。

午前三个钟头的课上完之后，李先生的嘴颚骨感到了酸痛，亮晶晶的光头上似乎也消去了一层亮光。手里夹着了一大堆要改的日记簿，曲着背，低着头，走回家来吃中饭的时候，他的第五位公子正因为撒出了大便在换衣服。夫人烧饭，自然也为此而挨迟了钟点。

不得已，李德君先生只好饿着肚皮，先去改学生的卷子。一卷，二卷，三卷，四卷，改到后来，他也气起来了，拿起了边上的一张白纸，就顺笔的写了下去：

“我李德君，系出陇西，家传柱下，少年进学，早称才气无双，老去依人，岂竟前程有限？每周所入，养一妻数子尚堪虞，此日所遭，竟五角六张之更甚。冯唐易老，李广难封，虽曰人事，讵非天命？视彼轻佻劣子，坐拥多金，樗栎庸材，高驰驷马，则名教模楷，自只能呜咽作五知先生传矣。况复三成四折，一欠再延，枵腹从公，低眉渡世，若再稽迟十日之薪，势将率我于枯鱼之肆，呜呼痛哉！亦唯命耳。”

写完了这一篇唯命论后，读了一遍，想想前两月的薪水，还没有发下，而明天四块半钱的房租，却不得不付了，心里自然同麻绳初卷似的绞榨了起来，于是卷子也改不下去了。

“吃饭，还是吃饭罢！……”心里想着就叫出了口来，“喂！饭有没有烧好？……你，你，你近来，老是像没头苍蝇似的，什么都弄不好。譬如今天早晨的泡饭罢，就烧得太烫，而这中饭哩，又烧得这么的迟。”

他对夫人的态度，每次总是这样的，在心里，他简直要一把拖起来打她一顿，可是潜意识里的“她也真可怜，嫁了我这一个年龄比她大一倍的老秀才，过的真不是人的生活。一家八口，穷得连雇一个使用人的钱都没有。还是忍耐些罢！”等想头，终于使他压住了气，只虎头蛇尾地说几句埋怨的话了事。但有时候，他说一句，她倒要回复他到两句三句之多，结果还是他先住了嘴，这就是他的所谓和夫人的大闹。在学校的同事之间，他的地位，也只和在家庭里的一样。轻薄的少年同事，卑污的当局人等，都不把他当作人看。他心里虽则如火如荼地在气在恼，但结果只唉喝唉喝的喀几声，就算出了气。他在这小学里勤续了二十年了，眼见得同事的及学生之中的狡猾者，一个一个都钻入了社会，攫取了富贵，而他自己的一点点薄俸，反而一年一年的减少了下去。幸亏二十几年前的那一张师范讲习所的证书在帮他的忙，所以每次校长更换的时候，他还保留了那个三十八元六角的位置，否则恐怕早连烫舌的泡饭，都要向施粥厂去乞取了。

因为肚子的饿和下午怕赶不着去上课的心里的急，使他想起了几十年来的生涯大事。十六岁的那一年进学，总算是一件喜事，十余年前的和现在这一位夫人初次结婚，总算也是一件喜事。此外则想来想去，终于没有一件称心的事情。现在老了，脸上虽则还没有养起须子，但眉毛中间的直纹和眼角鼻下的斜皱，分明证实了孔子说他的“四十五十而无闻焉”的一生。本来是不高不胖的身体，近来更曲了背瘦了肉，那一套七八年前做的粗呢中山装，挂在身上，像是一面不吃风的风帆。黄而且黑的那一张脸，自己在镜子里看起来，也像是一个老婆婆。左右的几个盘牙掉了以后，颧骨愈显得高，颧下的两个深窝愈陷得黑了。少年的痕迹，若还有一点残留在他的脸上的话，那只可以举出他的长眉下的一双棱形的眼睛来，就是这一双眼睛，近来也只变成了撞墙的急狗似的阴狠而可怕，那一种飒爽的英气，早就消失了。

“唉喝，唉喝！饭究竟怎么样了？”

可是奇怪得很，今天他这样的接二连三地催了几声，他的夫人却并无恼怒的回话。不但她并不恼怒，一只手抱了一个周岁的小孩，一只手拿菜和饭给他的。她的脸上，并且还满含了一脸神秘的微笑。他摸了几下秃头，一边吃饭，一边在那里猜，猜她今天有了什么喜事。“大约是她的娘要从乡下来吧？”但她的来，每次总是突如其来的，从来也没有预先使她女婿女儿知道过一次。“或者是又有了孕了么？”不对不对，这并不是喜事。默默地吃完了饭，猜了许多次的哑谜，觉得都不很像，结果他也忍不住了，就开了口：

“喂！你在那里笑什么？”

“你三点钟回来的时候，我再同你说。”

李先生的下午的授课，显见得露出了慌张。等三点的下课钟打后，他又夹了一大堆草簿回到屋里的时候，他的脸上也满含了一种微笑。这一回是轮到他的夫人来猜谜了，但她可聪明得很，一猜就猜中了他的喜事，“前两月的薪水发下来了。”从破中山装的袋里，将几张旧钞票拿出来交给他夫人的瞬间，他夫人也将她的隐藏了一个多月的秘密告诉了他。前回她娘上城里来买东西，曾在店头给了她手里抱着的小儿子一块钱。她下了绝大的决心，将这一块钱去买了一张航空券，今天就是这航空券开奖的日子。

唯命论者的李先生，到此也有点动摇起来了，因而他所确信的哲学，也因果颠倒了一下，仿佛是变成了“祸无双至，福不单行”的样子。今天既发了薪水，这奖券当然是也可以中得的。很满足地吃过了早夜饭，他嘴里念着一四零三二零，一四零三二零的号码，就匆匆走到了大街的一家卖奖券的店头。在灯烛辉煌，红纸金字的招牌挂得满满的这一家店门口，他走来走去先走了好几遍。因为从来也没有买过什么奖券，他心里实在有点害怕，怕上这店里去碰一个钉子。最后，鼓起了绝大的勇气，把眼睛眨了几眨，唉喝唉喝的空喀了几声，他才上柜前幽幽地问了一声 ：“今天开奖的号码，有没有晓得？”店里的一位年轻的伙计，估量了他一眼，似乎看了他的神气有点觉得好笑的样子，只微笑着摇了一摇头。他微微感到了一点失望，底下当然是不敢问下去了，不得已就离开了店，但心里却在打算再上另一家去试问一下。

低着头，转了几个弯，正走入市里顶热闹的那条大街的时候，他在左手的一家单间门面的店门口，忽而看见了一块红牌上用白水粉写着的号码，“一四零三二零”。他“啊”的一声叫了起来，更张了大眼，向电灯光下，重新看了一遍。这家店明明是一家卖奖券的店 ；红牌上的水粉还没有干，这号码一定是今天开奖的上海电话里来的号码。一四零三二零，一四零三二零，决没有错。他浑身发起抖来了，脸上立时变成了苍白。“这五万块钱！啊啊，这五万块钱！”他呆立在街上，不知立了几分钟，忽而又有三五个人走拢来看了。有一个说 ：

“一四零三二零，这次的头奖不知落在什么地方。”另一个说 ：

“底下的几个小奖，我不知有没有买着。”

听了这几句话，他抖得更是厉害，简直是站也站不稳，走也走不动的样子。不得已，只能叫一乘黄包车坐回家来，这虽是他二三年来仅有的一次奢侈的破例，但不要紧，头奖已经中了。坐在车上，发抖还是不止，有几次抖得凶，险些儿身体都抖出到了车外。血气回复了一点常态，他头脑里又忽而感到了一阵烘烘然的胀热，车的周围的世界，两旁的灯，都像在跳跃舞蹈，四面的人的眼睛，似乎全在盯视住他，而他们的嘴里，又仿佛各在嗡嗡地叫说：“李德君中了头奖了！李德君中了头奖了！”车到了门口，跳下踏脚板后，双脚一软，他先朝大门覆跌了下去。

“喂！喂！快点出来，快点出来！”

这样的颤声叫着他的夫人，他自己却爬起来又跌倒爬起又跌倒地爬不起身来。等夫人抱着小孩，把车钱付了，他才慢慢从地上爬起，走到了室内，而那顶黄色的旧黑呢帽，却朝翻了天，被忘记在马路的黑暗的中间。

“中了！中了！一四零三二零！”

抖着说着，说了半天，他才说出了这几句不完全的话。他的发抖软脚之病，立时就传染给了他的夫人，手里抱着的小孩，哗哗的从地上哭泣起来了。

两人对抖着，呆视着，歇了半天，还是李先生先苏醒了转来。他说：

“喂！你那张奖券呢？让我看，号码究竟是不是一四零三二零。”

经他这么一说，夫人也醒了；抱着小孩，她就上床头去取出了那张狭狭的五颜六色的纸来。两人争夺了一下，拿近上煤油灯下去一照，仍旧是不错，是几个红的一四零三二零的阿喇伯字。于是夫人先开口说：

“这一回可好了，你久想做过的那一套中山装好去做了。”

李先生接着也说：

“五万元！岂止一套中山装，你也可以去雇一个佣人来，买一件外面有皮的大衣。”

“还有小孩子们的衣服！”

“我们还要办一个平民小学哩！”

“娘娘她们，当然也要给她们一半。”

“一半太多，要给她们二万五千元干什么。”

“那一块钱，岂不是娘娘的么？”

“但是买总是你买的。”

“还有我的另外的穷亲戚也不少，就算一家给一千元罢，起码也有二十几家。”

“那么剩下来岂不只五千元了么？”

“五千元还不够么？”

“唉喝！唉喝！”

李先生的干咯，大抵是不满或不得已的心状的表示。两人沉默了下去，各怀着了不服。终于夫人硬不过李先生，等许久之后，又开始说了。

“这钱上哪里去拿呢？”

“上上海去拿，我明天就辞了职上上海去拿。”

“上海我也要去的。”

“你去干什么？”

“你可以去难道我不可以去？”

两人又反了目，又沉默了下去。煤油灯疵的响了一声，灯光暗下去了，灯里的煤油点到了九分之九。等了不久，灯完全黑了，而窗外面的亮光，也从破壁缝里透漏了进来。

三天之后，各奖券店里，都来了对号单，这一次开彩的结果，头奖没有售出，特奖是一四六三二六号，阿喇伯字的六字与零字原也很像。

市立第十七小学门前的河里，在这一天的晚上，于上海车到后不久，有一个矮矮的人投入了河。第二天早晨，校役起来扫地的时候，发见了秃头的李先生的尸体，他的手里捏着的还是一四零三二零的那一条奖券。

其后一两个月中间，这一条河没上夜里就断绝了行人，说是晚上过路的人，老见有一位矮矮穿旧中山装的秃头老先生，会唉喝唉喝地出来兜售奖券。这或者许是同打花会的人一样，在利用了李先生的死，而谋生财的大道。

一九三五年二月

原载一九三五年三月《新小说》月刊第一卷第二期

出奔

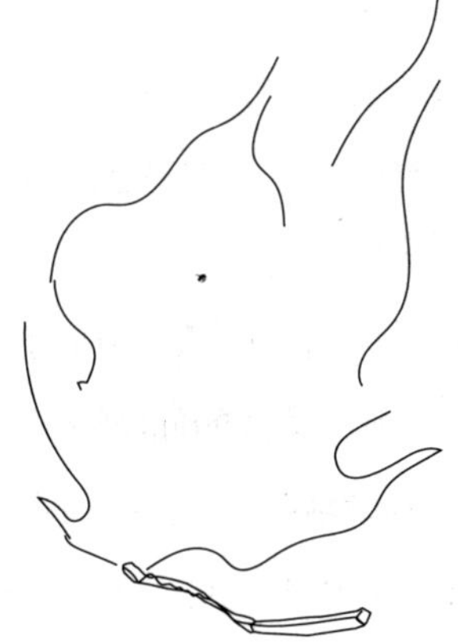

一　避难

金华江曲折西来，衢江游龙似的北下，两条江水会合的洲边，数千年来，就是一个闾阎扑地、商贾云屯的交通要市。居民约近万家，桅樯终年林立，有水有山，并且还富于财源。虽只弹丸似的一区小市，但从军事上、政治上来说，在一九二七年的前后，要取浙江，这兰溪县倒也是钱塘江上游不得不先夺取的第一军事要港。

国民革命军东出东江，传檄而定福建，东路北伐先锋队将迫近一夫当关、万夫莫敌的仙霞岭下的时候，一九二六年的余日剩已无多，在军阀蹂躏下的东浙农民，也有点蠢蠢思动起来了。

每次社会发生变动的关头，普遍流行在各地乡村小市的事状经过，大约总是一例的：最初是军队的过境，其次是不知出处的种种谣传的流行，又其次是风信旗一样的那些得风气之先的富户的迁徙。这些富户的迁徙程序，小节虽或有点出入，但大致总也是刻板式的：省城及大都市的首富，迁往洋场，小都市的次富，迁往省城或大都市，乡下的土豪，自然也要迁往附近的小都市，去避一时的风雨。

当董玉林雇了一只小船，将箱笼细软装满了中舱，带着他的已经有半头白发的老妻，和他所最爱，已经在省城进了一年师范学校的长女婉珍，及十三岁的末子大发，与养婢爱娥等悄悄离开土著的董村，扬帆北去，上那两江合流的兰溪县城去避难的时候，迟明的冬日，已经挂上了树梢，满地的浓霜，早在那里放水晶似的闪光了。船将离岸的一刻，董玉林以棉袍长袖擦着额上的急汗，还絮絮叨叨，向立在岸上送他们出发替他们留守的长工，嘱咐了许多催款，索利，收取花息的琐事。他随船摆动着身体，向东面看看朝阳，看看两岸的自己所有的田地山场，只在惋惜，只在微叹。等船行了好一段，已经看不见董村附近的树林田地了之后，他方才默默的屈身爬入了舱里。

董玉林家的财产，已经堆积了两代了。他的父亲董长子自长毛营里逃回来的时候，大家都说他是发了一笔横财来的。那时候非但董玉林还没有生，就是董玉林的母亲，也还在邻村的一家破落人家充作蓬头赤足的使婢。蔓延十余省，持续近二十年的洪杨战争后的中国农村，元气虽则丧了一点，但一则因人口不繁，二则因地方还富，恢复恢复，倒也并不十分艰难。董长子以他一身十八岁的膂力，和数年刻苦的经营，当董玉林生下地来的那一年，已经在董村西头盖起了一座三开间的草屋，垦熟了附近三十多亩地的沙田了。那时候况且田赋又轻，生活费用又少，终董长子的勤俭的一生之所积，除田地房屋等不动产不计外，董玉林于董长子死后，还袭受了床头土下埋藏起来的一酒瓮雪白的大花边。

董玉林的身体虽则没有他父亲那么高，可是团团的一脸横肉，四方的一个肩背，一双同老鼠眼似的小眼睛，以及朝天的那个狮子鼻，和鼻下的一张大嘴，两撇鼠须，看起来简直是董长子的只低了半寸的活化身。他不但继承了董长子的外貌，并且同时也继承了董长子的鄙吝刻苦的习性。当他十九岁的时候，董长子于垂死之前，替他娶了离开董村将近百里地的上塘村那一位贤媳妇后，董长子在临终的床上，口眼闭得紧紧贴贴，死脸上并且还呈露了一脸笑容。因为这一位玉林媳妇的刮削刻薄的才能，虽则年纪轻轻，倒反远出在老狡的公公之上。据村里的传说，说董长子的那一瓮埋藏，先还不肯说出，直等断气之后，又为此活转来了一次，才轻轻地对他的媳妇说的。

董长子死后，董玉林夫妇的治世工作开始了。第一着，董玉林就减低了家里那位老长工的年俸，本来是每年制钱八千文的工资，减到了七千。沙地里种植的农作物，除每年依旧的杂粮之外，更添上了些白菜和萝卜的野蔬。于是那一位长工，在交冬以后，便又加了一门挑担上市集去卖野蔬的日课。

董玉林有一天上县城去卖玉蜀黍回来，在西门外的旧货铺里忽而发见了一张还不十分破漏的旧网。他以极低廉的价格买了回来，加了一番补缀，每天晚上，就又可以上江边去捕捉鱼虾了。所以在长工的野蔬担头，有时候便会有他老婆所养的鸡子生下来的鸡蛋和鱼虾之类混在一道。

照董村的习惯，农忙的夏日，每日须吃四次，较清闲的冬日，每日也要吃三次粥饭的。董长子死后，董玉林以节省为名，把夏日四次的饮食改成了三次，冬日的三餐缩成了两次或两次半。所谓半餐者，就是不动炉火，将剩下来的粥饭胡乱吃一点充饥的意思。

董长子死后的第二年，董村附近一带于五月水灾之余，入秋又成了旱荒。村内外的居民卖儿鬻女，这一年的冬天，大家都过不来年。玉林夫妇外面虽也装作愁眉苦眼，不能终日的样子，但心里却在私私地打算，打算着如何的趁此机会，来最有效力地运用他们父亲遗下来的那一瓮私藏。

最初先由玉林嫂去尝试，拿了几块大洋，向尚有田产积下的人家去放年终的急款。言明两月之后，本利加倍偿还，苦付不出现钱的时候，动用器具，土地使用权，小女儿的人身之类，都可以作抵，临时估价定夺。经过了这一年放款的结果，董玉林夫妇又发现了一条很迅速的积财大道了。从此以后，不但是每年的年终董玉林家门口成了近村农民的集会之所，就是当青黄不接，过五月节八月节的时候，也成了那批忠厚老实家里还有一点薄产的中小农的血肉的市场。因为口干喝盐卤，重利盘剥的恶毒，谁不晓得，但急难来时，没有当铺，没有信用小借款通融的乡下的农民，除走这一条极路外，更还有什么另外的法子？

猢狲手里的果子，有时候也会漏缝，可是董家的高利放款，却总是万无一失，本利都捞得回来的。只须举几个小例出来，我们就可以见到董玉林夫妇讨债放债的本领。原来董村西北角土地庙里一向是住有一位六十来岁的老尼姑，平常老在村里卖卖纸糊锭子之类，看去很像有一点积贮的样子的。她忽而伤了风病倒了，玉林嫂以为这无根无蒂的老尼死后，一笔私藏，或可以想法子去横领了来，所以闲下来的时候，就常上土地庙去看她的病，有时候也带点一钱不值的礼物过去。后来这老尼的病愈来愈重了，同时村里有几位和她认识的吃素老婆婆，就劝她拿点私藏出来去抓几剂药服服，但她却一口咬定没有余钱可以去求医服药。有一次正在争执之际，恰巧玉林嫂也上庵里看老尼姑的病了，听了大家的话，玉林嫂竟毫不迟疑，从布裾袋里掏出了两块钱来说："老师父何必这样的装穷？你舍不得花钱，我先替你代垫了吧！"说着，就把这两块钱交给了一位吃素老婆婆去替老尼请医买药。大家于齐声赞颂玉林嫂的大度之余，就分头去替老尼服务去了。可是事不凑巧，老尼服了几剂药，又挨了半个多月之后，终于断了气，死了。玉林嫂听到了这个消息，就丢下了正在烧的饭锅，一直的跑到了庙里，先将老尼的尸身床边搜索了好大半天，然后又在地下壁间破桌底里，发掘了个到底，搜寻到了傍晚，眼见得老尼有私藏的风说是假的了，她就气忿忿的守在庙里，不肯走开。第二天早晨，村里的有志者一角二角的捐集起了几块钱，买就了一具薄薄的棺材来收殓老尼的时候，玉林嫂乘众人不备的当中，一把抢了棺材盖子就走。众人追上去问她是何道理，她就说老尼还欠她两块钱未还，这棺材盖是要拿去抵账的。于是再由群人集议，只好再是一角二角的凑集起来，合成了两块钱的小洋去向玉林嫂赎回这具棺材盖子。但是收殓的时候，玉林嫂又来了，她说两块钱的利子还没有，硬自将老尼身上的一件破棉袄剥去了充当半个月的利息，结果，老尼只穿了一件破旧的小衫被葬入了地下。

还有一个小例，是下村阿德老头的一出悲喜剧。阿德老头一生不曾结过婚，年轻的时候，只帮人种地看牛，赚几个微细的工资，有时也曾上邻村去当过长工。他半生节衣缩食，一共省下了二三十块钱来买了两亩沙地，在董玉林的沙田之旁。现在年纪大了，做不动粗工了，所以只好在自己的沙地里搭起了一架草舍，在那里等待着死。因为坐吃山空，几个零钱吃完了，故而在那一年的八月半向董玉林去借了一块大洋来过节。到了这一年的年终，董玉林就上阿德的草舍里去坐索欠款的本利，硬要阿德两亩沙地写卖给他，阿德于百般哀告之后，董玉林还是不肯答应，所以气急起来，只好含着老泪，奔向了江边说："玉林呀玉林，你这样的逼我，我只好跳到江里去寻死了！"董玉林拿起一枝竹竿，追将上来，拼命的向阿德后面一推，竟把这老头挤入到了水里。一边更伸长了竹竿，一步一步的将阿德推往深处，一边竖起眉毛，咬紧牙齿，又狠狠地说："你这老不死，欠了我的钱不还，还要来寻死寻活么？我索性送了你这条狗命！"末了，阿德倒也有点怕起来了，只好大声哀求着说："请你救救我的命吧！我写给你就是，写给你就是！"这一出喜剧，哄动了远近的村民都跑了过来旁看热闹。结果，董玉林只找出了十几块钱，便收买了阿德老头的那两亩想听作丧葬本用的沙地。

董玉林夫妇对于放款积财既如此地精明辣手，而自奉也十分的俭约，比如吃烟吧，本来就是一件不必要的奢侈。但两人在长夜的油灯光下，当计算着他们的出入账目时，手空不过，自然也要弄一支烟管来咬咬。单吸烟叶，价目终于太贵，于是他们就想出了一个方法，将艾叶蓬蒿及其他的杂草之类，晒干了和入在烟叶之内。火柴买一盒来之后，也必先施一番选择，把杆子粗的火柴拣选出来，用刀劈作两份三份，好使一盒火柴收作盒半或两盒的效用。

董家的财产自然愈积愈多了，附近的沙田山地以及耕牛器具之类，半用强买半用欺压的手段，收集得比董长子的时代增加到了三四倍的样子。但是不能用金钱买，也不能用暴力得的儿子女儿，在他们结婚后七年之中，却生一个死一个地死去了五个之多。同村同姓的闲人等，当冬天农事之暇，坐上香火厅前去烤榾柮火，谈东邻西舍的闲天的时候，每嗤笑着说："这一对鬼夫妻，吮吸了我们的血肉还不够，连自己的骨肉都吮吸到肚里去了，我们且张大着眼睛看吧！看他们那一份恶财，让谁来享受！"这一种田地被他们剥夺了去以后的村人的毒语，董玉林夫妇原也是常有得听到，而两夫妇在半夜里于打算盘上流水账上得疲倦的时候，也常常要突地沉默着回过头来看看自家的影子，觉得身边总还缺少一点什么。于是玉林嫂发心了，要想去拜拜菩萨，求求子嗣。董玉林也想到了，觉得只有菩萨可以使他们的心愿满足实现。

但是他们上远处去烧香拜佛，也不是毫无打算地出去的。第一，总得先预备半年，积贮了许多本地的土货，好教一船装去，到有灵验的庙宇所在地去卖。第二，船总雇的是回头便船，价钱可以比旁人的贱到三分之二，并且杀到了这一个最低船价之后，有时候还要由他们自己去兜集几个同行者来，再向这些同行者收集些搭船的船钞。所以别人家去烧香拜佛，总是去花一笔钱在佛门弟子身上的，独有董玉林夫妇的烧香拜佛，却往往要赚出一笔整款来，再去加增他们的放重利的资本。并且他们的自奉的俭约，有时候也往往会施行到菩萨的头上。譬如某大名刹的某某菩萨，要制一件绣袍的时候，这事情，总是由大善士董玉林夫妇去为头写捐的回数多。假使一件绣袍要大洋五十元的话，他们总要去写集起七十元的总款，才兹去作。而做绣袍的店里，也对董大善士特别的肯将就，肯客气，倘使别人去定，要五十元一件的绣袍，由董大善士去定，总可以让到三十五元或竟至三十元左右。因为董大善士市面很熟悉，价格都知道，这倒还不算稀奇，最取巧的，是董大善士能以半价去买到外面是与原定上货一样好看的次货来充材料，而材料的尺寸又要比原定的尺寸短小一点，虽然庙祝在替菩萨穿上身去的时候要多费一点力，但董大善士的旅费，饮食费，交际费，却总可以包括在内了。

董大善士更因为老发起这一种工程浩大的善举之故，所以四乡结识的富绅地主也特别的多。这些富绅地主，到了每年的冬天，拿出钱来施米施衣，米票钱票，总要交一大把给董大善士，托他们夫妇在就近的乡间去酌量施散。故而每年冬天非但董玉林夫妇的近亲戚属，以及自家家里的长工短工，都能受到董大善士的恩惠，就是董大善士养在家里的猪羊鸡犬，吃的也都是由米票向米店去换来的糠糜。至于棉衣呢，有时候也会钻到他们夫妇的被里去变了胎，有时候也会上他们自己雇的短工的人家去变作了来年农忙时候的一工两工的工资的预付。

最有名的董氏夫妇的一件善举，是在那一年村里有瘟疫之后的施材。董玉林向城里的善堂去领了一笔款来之后，就雇工动手做了十几具棺木，寄放在董氏的家庙里待施。木头都是近村山上不费钱去斫来的松木，而棺材匠是临时充数，只吃饭不拿钱的邻村的木匠。凡须用这一批棺木的人，多要出一点手续费，而棺木的受用者还有一个必须是矮子的条件，因为这一批施材作得特别的短小，长一点的尸身放下去，要把双脚折短来的缘故。

董玉林夫妇既积了财，又行了善，更敬了神，菩萨自然也不得不保佑他们了。所以自从他们现在的那位大小姐婉珍生下地来以后，竟一帆风顺，毫无病痛地被他们养大到了成人。其后过不上几年，并且还又添上了一位可以继家传后的儿子大发。

二　暴风雨时代

太阳升高了一段，将寒江两岸的一幅冬晴水国图，点染得分外的鲜明，分外的清瘦，颜色虽则已经不如晚秋似的红润了，但江南的冬景，在黄苍里，总仍旧还带些黛色的浓青。尤其是那些苍老的树枝，有些围绕着飞鸟，有些披堆着稻草，以晴空作了背景，在船窗里时现时露地低昂着，使两礼拜前才从杭州回来的婉珍忽而想起了这一次寒假回籍，曾在路上同行过一天一夜的那位在上海读书的衢州大学生。

船行的缓慢，途上的无聊，幸亏在江头轮船上遇着了这一位活泼健谈的青年，终于使她在一日一夜之中认识了目前中国在帝国主义下奄奄待毙的现状，和社会状态必须经过一番大变革的理由。婉珍也已经十八岁了，虽则这大学生所用的名词，还有许多不能了解，但他的热情，他的射人的两眼，和因说话过多而兴奋的他那两颊的潮红，却使婉珍感到了这一位有希望有学问的青年的话，句句是真的。在轮船上舱里和他同吃了两次饭，又同在东关的一家小旅馆里分居寄了一宵宿，第二天在兰溪的埠头，和他分手的时候，婉珍不晓怎么的心里却感到了一种极淡的悲哀，仿佛是在晓风残月的杨柳岸边，离别了一位今生不能再见的长征的壮士。

回到了乡里，见到了老父老母，和还不曾脱离顽皮习气的弟弟，旅途上的这一片余痕，早就被拂拭尽了。直到后来，听到了那些风声鹤唳的传说，见到了举室仓皇的不安状态，当正在打算避难出发的前几日，婉珍才又隐隐地想起了这一位青年。

“要是他在我们左右的话，那些纪律毫无的北方军队，谁敢来动我们一动？社会的改革，现状的打破，这些话真是如何有力量的话！而上船下船，入旅舍时的他那一种殷勤扶助的态度，更是多么足以令人起敬的举动！”

当她整理箱笼，会萃物件的当中，稍有一点空下来的时候，脑里就会起这样的转念。现在到了这一条两岸是江村水驿的路上，她这想头，同温旧书的人一样，想得更加确凿有致了。到了最后，她还想到了一张在杭州照相馆的窗里看见过的照片：一个青春少女，披了长纱，手里捏着一束鲜花，站在一位风度翩翩，穿上西装的少年的身旁。

董婉珍的相貌，在同班中也不算坏。面部的轮廓，大致像她的爸爸董玉林，但董家世相的那一个朝天狮子鼻，却和她母亲玉林嫂的鹰嘴鼻调和了一下，因而婉珍的全面部，就化成了一个很平稳的中人之相，不引人特别的注意，可也不讨人的厌。不过女孩子的年龄，终竟是美的判断的第一要件。十八岁的血肉，装上了这一副董家世袭的稍为长大的骨格，虽则皮色不甚细白，衣饰也只平常——是一件短袄，一条黑裙的学校制服——可那一种强壮少女特有的撩人之处，毕竟是不能掩没的自然的巧制，也就是对于异性的吸引力蒸发的洪炉。那一天午后，在斜阳里，董家的这只避难船到兰溪西城外的埠头靠岸的时候，董婉珍的一身健美，就成了江边乱昏昏的那些闲杂人等的注目的中心。

董玉林在县城里租下的，是西南一条小巷里的一间很旧的楼屋。楼上三间，楼下三间，间数虽则不少，租金每月却还不到十元。但由董玉林夫妇看来，这房租似乎已经是贵到了极顶了，故而草草住定之后，他们就在打算出租，将楼底下的三间招进一家出得起租金的中产人家来分房同住。几天之内，一家一家，同他们一样从近村逃避出来的人家，来看房屋的人，原也已经有过好几次了，但都因为董玉林夫妇的租价要得太贵，不能定夺。在这中间，外面的风声，却一天紧似一天，市面几乎成了中歇的状态。终于在一天寒云凄冷的晚上，前线的军队都退回来了，南城西城外的两条水埠，全驻满了杂七杂八、装载军队人夫的兵船。

董玉林刚捧上吃夜饭的饭碗，忽听见一阵喇叭声从城外吹了过来，慌得他发着抖，连忙去关闭大门。这一晚他们五个人不敢上楼去宿，只在楼下的地板上铺上临时的地铺，提心吊胆地过了一夜。第二天早晨，使婢爱娥，悄悄开了后门，打算上横街的那家豆腐店去买一点豆腐来助餐的，出去了好半天，终于青着脸仍复拿着空碗跑回来了。后门一闩上，她也发着抖，拉着玉林嫂，低低的在耳边说：

“外面不得了了，昨晚在西门外南门外都发生了奸抢的事情。街上要拉夫，船埠头要封船，长街上没有一个行人，也没有一家开门的店家。豆腐店的老头，在排门小窗里看见了我，就马上叫我进去，说——你这姑娘，真好大的胆子！——接着就告诉了我一大篇的骇杀人的话，说在兰溪也要打仗呢！”

董玉林一家五口，有一顿没一顿的饿着肚皮，在地铺上挨躺了两日三夜，忽听见门外头有起脚步声来了。午前十点钟的光景，于听见了一阵爆竹声后，并且还来了一个人敲着门，叫着：

“开开门来吧！孙传芳的土匪军已经赶走了，国民革命军今天早晨进了城，我们要上大云山下去开市民大会，欢迎他们。”

董玉林开了半边门，探头出去看了一眼，看见那位说话的，是一位本地的青年，手里拿了一面青天白日满地红的旗子，青灰的短衣服上，还吊上了一两根皮带。他看出了董玉林的发抖惊骇的弱点，就又站住了脚，将革命军是百姓的军队，决不会扰乱百姓的事情，又仔细说了一遍。在说的中间，婉珍阿发都走出来了，立上了他们父亲的背后。婉珍听了这青年的一大串话后，马上就想起了那位同船的大学生，“原来他们的话，都是一样的！”这一位青年，说了一阵之后，又上邻家去敲门劝告去了。直到后来，他们才兹晓得，他就是本城西区的一位负责宣传员。

革命高潮时的紧张生活开始了，兰溪县里同样地成立了党部，改变了上下的组织，举发了许多土劣的恶行，没收了不少的逆产。董婉珍在一次革命军士慰劳游艺会的会场里，真出乎她的意料之外，忽然遇见了一位本地出身的杭州学校里她同班的同学。这一位同学，在学校的时候，本来就以演说擅长著名的，现在居然在本城的党部所属的妇女协会里做了执行委员了。

她们俩匆匆立谈了一会，各问了地址，那位女同志就忙着去照料会场的事务去了。那一天晚上，董婉珍回到了家里，就将这一件事情告诉了她的父母，末了并且还加一句说：

“她在很恳切地劝我入党，要我也上妇女协会或党部去服务去。”

董玉林自党军入城之后，看了许多红绿的标语，听了几次党人的演说，又目击了许多当地的豪富的被囚被罚，心里早就有点在恨也有点在怕，怕这一只革命党的铁手，要抓到他自己的头上来。现在听到了自己的爱女的这一句入党的话，心里头自然就涌起了一股无名的怒火。

“你也要去作革命党去了么？哼，人家的钱财，又不是偷来抢来的，那些没出息的小子，真是胡闹，什么叫做逆产？什么叫做没收？他们才是敲竹杠的人！”

董玉林对婉珍，一向是不露一脸怒容，不说一句重话的，并且自从她上省城去进了学校以来，更加是加重了对她的敬爱之心了。这一晚在灯下竟高声骂出了这几句话来，骇得他的老妻，一时也没有了主意。三人静对着沉默了好一晌，聪明刻薄的玉林嫂，才想出了一串缓冲的劝慰之语：

“时势是不同了，城里头变得如此，我们乡下，也难保得不就有什么事情发生。让婉珍到她的朋友那里去走走，多认识几个人，也是一件好事，你也不必发急，只须叫她自己谨慎一点对了。”

她究竟是董玉林的共艰苦的妻子，话一涉及到了利害，董玉林仔细一想，觉得她的意见倒也不错。这一场家庭里的小小的风波，总算也很顺当地就此结了局。

三　混沌

董婉珍终于进了党，上县党部的宣传股里去服务去了，促成她的这急速的入党的理由，是董村农民协会的一个决议案。他们要没收董玉林家全部的财产，禁止他们一家的重行回到村里来盘剥。地方农民协会的决议案，是要经过县党部的批准才能执行的，董玉林一听到了这一个消息，马上就催促他自己的女儿，去向县党部里活动，结果，在这决议案还没有呈上来之先，董婉珍就作了县党部宣传股的女股员。

宣传股股长钱时英，正满二十五岁，是从广州跟党军出发，特别留在这军事初定的兰溪县里，指导党务的一位干练的党员；故乡是湖南，生长在安徽，是芜湖一个师范学校的毕业生，二年前就去广东投效，系党政训练所第一批受满训练出来的老同志。

他的身材并不高大，但是一身结实的骨肉，使看他一眼的人，能感受到一种坚实、稳固、沉静的印象，和对于一块安固的磐石所受的印象一样。脸形本来是长方的，但因为肉长得很丰富，所以略带一点圆形。近视眼镜后的一双细眼，黑瞳人虽则不大，但经他盯住了看一眼后，仿佛人的心肝也能被透视得出来的样子。他说话平常是少说的，可是到了紧要的关头，总是一语可以破的，什么天大的问题，也很容易地为他轻轻的道破、解决，处置得妥妥服服。他的笑容，虽则常常使人看见，可是他的笑脸，却与一般人的诈笑不同，真像是心花怒放时的微笑，能够使四周围的黑暗，一时都变为光明。

董婉珍在他对面的一张桌上办公，初进去的时候，心里每有点胆小，见了他简直是要头昏脑胀，连坐立都有点儿不安。可是后来在拟写标语，抄录案件上犯了几次很可笑的错误，经他微笑着订正之后，她觉得这一位被同志们敬畏得像神道似的股长，却也是很容易亲近的人物。

这一年江南的冬天，特别的和暖，入春以后，反下了一次并不小的春雪。正在下雪的这一天午后，是星期六，钱股长于五点钟去出席了全县代表大会回来的时候，脸上显然地露出了一脸犹豫的神情。他将皮箧拿起放下了好几次，又侧目向婉珍看了几眼，仿佛有什么要紧的话要对她说的样子，但后来终于看看手表，拿起皮箧来走了。走到了门口，重新又回了转来，微笑着对婉珍说：

“董同志，明天星期日放假，你可不可以同我上横山去看雪景？中午要在县政府里聚餐，大约到三点钟左右，请你上西城外船埠头去等我。”

婉珍涨红了脸，低下了头，只轻轻答应了一声；忽而眼睛又放着异样的光，微笑着，举起头来，对钱时英瞥了一眼。钱时英的目光和她的遇着的时候，倒是他惊异起来了，马上收了笑容，作了一种疑问的样子，迟疑了一二秒钟，他就决下了心，就出了办公室。这时候办公室里的同事们已经走得空空，天色也黑沉沉的暗下去了，只剩一段雪片的余光，在那里照耀着婉珍的微红的双颊，和水汪汪的两眼。

董婉珍于走回家来的路上，心脏跳突得利害，一面想着钱时英的那一种坚实老练的风度，一面又回味着刚才的那一脸微笑和明日的约会，她在路上几乎有点忍耐不住，想叫出来告诉大家的样子。果然，这样茫然地想着走着，她把回家去的路线都走错了，该向西的转弯角头，她却走向了东。从这一条狭巷，一直向东走去，是可以走上党部办事人员的共同宿舍里去的，钱时英的宿所，就在那里。她想索性将错就错，马上就上宿舍去找钱时英出来，到什么地方去过它一晚，岂不要比挨等到明天，倒还好些。但是又不对，住在那里的人是很多的，万一被人家知道了，岂不使钱时英为难，想到了这里，飞上她脸来的雪片，带起刺激性来了，凉阴阴的一阵逆风，和几点冰冷的雪水，使她的思想又回复了常轨，将身体一转，她才走上了回家去的正路。

漫漫的一夜，和迟迟的半天，董婉珍守候在家里真觉得如初入监狱的囚犯。翻来复去，在床上乱想了一个通宵，天有点微明的时候，她就披上衣服，从被里坐了起来。但从窗隙里漏进来的亮光，还不是天明的曙色，却是积雪的清辉。她睡也再睡不着了，索性穿好衣服，走下床来拈旺了灯，她想下楼去梳洗头面，可是爱娥还没有起床，水是冰冻着的，没有法子，她只好顺手向书架上抽了一本书，乱翻着页数，心里定下第几行和第几字的数目来测验运气。先翻了四次，是“恒”“也”“有”“终”的四个字，猜详了半天，她可终于猜不出这四个字的意思，但楼底下却有起动静来了，当然是爱娥在那里烧水煮早餐。接着又翻了三次，得到了“则”“利”“之”的三个字，她心里才宽了起来，因为有一个“利”字在那里，至少今天的事情，总是吉的。

下楼去洗了手脸，将头梳了一梳，早餐吃后，妇女协会的那位同学跑来看她了，她心里一乐，喜欢得像得了新玩具的小孩。因为她的入党，她的去宣传股服务，都是由这位女同学介绍的。昨天股长既和她有了密约，今天这位原介绍人又来看她，中间一定是有些因果在那里的。她款待着她，沥尽了自己所有的好意。不过从这一位女同学的行动上，言语上看来，似乎总是心中夹着了一件事情，要想说又有点说不出来的样子。她愈猜愈觉得有吻合的意思了，因而也老阻止住她，不使她说出，打算于下午去同钱股长密会之后，再教她来向父母正式的提议谈判。终于坐了一个多钟头，这位女同学告辞走了。她的心里，又添了一层盼望着下午三点钟早点到来的急意。

催促着爱娥提早时间烧了午饭，饭后又换衣服，照镜子地修饰了一阵，两点钟还没有敲，她就穿上了那件新做的灰色长袍，走上了西城外的码头。天放晴了，道路上虽则泞泥没膝，但那一弯天盖，却真蓝得迷人。先在江边如醉如痴的往返走了二三十分钟，向一位来兜生意的老船夫说好了上横山去的船价，她就走下了船，打算坐在船里去等钱股长的到来。但心里终觉得放心不下，生怕他到了江边，又要找她不到，于是手又撩起长袍，踏上了岸，像这样的在泥泞道上的太阳光里上上落落，来来去去，更挨了半个多钟头，正交三点钟的光景，她老远就看见钱时英微笑着来了，今天他和往日不同，穿的却是一件黑呢棉袍。从这非制服的服色上一看，她又感到了满心的喜悦，猜测了他今天的所以要不穿制服的深意。

两人下船之后，钱时英尽是默默地含着微笑，在看两岸斜阳里的雪景。董婉珍满张着希望的双眼，只在一眼一眼地贪看他的那一种潇洒的态度。船到了中流，钱时英把眼睛一转，视线和她的交叉了，他立时就变成了一种郑重的脸色，眼睛盯视着她，呆了一呆，他先叫了一声“董同志！”婉珍双颊一红，满身就呈露出了羞媚，仿佛是感触到了电气。同时她自己也觉着心在乱跳，肌肉在微微地抖动。他叫一声之后，又嗫嚅着，慢慢地说：

“董同志！我们从事，从事革命的人，做这些事情，本来是不应该的……”

听了他这一句话，她的羞媚之态，显露得更加浓厚了，眼睛里充满了水润的晶光，气也急喘得像一个重负下的苦力，嘴唇微微的颤动着，一层紧张的气势，使她全身更抖得厉害。

“不过，这，这一件事情，究竟叫我怎么办哩？昨天，昨天的全县代表大会里，董村的代表，将一件决议案提出了，本来我还不晓得是关于你们的事情，后来经大会派给了我去审查，呈文里也有你的名字，你父亲的许多霸占，强夺，高利放款，借公济私的劣迹说得确确实实，并且还指出了你们父女的匿居县城，蒙混党部的事实。我，我因为在办公室里，不好来同你说，所以今天特为约你出来，想和你来谈一谈。”

董婉珍于情绪紧张到了极顶之际，忽而受到了这一个打击，一种极大的失望和极切的悲哀，使她失去了理性，失去了意志，不等钱时英的那篇话说完，就同冰山倒了似的将身体倒到了钱时英的怀里，不顾羞耻，不能自制，只呜呜地抽咽着大哭了起来。

钱时英究竟也是一个血管里有热血在流的青年男子，身触着了这一堆温软的肉体，又目击着她这一种绝望的悲伤，怜悯与欲情，混合成了一处，终于使他的冷静的头脑，也把平衡失去了，两手紧抱住了她的上半身，含糊地说着：“你不要这样子，你不要这样子！”不知不觉竟渐渐把自己的头低了下去，贴上了她的火热的脸。到了两人互相抱着，嘴唇与嘴唇吸合了一次之后，钱时英才同受了雷震似的醒了转来，一种冷冰冰的后悔，和自责之念，使他跳立了起来，满含着盛怒与怨恨，唉的长叹了一声，反同木鸡似的呆住了。本来他的约她出来，完全是为了公事，丝毫也没有邪念的。他想先叫她自己辞了职，然后再温和地将她父亲的田产发还一部分给原来的所有人。这事情，他昨天也已经同她的那位介绍人说过了，想叫她的那位同学，先劝慰她一下，叫她不要因此而失望，工作可以慢慢地再找过的，而他的这些深谋远虑，这腔体恤之情，现在却只变成了一种污浊的私情了。以事情的结果来评断，等于他是乘人之危，因而强占了他人的妻女。这在平常的道义上，尚且说不过去，何况是身膺革命重任的党员呢？但是事情已经作错了，系铃解铃，责任终须自己去负的，一不做，二不休，索性还是和她结合了之后，慢慢的再图补救吧！钱时英想到了这里，一时眼前也觉得看到了一条黯淡的光明。他再将一只手搭上了她的还在伏着的肩背，柔和地叫她坐起来掠一掠头发，整一整衣服的时候，船却已经到横山的脚下，她的泪脸上早就泛映着一层媚笑了。

四　寒潮

大雪后的横山一角，比平日更添了许多的妩媚。船靠岸这面沿江的那条小径，雪已经溶化了大半了，但在道旁的隙地上，泥壁茅檐的草舍上，枯树枝上，都还铺盖着一阵残雪的晶皮。太阳打了斜，东首变成了山阴，半江江水，压印得紫里带黑，活像是水墨画成的中国画幅。钱时英搀扶着董婉珍，爬上了横山庙的石级，向兰溪市上的人家纵眺了一回，两人胸中各感到了一种不同的喜悦。

半城烟户，参差的屋瓦上，都还留有着几分未化的春雪。而环绕在这些市廛船只的高头，渺渺茫茫，照得人头脑一清的，却是那一弓蓝得同靛草花似的苍穹。更还有高戴着白帽的远近诸山，与突立在山岭水畔的那两支高塔，和回流在兰溪县城东西南三面的江水凑合在一道，很明晰地点出了这幅最丰华也没有的江南的雪景。

在董婉珍方面呢，觉得这一天大雪，是她得和钱股长结合的媒介，漫天匝地的白色，便是预示着他们能够白头到老的好兆头。父母的急难，自己的将来，现在的地位，都因钱时英的

这一次俯首而解决了。在钱时英的一面呢，以为这发育健全的董婉珍，实在有点可怜，身体是那么结实，普通知识也相当具备的，所缺乏的，就是没有训练，只须有一个人能够好好的指导她，扶助她，那这一种女青年，正是革命前途所需要的人才。而在这一种正心诚意的思想的阴面，他的枯燥的宿舍生活，他的二十五岁的男性的渴求，当然也在那里发生牵引。

面前是这样的一片大自然的烟景，身旁又是那么纯洁热烈的一颗少女求爱的心，钱时英看看周围，看看董婉珍的那一种完全只顾目前的快乐，并无半点将来的忧虑的幼稚状态，自然把刚才船里所感到的那层懊恨之情，一笔勾了。

两人凭着石栏，向兰溪市上，这里那里的指点了一阵，忽而将目光一转，变成了一个对看的局势。董婉珍羞红了脸，虽在笑着侧转了头，但眼睛斜处，片刻不离的，仍是对钱时英的全身的打量，和他的面部的谛视。钱时英只微笑着默默地在细看她的上下，仿佛她和他还是初次见面的样子。第二次四目遇合的时候，钱时英觉得非说话不可了，就笑着问她：

“你还有勇气再爬上山顶上去么？”

“你若要去，我便什么地方也跟了你去。”

“好吧，让我们来比比脚力看。”

先上庙里向守庙的一位老道问明了上兰阴寺去的路径，他们就从侧面的一条斜坡山路走上了山。斜坡上的雪，经午前的太阳一晒，差不多溶化净了，但看去似乎不大粘湿的黄泥窄路，走起来却真不容易。董婉珍经过了两次滑跌，随后终于将弹簧似的身体，靠上了钱时英的怀里，慢慢地谈着走着，走上那座三角形的横山东顶的时候，他们的谈话，也恰巧谈到了他们两人的以后的大计。

“今天的我们的这一个秘密，只能暂时不公布出来。第一总得先把那条董村的决议案办了才行，徇私舞弊，不是我们革命的人所应做的事情。你们家里的田产之类，确有霸占的证据的，当然要发还一部分给原有的人，还有一层，他们既经指控了你们父女的蒙蔽党部，你自然要自动辞职，暂时避去嫌疑，等我们把这一件案子办了之后，再来服务不迟……我的今天的约你出来，本意就为了此。可是，可是，现在成了这样的一个结局，事情倒反而弄僵了。我打算将这儿的党务划出了一个规模之后，就和你离开此地，免得受人家的指摘。你今天回去，请你先把这一层意思对你两老说一说明白，等案件办了之后，我们再来提议婚事……”

董婉珍听了他这一番劝告，心里却微微地感到了一点失望。明天假使马上就辞了职，那以后见面的机会不就少了么！父母的事情，财产的发落，原是重大的，可是和那些青年男子在一道厮混的那种气氛，早出晚归，从街上走过，受人侧目注意的那种私心的满足，还有最觉得不可缺的一件大事，就是这一位看去如磐石似的钱股长的爱抚，她现在正在想恣意饱受的当儿，若一辞了职，都向哪里去求，哪里去得呢？

钱时英看到了她的略带忧郁的表情，心里当然也猜出了她的意思，所以又只能补充着说：

“做事情要顾虑着将来的，仅贪爱一时的安逸，没入于一时的忘我，把将来的大事搁置在一边，是最不革命的行为。你已经不是小孩子了，这一层总该看得穿。”

一次强烈的拥抱，一个火热的深吻，终于驱散了董婉珍脸上的愁云。他们走到了兰阴寺前，看到了衢江江上的斜阳，西面田野里的积雪，和远近的树林村落上的炊烟，晓得这一天，日子已经垂暮，是不得不下山回去的时候了。两人更依偎着，微笑着，贪看了一忽华美到绝顶的兰阴山下大雪初晴的江村暮景，就从西头的那条山腰大道，跑下了山来。

从横山回头的这一天晚上，却轮着钱时英睡不着觉了，和昨天晚上的董婉珍一样，他想起了在广州的时候，和他同时受训练的那位女同志黄烈。他和她虽然没有什么恋情爱意，但互相认识了一年多，经过了几次共同的患难，才知道两人的思想，行动以及将来的志愿，都是一样的。看到了董婉珍之后，再回想起黄烈来，更觉得一个是有独立人格的女同志，一个是只具有着生理机关的异性，离开了现实的那一重欲情的关，把头脑冷静下来一比较，一思索，他在白天曾经感到过的那层后悔，又渐渐地渐渐地昂起了头来。

婚姻，终究是一生所免不了的事情。可惜在广州时的生活气氛太紧张了，所以他对黄烈，终于只维持了一种同志之爱，没有把这爱发展开去的机会。但当她要跟了北伐军向湖南出发的前几天，他在有一次饯别的夜宴之后，送她回宿舍去的路上，曾听出了她的说话的声音的异样，她说：

“钱同志！我们从事于革命的人，本来是不应该有这些临行惜别的感情的，可是不晓怎么，这几天来，频频受了你们诸位留在广州的同志的饯送，我倒反而变得感情脆弱起来了，昨晚上我就失眠了半夜。你有没有什么可以使我振作的信条，言语，或者竟能充作互勉互励的戒律之类？”

现在在回忆里，重想起了这一晚的情景，他倒觉得历历地反听到了她的微颤着的尾音。可惜当时他也正在计划着跟东路军出发，没有想到其他的事情的余裕，只说了一句那时候谁也在说的豪语：“大家振作起精神，等我们会师武汉吧！”终于只热烈地握了一回手，就在宿舍门口的夜阴里和她分开了。以后过了几天，他只在车站上送她们出发的时候，于乱杂的人丛中见了她一次面。

一个男子滥于爱人，原是这人的不幸，然而老受人爱，而自己没有十分的准备，也是一件麻烦的事情。现在到了这一个既被人爱，而又不得不接受的关头，他觉得更加为难了。对于董婉珍的这件事情，究竟将如何的应付呢？要逃，当然也还逃得掉，同志中间，对于恋爱，抱积极的儿戏观念，并且身在实行的男女，原也很多，不过他的思想，他的毅力，却还没有前进到这一个地步，而同时董婉珍，也决不是这一种恋爱的对手人。她实在还是幼稚得很的一个初到人生路上来学习冒险的人，将来的变好变坏，或者成人成兽，全要看她这第一次的经验的反应如何，才能够决定。

“也罢！还是忍一点牺牲的痛吧！将一个可与为善，可与为恶的庸人，造成一个能为社会服务致用的斗士，也是革命者所应尽的义务。既然第一脚跨出了之后，第二脚自然也只得连带着伸展出去。更何况前面的去路，也还不一定是陷人的泥水深潭哩。”

想来想去，想到了最后，还是只有这一条出路。翻身侧向了里床，他正想凝神定气，安睡一忽的时候，大云山脚下的民众养在那里的雄鸡，早在作第一次催晓的长啼了。

五　药酒杯

经过了乡区党部的一次查复，董玉林的这一起案子，却出乎众人的意料之外，很顺当地解决了。原因是为了那些被霸占的原有业主，像阿德老头之类，都已经死亡，而有些农民，却因在乡无业可守，早就只身流浪到了外埠，谁也查不出他们的下落来。至于重利盘剥的一件呢，已被剥削者，手中没有证据，也没有作中的证人，事过勿论；还欠在那里的几户，大抵全系小额，生怕以后有急有难再去向董玉林商借的不易，也不肯出来为难，只听说利息可以全免，就喜欢得不得了。所以由党部判定的结果，只将董玉林的田产，割出了几十亩来，充作董村公立小学的学产，总算借此以赎取了那个决议案的末一款，永远不准他们重回老乡的禁令。

健忘与多事的社会，经过了一个多月，大家早就把这件事情忘记了。于是辞职慰留，准请假一月的董婉珍，仍复上党部去服务。急公好议、兴学捐财的董善士，反成了县城社会的知名之士。宣传股长钱时英这时候也公然在董家作了席上的珍客，钱股长与董女士的革命不忘恋爱、恋爱不忘革命的精神，更附带着成了一般士绅的美谈。

和煦的春风，吹到了这江岸的县城，市外田里的菜花紫云英正开得热闹的时候，钱董两人的婚议也经过了正式的手续，成熟到披露的时节了。

当结婚披露的那一天晚上，董家楼下的三间空屋，除去偏东的那间新房之外，竟挂满了许多画轴对联，摆上了十桌喜酒，挤紧了一县的党政要人。先由证婚人的县长致了祝词，复由介绍人的那位妇女协会执行委员报告了一次经过，当轮到主婚人的董玉林出来讲话的时候，他就公正廉明，陈述了他过去的经历，现在的怀抱，和未来的决心。

他说，他自小就是一个革命者。他所关心的，是地方上的金融的调节，和善举的勇为。总理的遗教，他是每饭不忘，知行共勉的。有水旱灾的时候，也曾散了多少多少的财，有瘟疫的年头，他也施了多少多少的财，而本地的劣绅因妒生忌，因忌作恶，致有前一次的决议。他现在是抱定宗旨，要站在三民主义的旗帜下奋斗革命的。中国的命脉，是在农工，他将来就打算拼他这一条老命，回到农村去服务，为无力的佃农工人而牺牲。本来是只在村塾里读过三年书的这一位革命急就家，在这一天晚上，竟把钱时英和董婉珍教他的许多不顺口的名词，说得头头是道，致使有几个自上塘村和董村附近赶来吃喜酒的乡亲，大家都吐出了惊异的舌头，私下在说："县城真是不得不住，玉林只在这里耽搁不上半年，就晓得在县长面前说这许多乡下人所听不懂的话了！"

中宵客散，新夫妇正在新床上坐下的当儿，这一位成了当晚的大英雄的岳父就踏进了新房来问今后的他们俩的打算：房饭钱每月拟出多少？婉珍的薪水，可不可以提高一点，仍复归他们两老去收用？迟早他总是要回董村去的，那里的党部，可不可以由他去包办？此外的枝节问题还有许多，弄得正在打算将筋骨松动一下的钱时英，几乎茫茫然失去了知觉。到底还是晓得父母的性质的董婉珍来得乖巧一点，看到了新郎的那一副难以应付的形容，就用了全力，将父亲提出的种种难题，下了一个快刀斩乱麻的解决方法，她说："今天迟了，爸爸！你也该去歇息了。有什么话，明天再谈不好么？"

结婚之后的董婉珍，处处都流露了她的这一种自父祖遗传下来的小节的伶俐，她知道如何地去以最贱的价格，买许多好看耐用的衣料杂物来装饰她自己的身体，她也知道如何地去用她所有的媚态，来笼络那些同事中的有势力的人。在新婚的情阵里，钱时英半因宠爱，半因省事，对于她的这些小孩子似的卖弄聪明，以及操权越级的举动，反同溺爱儿女的父母一样，时时透露了些嘉奖的默认。于是董婉珍的在家庭的习惯，在社会的声势，以及由这些反射而来的骄纵的气概，与夫愚妄的自信，便很急速地养成，进步，终至于确立成了她的第二的天性。

她的第一件的成功，是他们俩的收入的支配。除付过了过分的房饭钱，使两老喜欢得兴高采烈，开销了一切所必须的应酬衣饰费用，使钱时英生活过得安安稳稳之外，第一月在她手里就多出了一笔整款。这是钱时英自任事以来，从来也不曾有过的经验。她的第二件的成功，是虐使佣人的巧妙。新做了主妇，她觉得不雇一个佣人，有些对父母不起，与邻舍人家的观瞻有关了。所以虽则没有必要，她也上就近乡下去招来了一个佣妇。对这一个乡下佣妇的训练，她真彻骨的显出了她父祖所遗给她的天才。譬如早晨吧，在天还未亮，她自己起来大小便的时候，就要使了大喉咙，叫这佣妇起来了；晚上则宁愿多费一点灯油，以朋友当婚礼送给他们的一个闹钟作了标准，非要到十二点闹打的时候，不准这佣妇去上床睡觉。后来因这闹钟闹得厉害，致吵醒了他们夫妇的酣睡，她于大骂了一顿佣妇的愚蠢之外，还牺牲了一块洋纱手帕作了包在这钟盖上的包皮。在日里他们不在家的时候哩，她总要找些很费事而不容易作好的事情，如米面里挑选沙石秕子，地板上拭除灰土泥痕之类的工作给她，使她不能有一分钟的空；若在家哩，则她自己身上有一点痒，或肚里忽而想到什么，就要佣妇自动的前来服役。一步不到，或稍有迟疑，她便宁愿请假在家，长时间的骂这愚蠢而不是父母养的乡下妇人，使她到了地狱，也没有个容身之处。

作外面的应酬哩，她却比钱时英活泼能干得多。对于上面或同等的人，到处总是她去结交，她去奉承的。但对于下级或无智的乡愚之类哩，她却又是破口便骂，一点儿也忍耐不得的股长夫人了。

所以结婚不上两月，董婉珍的贤夫人的令名，竟传遍了远近，倾倒了全县。在这中间，钱时英反而向公共会场不大去抛头露面，在行动上言语上很显明地露示了极端慎重和沉默的态度。而一回到了私人的寓所，他和贤夫人也难得有什么话讲，只俯倒了头，添了许多往返函电的草拟，以及有些莫名其妙的文字的撰述。

终于党政中枢的裂痕暴露了，在武汉，在省会，以及江西两广等处，都显示了动摇，兴起了大狱。本来早就被同志们讪笑作因结婚而消磨了革命壮志的钱时英，也于此时突然地向党部里辞去了一切的职务。

这一天的午后，当董婉珍正上北区妇女协会分会去开了指导会回来，很得意的从长街上去上自己家去的时候，斗头却冲见了脸色异常难看、从外面走来的钱时英。一看见了他的这一副青紫悒郁的表情，她就晓得一定有什么意外发生了。敛住了笑容，吊起了眉头，她把嘴角一张，便问他要上什么地方去。

“你来得正巧，我有话对你讲，让我们回去吧！”

听了他这几句吞吞吐吐的答辞，她今天在妇女分会场里得来的一腔热意与欢情，早就被他驱散了一半了，更哪里还经得起末尾又加上了半句他的很轻很轻的“我，我现在已经辞去了……”的结语呢！

她惊异极了，先张大了两眼，朝他一看，发了一声回音机似的反问：

“你已经辞去了职？”

看到了他的失神似的表情，只是沉默着在走向前面去，她才由惊异而变了愤怒，由愤怒而转了冷淡，更由冷淡而化作了轻视，自己也沉默着走了一段，她才轻轻地独语着说：

“哼，也好吧，你只教能够有钱维持你自己的生活就对！”

在这一句独语里，他听出了她对他所有的一切轻蔑、憎恶、歹意与侮辱。说了这一句独语之后，却是她只板着冷淡的面孔，同失神似的尽在往前走着，而不得已仰起了头仿佛在看天思索似的。他那双近视眼，反一眼一眼的带着疑惧的色彩向她偷视起来了。

两人沉默着走到了家里，更沉默着吃过了晚饭，一直到上床为止，还不开口说一句话。那个一向同猪狗似的被女主人骂惯的佣妇，觉察到了这一层险恶的空气，慌得手脚都发抖了，结果于将洋灯移放上那面闹钟前去的时候，扑搭地一声竟打破了那盏洋灯上的已经用白纸补过的灯罩。低气压下的雷雨发作了，女主人果然用了绝叫的声音，最刻毒地喝骂了出来。

“×妈！ ×妈！ ×妈！你想放火么？像你这一种没有能力的东西，还要活在那里干什么？你去死去，去死！我的霉都被你倒尽了！我，我，教我以后还有什么颜面去见人？……”

语语双关，句句带刺，像这样的指东骂西，她竟把她的裂帛似的喉咙，骂到了嘶哑，方才住口。在楼上的她的父母兄弟，早就听惯了这一种她的家教的，自然是不想出来干涉。晚饭之后，他们似乎很沉酣地已经掉入了睡乡。钱时英死抑住心头的怒火，在她的高声喝骂之下，只偷偷地向丹田换了几次长气。十二点的钟闹了一阵，那佣妇幽脚幽手地摸上床去睡后，他听见这一位贤夫人的呼吸，很均匀地调节了下去，并且兴奋之后的疲倦，使她的鼾声也比平时高了一段，钱时英到这时才放声叹了一口气，向头上搔耙了许多回。

同坟墓里似的沉默，满罩住了这所西南城小巷里的楼屋。等那一位佣妇的鼾声，也微微传到了钱时英的耳畔的时候，他才轻轻地立起了身，穿上了便服，摸向了他往日在那里使用的写字台的旁边，先将桌上以及抽屉里的信件稿册，向地下堆作了一堆，更把刚才被佣妇敲破灯罩的洋灯里的煤油，倒向了地下，他用稿纸捻成了几个长长的煤头纸结，擦洋火把它们点着了，黑暗里忽而亮了一亮，马上又被他的口息所吹灭，只在那一大堆纸堆的中间，留剩了几点煤头纸的星火似的微光。天井外的大门闩，轻轻响动了一下，他的那个磐石似的身体，便在乌灰灰的街灯影里跑向了东，跑出了城，终于不见了。

大约隔了一个多礼拜的样子，上海四马路的一家小旅馆里，当傍晚来了一个体格很结实，戴着近视眼镜，年纪二十五六岁，身材并不高大，口操安徽音，有点像学生似的旅客。他一到旅馆，将房间开定之后，就命茶房上报馆去买了这礼拜所出的旧报纸来翻读。当他看到了地方通信栏里的一项记载兰溪火灾，全家惨毙的通信的时候，他的脸上却露出一脸真像是心花怒放似的微笑。

原载一九三五年十一月《文学》第五卷第五号

郁达夫年表

1896 年　出生于浙江富阳一个破落的知识分子家庭。

1911 年　入嘉兴府中学，开始创作旧体诗，并向报刊投稿。9 月，转入杭州府中学，与徐志摩同班。因辛亥革命爆发，停课返乡。

1912 年　转入之江大学预科，后参加学潮被校方开除。

1913 年　随长兄赴日本留学。

1914 年　考入东京第一高等学校预科，开始接触西洋文学。

1917 年　回国探亲，奉母命与孙荃订婚，随后返回日本。

1919 年　考入东京帝国大学经济学部。

1920 年　回国与孙荃结婚。后育有二子二女，长子早夭。

1921 年　与郭沫若、成仿吾等人成立创造社。10 月，出版首部短篇小说集《沉沦》，轰动国内文坛。

1922 年　从东京帝国大学经济学部毕业，获经济学学士学位。回国后主编《创造季刊》《创造周报》等，并先后在北京大学、武昌师范大学、广东大学任教。

1927 年　1 月，邂逅王映霞。6 月，与王映霞订婚，与孙荃正式分居。8 月，退出创造社。9 月，出版日记集《日记九种》。

1928 年　1 月，与王映霞结婚。后育有五子，其中两个早夭。与鲁迅合编《奔流》月刊，并主编《大众文艺》。

1933 年　举家由上海迁居杭州，创作大量山水游记和诗词。

1935 年　在杭州置地，亲自设计建造居所“风雨茅庐”。

1936 年　赴福州任福建省府参议。随后投入抗日救国宣传。

1938 年　携眷抵新加坡，任《星洲日报》副刊《晨星》等报刊主编，撰写大量政论、短评和诗词。

1939 年　发表《毁家诗纪》，自曝婚变内幕。

1940 年　与王映霞协议离婚。

1942 年　至苏门答腊避难。以办酒厂为掩护，化名赵廉隐居。被迫充当日军翻译，暗中庇护印尼人和华侨。

1943 年　与印尼华侨何丽有结婚，后生一儿一女。

1945 年　真实身份被告发，被日本宪兵秘密杀害。

策　　划 | 大星
出　　品 |

出 品 人 | 吴怀尧　周公度
邵　飞　胡云剑

版权所有 | 大星文化

产品经理 | 邱绍棠　田　靓　谌　毓

美术编辑 | 李柳燕

封面设计 | 梁昌正

内文插图 | 古诗名

产品监制 | 陈　俊

投稿邮箱 | dxwh@vip.126.com

渠道合作 | 021-60839180

官方微博 | @大星文化　@中国作家富豪榜

作家榜官方网站 | www.zuojiabang.cn

作家榜官方微博 | @中国作家富豪榜（每天都在免费送经典好书）

作家榜官方微博
经典好书免费送

图书在版编目（CIP）数据

她是一个弱女子 / 郁达夫著. -- 杭州：浙江文艺出版社，2020. 7

（孤独小说家）

ISBN 978-7-5339-6078-0

Ⅰ. ①她… Ⅱ. ①郁… Ⅲ. ①中篇小说－小说集－中国－现代②短篇小说－小说集－中国－现代 Ⅳ. ①I246.7

中国版本图书馆CIP数据核字(2020)第055598号

责任编辑：罗　艺

她是一个弱女子

郁达夫　著

全案策划

大星（上海）文化传媒有限公司

出版发行

浙江文艺出版社 [www.zjwycbs.cn]

杭州市体育场路347号　邮编　310006

浙江省新华书店集团有限公司　经销

杭州长命印刷有限公司　印刷

2020年7月第1版　2020年7月第1次印刷

889毫米×1194毫米　32开本　10.375印张

印数：1－8000　字数：213千字

书号：ISBN 978-7-5339-6078-0

定价：38.00元